弄堂深处的阁楼

丙丁 著

三辰影库音像出版社

责任编辑：朱江

图书在版编目（C I P）数据

弄堂深处的阁楼 / 丙丁著． -- 北京 ： 三辰影库电子音像出版社， 2017.9

ISBN 978-7-83000-278-7

Ⅰ．①弄… Ⅱ．①丙… Ⅲ．①长篇小说－中国－当代 Ⅳ．① I247.5

中国版本图书馆 CIP 数据核字（2017）第 196660 号

书　　名	弄堂深处的阁楼
作　　者	丙丁
出 版 人	王六一
出版发行	三辰影库音像出版社
社　　址	北京市朝阳区北苑路媒体村天畅园 4 号 1306 室
网　　址	http://www.sunchime.cn
印　　制	北京毅峰迅捷印刷有限公司
开　　本	880 毫米 ×1230 毫米　1/32
印　　张	7.5
字　　数	210 千字
版　　次	2018 年 1 月第 1 版
印　　次	2018 年 1 月第 1 次印刷
书　　号	ISBN 978-7-83000-278-7
定　　价	39.80 元

目 录

第一章

第二章

第三章

尾　声

第一章

功课

功课是一只黄白花纹相间的小猫，它原先没有名字，你问它叫什么，它只会瞪着一双灰绿色的眼珠子警惕性地看着你，瞳孔像两个阿拉伯数字 1，但它不会作加减法，你给它出一道数学题，无论多么简单，它只会用眼睛告诉你答案 11，或者干脆喵的一声不耐烦地走开了。李军摸着小猫的脑袋问我，为什么不给它取个名字，比如咪咪什么的。我说几乎所有的猫都叫咪咪，你在弄堂里叫一声咪咪，兴许会有好几只咪咪跑来你的脚边找你陪它们玩，而你的咪咪呢，它很有可能会被其他人叫走了。那也可以换个其他的名字啊，比如……比如什么李军也想不出来。黄昏时分的阳光已经十分微弱了，碎石铺就的地面上泛起了一层鹅黄色的淡光，我和李军坐在我家屋檐下的阴影里讨论来讨论去，最终还是讨论不出个结果来。于是，我们决定向爷爷求助。

堂屋里的光线比屋檐下的还要昏暗，这是爷爷多年来养成的规矩，不到吃晚饭的时间绝不开灯，其实所谓的灯也就是房梁上悬挂下来的一只白炽灯泡而已，它的开关是一根细细的拉绳，爷爷牢牢地掌握着拉绳的使用权，轻轻一拉，光就来了，再一拉，光又灭了。很多时候，我觉得爷爷就像是一只猫，他坐在餐桌边的床上，在黑暗的庇护下，眨着一双绿幽幽的眼睛，悄无声息地注视着屋里屋外的一切动静，累了，他就将眼睛半闭起来，嘴里跟着半导体随意地哼着一些含含糊糊的曲子。

我们走进堂屋的时候，爷爷正伏在桌上，撅着嘴吮吸着桌上残留的桃酥饼的碎屑。我问爷爷，应该给小猫取个什么名字。什么？他停下动作不解地问。小猫叫什么名字好，我不得不重复一遍我的问题。爷爷若有所思了一会儿，然后继续吸他的饼屑，又过了片刻，他突然像是想起了什么，转过头来问我，小刚啊，你功课做了吗？

于是，功课就成为“功课”了。

功课是小敏阿姨送给我的礼物。那天，她来到我们家里，放下旅行包，从那里面抱出一只毛茸茸的小球递到我的手里。我发现这只小球不仅热乎乎的，而且会动，就问她这是什么东西？小猫啊，她笑着对我说，让它陪你玩吧。我当然知道这是一只小猫，这从它的两只会动的小耳朵和一条细细长长的尾巴上很容易就可以看出来，问题是，这样一只热乎乎的小生命真的是属于我的吗？从小到大，除了屈指可数的几样玩具和那些让我望而生畏的课本之外，属于我的东西很少很少，甚至连我自己，我都不敢确定他完完全全是属于我的。在家里，我是爸爸妈妈的儿子，爷爷的孙子，在外面，我又是老师的学生，同学的同学，大孩子们欺负的对象，你们说，我到底还剩下多少是属于自己的呢？

说到欺负，这里我不得不提到“斜眼”，那个该死的胖子，我跟他无怨无仇，甚至连他叫什么名字都不得而知。可他呢？他就住在学校附近的一条弄堂里，而这条由学校到家必经之路的弄堂，却成为了我每天上下学的噩梦。

一切都拜他所赐。每天经过那条该死的弄堂时我都是心惊胆战的，因为我知道随时都可能会有一个黑黑胖胖的大个子来找自己的麻烦。他有时会一把夺过我的书包，打开它，在里面东翻西找一遍，然后再扔回给我。有时他什么也不干，光是瞪着一双恶狠狠的眼睛看着我，他的一只左眼微微有些斜视，因此他瞪我的时候又像是在看着别的什么地方，仿佛一只眼睛在干坏事，另一只却在把风。说心里话，我对他那一对眼珠子的奇特功能还是挺羡慕的，我曾经暗自尝试过这样的眼神，可除了斗鸡眼和翻白眼外，我的眼珠子什么都干不了，这让我不无沮丧地想到，被这样一对眼珠子欺负似乎是理所当然的事，谁叫我技不如人呢！

有一次放学后又遇上了他，他站在家门前，手上端着一只绿色的搪瓷饭碗，远远看到我时还对我笑了笑，似乎是心情不错。可我还是不敢大意，经过他身边的时候，我屏气凝神，仿佛如临大敌，一直到走出去几米开外，才稍稍地松了一口气，心里突然对他充满了感激之情，我暗暗告诉自己，这可能是一个好的开始，时间长了，说不定我们还能交上朋友呢！正这么想着，忽然背后嗖地刮来一阵冷风，几乎是同时，我的头顶猛然被一样钝钝的东西砸了一下，发出一记沉闷声响。我木然地回过头去，只见他不知何时站在了我的身后，手上举着那只空搪瓷饭碗。他夸张地笑着，头微微地侧向一边，露出一口洁白的牙齿（真搞不懂他为什么会有这么白的牙齿，不像我们这些孩子那一嘴的四环素牙），时而又撮起嘴巴故做一副痛苦的表情，仿佛刚才的那一下，挨的人是他自己一样。所有这一切都是对我无情地嘲弄。天空就在那一刻暗了下来，我感到弄堂两侧的房屋正在迅速地朝当中合拢，屋檐很快就将原本不多的夕阳挤压成一缕光线，宛如大白天里猫的瞳孔。我顾不上疼痛和恐惧，趁着在它最终消失之前，我落荒而逃……

现在，这么一个鲜活的小生命就这样被一只神奇的旅行包带到了我的家里，又被一双神奇的手捧到了我的怀中，你能想象我当时的心情吗？那不是用高兴和激动就能形容的。我生平第一次感到了自己的无比强大，更生平第一次感到了自己的软弱！是的，软弱。我有了需要保护的东西——一只小猫，它仰我鼻息，必须向我摇尾企怜，同时它又是那么飘忽不定，仿佛随时都会在我的眼前消失。以前的我，尽管受人摆布，被人欺负，但我从来感觉不到自己的软弱，在我的观念里，我生来便是如此，摆布也好，欺负也罢，一觉醒来，世界还是原来的样子，什么都不曾改变。我的外表看上去弱不经风，但我的内心却坚硬如铁，刀枪不入。可现在不同了，当这只毛茸茸的“小球”温顺地趴在我的臂弯上，用它那肉嘟嘟的小爪子挠我的手背的时候；当它抬起头来怯生生地看着我，然后第一次试探地对我叫出一声喵的时候，我突然有了一种脱胎换骨、如获新生的感觉。

我感激地朝小敏阿姨看了一眼，然后就抱着我的小猫去四处参观一下它的新家。这里是堂屋，爷爷就睡在这张床上，我很少和爷爷一起睡，因为他每晚都要咳嗽，吵得边上的人没法跟他一起睡觉。爷爷的身体不好，这是全家人都知道的事，有时他在街上走着走着，会突然停下脚步，一脸痛苦地用手捂住胸口，额头上渗满了细小的汗珠。这时，他便从上衣内侧的口袋里颤颤巍巍地摸出一个小药瓶，倒出一粒在掌心，匆匆忙忙地捂进嘴里，然后一扬脖，吞了下去。片刻过后，他才慢慢好转过来，继续走路。爸爸告诉我，那是速效救心丸，爷爷年纪大了，得的是心脏病，要不是那一粒小药丸，情况可就危险了？会怎样？我问道。就要立刻送医院抢救了……爸爸说着便沉默了。是不是人年纪大了都会得这种病？我好奇地问道。那也不一定，要看人的。那我呢？我年纪大了以后会不会也得这种病？爸爸瞪了我一眼，说，不许胡说！你才多大，你啊，以后少惹爷爷生气！我背地里做了个鬼脸，不服气地想，你们大人才经常惹爷爷生气呢！尤其是你和妈妈，真搞不明白你们为什么那么爱吵架，每次一吵架，爷爷总免不了唉声叹气的。有一次，妈妈私下里偷偷问我，如果你们两个离婚了，我是跟她过还是跟爸爸？我说我谁也不跟，就跟着爷爷一起过！

这间是里屋，它跟堂屋就隔着一堵墙，爸妈和我就睡在这里，床对面的五斗橱上有一台十四寸的黑白电视机，别看它小，它可是能带我去往世界上的任何一个地方，真的，我不骗人，小到蛇穴蚁洞，大到凌霄宝殿，东海龙宫，它都能去。世界那么大，而我却只能在如此狭小的空间里转圈，每天去的地方除了学校就是家里，每天见到的人无非是老师、同学和家人，当然，还有那个死胖子。有时候我在想，既然世界和我们就隔着一道玻璃屏幕，那么我们何不搬到屏幕后面去住呢？我敲了敲屏幕，嘴里暗暗念着芝麻开门，可它除了回应我咚咚两声之外，大门始终紧闭着。

我不甘心失败，既然住不进电视里去，那我就将电视里的世界搬到外面来。房间就是我的东海龙宫，阁楼则是我的凌霄宝殿。我有时会打开阁楼上的天窗，从那儿爬出去，然后坐在屋顶的黑色瓦片上，眺望着远近各处同样由黑色或是红色瓦片铺就的，高矮起伏的屋顶，仿佛自己正置身于群山之巅。如果是在晴朗的夜里，那就更妙了，我会将那些闪闪发亮的星星看作是一颗颗镶嵌在夜空中的宝石或是太上老君用他的八卦炉炼制而成的仙丹，心想，要是它们能掉下来一颗到我的手里该多好啊！伯伯告诉我天空中有七颗最亮的星星，它们叫作北斗七星。我不信，天上的星星数都数不清，而且每颗都差不多亮，哪来的北斗七星？伯伯定睛看了看，然后用手指着天空的某处方位让我仔细看。我看了好长一会儿，先是找到了一颗最大最亮的，然后在伯伯的指点下，我顺藤摸瓜似地找到了其余的六颗。形状是不是像一根汤勺？这儿是柄，这儿是头，他用手比划道。我想了想，果然是，还真像！随后我又发现，在这根“汤勺”的周围，刚才还很明亮的星星此刻仿佛一下子就黯淡了下去。这就是北斗七星，他继续说道，你别看它离我们那么遥远，它的作用可大着呢！在沙漠里或是在大海上，人们要是迷了路，可以靠它来辨别方向，古时候，人们还可以根据它来预测战争和灾祸……随着伯伯的讲述，我的思绪一会儿飞到沙漠，一会儿航行在大海上，一会儿又回到了遥远的过去，一会儿则又来到了深不可测的未来，简直比电视里的世界还要精彩。

我滔滔不绝地讲了这么多，小猫似乎听得不耐烦了，它突然拉长身体，四只脚在空中乱抓乱挠着，我将它放到了地上，它先是警惕地看了我一眼，然后哧溜一下，钻到床底下去了。

和阴暗潮湿的里屋相比，我更加喜欢伯伯的阁楼，在那里，阳光通常会不请自来，随意得就像是这里的半个主人。床边的墙上铆有一个四层的书架，那是伯伯亲手制作的。上面码放着整整齐齐的书，大多用旧年历纸包上了书皮，书皮上书名也是伯伯誊写的，字迹刚劲有力，自有一副天然的骨架。有些书，比如《三国演义》《水浒传》之类的，我多少还知道一些，电视里放过嘛，但有些我就不甚了了了，像《资治通鉴》《太平御览》之类的书，光是书名，我看着就有些犯晕，据我推测，那很可能是一些医书吧。还有一些书名则更加奇怪，比如《红与黑》，难道那是一本关于绘画的书，可我也没见伯伯画过画呀？还有《钢铁是怎样炼成的》，很明显，这是一本有关炼钢的书，但伯伯不是炼钢工人，他怎么会对炼钢感兴趣呢？难怪家里人都说伯伯是书呆子呢，八杆子都打不着的书都拿来看。我对伯伯的书一点也不感兴趣，我自己的书平时都懒得翻一下，更别说这些不着边际的书了。我只对伯伯的阁楼和他这个人感兴趣，你说像他这么大的人，平时除了看书，一个人呆在阁楼上，会干些什么呢？

爸爸说，伯伯在我很小的时候就离了婚，他有一个儿子，比我小两个月。这么说来，我应该有一个从未见过面的弟弟喽？是的，但并非从未见面，小时候你们俩坐在手推车里的时候见过的，你还总伸手去抢堂弟的零食和玩具呢，爸爸笑着对我说。我睁大眼睛努力地回忆着小时候的事，可它们就像太阳底下挥发的水蒸气一样，早就消失得无影无踪了。我是多么渴望有一个弟弟或者妹妹啊，从小到大，我一直都是孤孤零零的，要是有一个弟弟或妹妹陪在我身边，那该多好啊！实在不行，有一个比我大得多的哥哥也行，这样我就不会被人欺负了。此时我眼前出现了一个画面，画面中，人高马大的哥哥将那个该死的“斜眼”揍得鼻青脸肿，跪地求饶，这样的情景虽不真实，但想想也真够痛快的。那么，伯伯他为什么要离婚？我问道。还不是因为房子……大人的事，你小孩子问那么多干什么？爸爸不耐烦地冲着我说了一句，脸上又恢复了往日严肃的表情。

爸爸永远是这样，时刻绷着脸，笑容就像里屋窗前的阳光一样，稍一露面，随即就消失了。他的眉头长年皱着，眉间仿佛被刀刻过一样，留下了两道深深的印记。和他在一起，我必须时刻提高警惕，生怕哪一句话会惹来他的训斥。在家里，除了爷爷，所有人都有意躲避着他，有时我想，要是有一只神奇的熨斗能将爸爸眉间的皱纹熨平，情况也许会好得多。那时，就像在里屋的房顶上也开了一扇天窗，大把大把的阳光照射进来，驱散掉里面的阴霾和潮湿。可是，我又从哪里去找这只神奇的熨斗呢？

夜里，我抱着小猫爬上了阁楼。抱猫的时候，我还颇费了些功夫呢！兴许是怕生，小猫一直躲在床底下不肯出来，我先是站在床边咪咪喵喵地叫了几声，见没有动静，我便跪到地上，掀开床幔，俯下身去察看。床底下乌漆墨黑的什么也看不清，无奈之下，我只得撅起屁股钻进了床底。我扒开一只堆满杂物的塑料澡盆和一只木制的工具箱，费了好半天劲才找到了它。它就蹲在靠近墙角的位置，一动不动地注视着我，仿佛受了什么委屈似的，我冲它喵地叫了一声，它没有反应，我伸手去捞，它挪动了一下身子，轻松地躲开了。由于床底下的空间十分狭窄，我无法更深入进去了，就这样，我们像两个武林高手，在充满着浓郁的灰尘和铁锈味的黑暗里无声地对峙着，情急之下，我灵机一动，倒退着爬出了床底，去灶台间里拣了一些吃剩的饭菜，盛在一个小搪瓷碗里，然后重新爬进了床底。我将饭碗推到它的面前，起先它还是不为所动，可后来终究还是抵御不住食物的诱惑，它犹豫地低下头来，将鼻子凑到碗边嗅了嗅，然后便伸出舌头慢慢地舔食起来，就趁这档儿，我一把便捞住了它。

小猫很温顺，似乎对我刚才的“欺骗”并不介怀，它的四脚一动不动向前伸着，柔软的肚皮伴随着呼吸，在我掌心里均匀地起伏。在这一点上，猫比人要豁达得多，难怪它有九条命呢！小敏阿姨从我手里接过小猫，将它放在膝盖上，一只手轻轻地抚摸着它的脑袋，它舒服得眯起了眼睛。看得出来，小猫对小敏阿姨比对我更加亲昵，这让我心里不免有些嫉妒。它是我在广州的货摊边捡到的，小敏阿姨对我和伯伯说道，那天生意不好，一直到中午，衣服还没有卖出去几件，我打开饭盒，刚要吃饭，它就跑来我的脚边，冲我喵喵地叫着，也不知从哪里冒出来的。一开始我以为是别人家养的猫，就随便喂了它几口饭，谁知它就赖上我不走了，哈哈。后来呢？它没有主人吗？我问。后来一直到收摊也没见有主人来，我看它怪可怜的，就抱了回来。我看着小猫，想象着它在广州被人从街边捡起，然后躲在一只旅行包里，听着嘹亮的火车汽笛声和隆隆的铁轨声，一路颠簸地来到这座陌生的城市。一只流浪的小猫，我把它抱回手里的时候顺口说了一句，我很满意自己用了“流浪”这个词，它不仅准确地概括了小猫来这儿之前的全部经历，而且仿佛还对我有一种神奇的吸引力，我不无得意地抬头看了看小敏阿姨。是啊，流浪的小猫，多可怜啊！小敏阿姨别有意味地看了伯伯一眼，然后侧身依偎到他的怀里，丝毫都没有顾及我失望的表情。

我最讨厌大人们的就是这点，每次总是一开始对你故作热情，假惺惺地找你说话，找你玩，然而玩着玩着他们随时就会把你扔在一边，自说自话去了，仿佛你只是他们之间的一个道具，一段开场白而已。他们还会为自己能在孩子心里留下一个和蔼可亲的形象而沾沾自喜，其实我早已经将他们看透了，大人们都是些虚伪而又自私自利的家伙！好吧，自己玩就自己玩，反正你们的事我也懒得掺和。我一面虚与委蛇，一面已经将退路想好了。比如此时，看着腻歪在一起的伯伯和小敏阿姨，我就应该稍坐片刻，然后随便找个借口，识相地抱着我的小猫转身离开。可今晚我偏不，我已经厌倦再继续扮演一个乖孩子的角色了，我要造一次反，要像大街上那些臂戴红袖章的纠察一样，拿着手电，神出鬼没地出现在深夜幽会的恋人们身边，带着报复的快感。我先是在楼板上追逐着小猫，接着又缠着伯伯让他给我讲那些书里的故事，后来又央求小敏阿姨和我比赛用脚写字。（这个游戏是她自己发明的，玩法很简单，就是用脚趾头夹着笔写字，看谁写得又快又好。小敏阿姨的脚长得很好看，纤细、修长，第二根脚趾比其他的要略微长出一点来，这使得它们更具有一种轮廓感。）虽然从表情上看不出来，但我知道此时他们的心里一定沮丧极了。

小刚啊，时候不早了，明天你还要上学呢！伯伯终于忍不住要下逐客令了。让我再玩一会儿嘛，小敏阿姨好久没来了，我把小敏阿姨搬出来作挡箭牌。就让小刚再呆会儿，让我们把字写完，小敏阿姨说着朝伯伯调皮地笑了笑，然后她用脚趾夹住笔，在纸上歪歪扭扭地写下了一行字：小刚是捣蛋鬼。小敏阿姨是捣蛋鬼，我不服气地回敬了一句。伯伯是头大灰狼，写完这句话后，她松开笔对伯伯不怀好意地笑了起来，伯伯凑上来看了看，突然微微红了脸，嘴角却挂着矜持的微笑。我夹着笔，一时不知道再写些什么，抬起头来看了他俩一眼，只见小敏阿姨的右脚不知何时竟然抬到了伯伯的脸颊边，脚趾夹着他的耳垂轻轻地拉着。伯伯似乎也很享受这只脚对他的“骚扰”，他半闭着眼睛，手指轻轻地抚摸脚背，动作异常地——温柔。看着他俩这一奇特的姿势，我非但没有觉得讶异，心里反而涌上了一种古怪的感觉，有一刹那，我竟然嫉妒起伯伯来了，我是多么希望那只好看的脚此刻夹的是自己的耳朵啊！小刚，都几点了还不下来，赖在楼上干嘛！妈妈的喊声不大，但对我而言，它并不亚于一声晴天霹雳。我就像干了什么坏事被当场捉住一样，羞惭地下床抱起小猫，匆匆走下楼去。

秘密

每个人心里都有秘密，关键看它们隐藏得够不够深。心是一条河流，表面上，碧波荡漾、长流不息，然而水下的世界又有谁能一眼看透呢？即使再清澈见底的河，那怕是一湾浅浅的溪流，也有你看不见的东西。那些在溪石罅隙间往来穿梭的小鱼虾、蝌蚪、蜉蝣生物就是最好的证明。白天的时候，人们将秘密潜藏在内心深处，到了夜里，紧绷的神经渐渐松驰，秘密就会买通理智的看守出来透一口气。这个时候，你若凝神静听，便会听到它们在窃窃私语。听，树丛中、池塘边，风翻动草叶的声音；听，夜空中、浮云边，流星划过天际的声音；听，小桥下、花园里，衣裙摇荡着心跳的声音；听，晚归人的脚步声，门板的开合声，呼噜声，蛙跳虫鸣，梦的声音……每一种声音都是一个秘密，它们在夜色的掩护下随物赋形，宛若无数个精灵，诉说着自己的前世今生。

楼板也有秘密。每次小敏阿姨来我家的时候，楼板总会在夜里说话，但具体说些什么，我却听不明白，它有时咿咿呀呀的像是爷爷半导体里的声音，有时又像是一个女人轻柔的叹息，这些声音掺杂在爷爷的咳嗽声和爸爸均匀的呼噜里，闪闪烁烁，战战兢兢地，但却始终坚持着它们的存在。

有一大早上，我被尿憋醒了，迷迷糊糊地披上上衣，光着两条腿来到屋外的阴沟边撒尿。远远就见一个人影站在那里，走近一看，是隔壁的小胖，恰巧也在撒尿。我们尿着尿着，小胖突然好奇地问我，你的小鸡鸡怎么了？我低头看了看，发现自己的小鸡鸡竟然直直地翘在那里，把尿高高地浇在了阴沟边的梧桐树干上。我心头一惊，差点就尿不出来了，可理智还是帮了我的小鸡鸡一把。我从容地对小胖说，这是我最近才修炼出来的特异功能。小胖有些不信，正要伸手过来摸，我慌忙一个闪身，差点尿到了他的身上。回到床上后，我就再也睡不着了，我不知道自己身体出了什么问题，但有一点几乎可以肯定的是，它与夜间楼板的说话不无关系。第二天早上，我又偷偷观察了一下，仍是如此，即使躺在床上，它仍然像个尽职的哨兵，毕恭毕敬地挺立着，将我的裤衩顶成了一座小山丘！

有了这个重大发现后，我欣喜若狂，我把这个秘密告诉了隔壁的小琴妹妹。小琴妹妹和我从小玩到大，我们说好了有什么秘密都不会瞒着对方的。那天家里恰好没人，我把小琴带到阁楼上后，就迫不急待地将我的发现说了出来。她起初有些将信将疑，趴在楼板上煞有介事地听了一会儿。没有什么声音呀？她一脸茫然地问我。白天当然不会有声音啦，只有晚上才会有，白天楼板也要休息的嘛，我胡乱地解释道。她还是不信，非要我证明给她看。我说我怎么证明，难不成让你夜里睡到我的床上一起听？骗人，小刚哥哥就会骗人，楼板怎么会说话，你当我是三岁小孩子呀，她笑嘻嘻地看着我说。我被她的笑惹急了，为了还自己一个“清白”，我忽然褪下裤衩对她说，你看，它是不是在站岗？说实话，我对小鸡鸡此刻的状态并无十分的把握，可当一声短促的尖叫从小琴嘴里发出的时候，我立刻知道自己的担忧是多余的，只见我的小鸡鸡此刻正雄赳赳地挺立在那里，甚至比早晨的时候更加威武了。难道它也是在对小琴的不信任提出抗议？小琴用手捂住眼睛，转过身去，小脸一阵红一阵白地带着哭腔说道，小刚哥哥欺负人，再也不和你玩了，说着就跑下了楼。我愣愣地站在那里看着自己的小鸡鸡，它也愣愣地看着我，我们像是一对难兄难弟。我不明白小琴为什么会突然有那么大的反应，明明是你要我证明给你看的呀！哼，不玩就不玩，谁要跟你玩，爱哭鬼！我堵气地穿上裤子，下楼兀自找李军去了。

李军最近迷上了一种新的游戏。在离学校不远的地方，有一个工人文化宫，那里的游艺厅我们以前经常去，无非是一些哈哈镜、康乐球、气枪、套环之类的玩意儿，当然还有一个不大的电影院，可我一次也没有进去看过。然而最近，文化宫却新开辟了一间电子游戏厅，里面沿墙安放着一圈街机（街机这个叫法是后来从港台流传过来的，当时我们还是称它为游戏机），一开始游戏种类并不多，然而无论大人小孩都喜欢挤在里面玩。说实话，我并不是特别喜欢游戏厅那样的地方，那里的大孩子比较多，尤其是那些流里流气的青少年，他们通常穿着花里胡哨的衣服，嘴里叼着烟，三五成群地聚在一起嬉笑打闹。每次从他们身边经过的时候，我总怀疑自己已经被某双不怀好意的眼睛给盯上了，也许过不了多久，眼睛的主人就会来找我的麻烦。这种担忧让我根本无法静下心来好好打游戏，于是，一局游戏往往开始没多久，我便输了，白白浪费掉一块游戏牌。一块钱才买三块牌子，我哪来那么多钱？李军却没有那么多的顾虑。那天李军的运气特别好，他所操控的飞机在一片枪林弹雨中显得神出鬼没，游刃有余，他的眼睛紧紧地盯着屏幕，掌中的操纵杆和按扭被弄得乒乓作响，仿佛跟他有着什么深仇大恨似的。我慢慢地也被游戏吸引住了，情不自禁地为他叫起好来。就在这时，一只夹着烟头的手忽然搭到了我的肩上，我转过头去，只见一个瘦瘦高高，身穿花格子衬衫的男人不知何时站在了我的边上，也正目不转睛地盯着游戏机屏幕。我的心立刻便沉了下去。游戏结束，男人走到李军身边，用那只夹烟的手勾住了李军的脖子，对他轻声耳语了几句。接着，李军便乖乖地从裤兜里摸出一张皱巴巴的钞票递到了男人的手里。接过钞票，男人满意地拍了拍李军的肩膀，对他俏皮地眨了眨眼睛，然后转身走向另一台游戏机。

他叫二毛，是这一带有名的流氓，听说他哥哥大毛还坐过牢，刚从监狱里放出来，李军事后悄悄地告诉我，眼里竟然还带着一丝得意的神色，似乎能被二毛这样的人盯上是一桩值得夸耀的事。我不知道该说些什么，只觉得心脏到现在还扑通扑通地跳得厉害。你哪来那么钱？半晌我才蹦出这么一句话来。

回到家的时候，我惊奇地发现，堂屋里的灯竟然破天荒地亮着，不是还没到吃晚饭的时间吗？爷爷坐在床头，身子倚在墙上，轻声地咳嗽着。爸爸不声不响地坐在近门的一只藤椅里，跷着腿，用一种阴鸷的眼神看着我。我忽然有了一种不祥的预感。你对对门小琴干什么了？他开口了，声音不大，但却有一股呼之欲出的力量。没怎么啊，我故作茫然地说，心里却微微有些发虚。还嘴硬，爸爸起身给了我一记耳光，速度快得让人根本来不及反应。我完全被打懵了，身体僵立在原地动弹不得，泪水却在眼眶里打着转，我强忍着不让它掉下来。爷爷过来拽住爸爸的手，将他往后推了一把，说，志明你疯了，下这么重的手打孩子，打伤了怎么办？爸爸甩开爷爷的手，说，爸，这小赤佬不打不行，书书读不好，整天野在外面不回家，现在越来越不像话了，居然开始欺负女孩子了！你说，他冲我吼道，这些都是从哪里学来的？爷爷说，你哪只眼睛看到他欺负女孩子了？事情都没问清楚就发那么大的火！爸爸说，爸，人家小琴的姑姑都告诉我了，说他当面向人家脱裤子，把个女孩子吓得躲在屋里不肯出来。她姑姑说了，小琴是知青子女，父母不在身边，谁要是敢欺负她，她就跟谁拼命，你让我怎么办？他越说越气，突然冲过来一把抓着我的裤子，好啊，你喜欢脱是不是，现在就让你脱，脱个干净！脱！说着便往下拽我的裤子，被我用双手死命地拉住了。爷爷从背后抱住了爸爸。这时，妈妈从里屋冲了出来，歇斯底里地喊道，打吧，你打吧，反正是你们孙家的种，打死拉倒！一了白了！爸爸说，我在教育孩子，你个女人瞎起什么劲，滚回屋去！妈妈说，我已经在屋里了，你让我滚哪儿去？志明，有什么事你先让小刚把话说完，你啊，就是脾气急，伯伯不知何时从阁楼上走了下来，小刚别怕，有什么事告诉伯伯，说着他走到我身边，蹲下身来将我的裤子衣服拉好。我的眼泪紧跟着就下来了。我哽咽着将事情的经过简单地叙说了一遍。胡说八道，爸爸听了不屑一顾地说，楼板怎么会说话！还狡辩！我大声说会的，每天晚上它都吱吱呀呀的，还有喘息声。我亲耳听见的。大家沉默了下来。小把戏玩玩闹闹的算个什么事，你们小时候哪个不是光着屁股玩到大的，爷爷坐回到了床头，双手搁在桌面上，长长地叹了一口气。爸，你不晓得，现在的孩子跟我们以前不一样，爸爸转过身对爷爷说道。爷爷说，有什么不一样，哪里不一样？哪个不是吃着锅里的饭长大的？爸爸说，现在的孩子事懂得早，看到的、听到的也多……哼，妈妈冷笑了一下，说，是啊，看到的、听到的是多！伯伯听了一声不响地爬上了阁楼。爸爸横了妈妈一眼，说，还不是像你，整天在外面瞎逛，交些不三不四的朋友，孩子都是跟你学坏的，上梁不正下梁歪？妈妈一听火了，什么叫上梁不正下梁歪，你给我把话说清楚点，哪个瞎逛，哪个不三不四了？是，你们孙家个个都是好人，个个都……够了，爷爷断喝了一声，你们就当我死了吧！说完，顺手拉灭了灯泡。

屋子里又恢复了往日的昏暗。昏暗中，脚步声渐渐地离去，所有人都沉默不语。堂屋桌上的小闹钟滴答滴答地走着，声音格外的响亮。不大的房间瞬间变得空旷了起来，仿佛此刻我正站在无边的荒野之上，耳畔听见往昔岁月的回响，却又不知该何去何从。有个毛茸茸的东西蹭了一下我的脚踝，是功课，它不知何时在我脚边蹲了下来，绿幽幽的眼睛正视着紧闭的房门。脸上紧绷绷的，我用手摸了一下，眼泪早已干透了。

小敏阿姨第二天一早就走了。她左手拎着来时的旅行包，右手推开房门的时候，惊飞了一只憩在屋檐上的麻雀。弄堂里的碎石路上响起了一阵高跟鞋的声音，“笃、笃、笃……”声音由近及远，渐渐地淹没在一片锅碗瓢盆和刷洗马桶的晨声之中。伯伯送完小敏阿姨后没有回家，直接上班去了。

楼板一夜都没有说话。

锁链

伯伯当初结婚要比爸爸稍稍晚一点，但也不是晚很多，用上海话说，可算作是“前后脚”。这样一来，住房问题就成了一桩棘手的事。当时姑姑尚未出嫁，一个人睡阁楼，爷爷睡堂屋（奶奶早已离世），剩下一间里屋，兄弟两个，给谁呢？难不成两对夫妻挤一间房？或是姑姑将阁楼腾出来，和爷爷挤堂屋？这就更不像话了。俗话说“螺丝壳里做道场”，可现实是，道场好做，“人场”却难做。正在爷爷一筹莫展的时候，伯伯未来的岳父母提出可以让伯伯婚后搬过去住，他们家只有两个女儿，老大已经嫁人，小女儿一直与老两口相依为命，一朝嫁人，家里便冷冷清清的没个念想。况且，一个女婿半个儿，老两口膝下无子，伯伯过去，正好也可以将他当儿子看待。亲家如此大度，爷爷的心宽了不少，只是如此一来，儿子岂不成了倒插门的了？想到这里，他不免又犹豫了起来。不过伯伯对此似乎并不介意，他安慰父亲说，爸，咱们也替人家想想，总共就两个女儿，全都嫁出去了，家里冷清不说，以后万一要是有个什么事，没个人照应一下怎么行？况且，现在都什么时代了，男女平等、婚姻自由，无所谓倒不倒插门的，你就放心吧。爷爷苦笑了一下，点了点头，有一句话想说却没有说出口，儿子，不管是什么时代，人心都是一样的。

爷爷的担忧是有道理的。别的先不说，光是伯伯自己，心里想的就跟他嘴上说的不一样。他当时之所以这样说，一来是不想让爷爷为难，二来，当初知识青年上山下乡的时候，自己身体不好，爸爸主动承担了去崇明农场劳动的分配指标，这份兄弟情谊他一直记在心里。因此，这次自我“牺牲”，主动去当一个上门女婿，也算是替家里减轻负担，还弟弟一个人情。也许，正是这种“自我牺牲”,从一开始就决定了他婚姻后来的结局,只能是惨淡收场。

岳父母一开始待他还不错，家务不让他做，换下的衣物也有人替他刷洗，日子过得可谓顺风顺水。可年纪大的人到底耳根子软，经不起周围街坊邻居们的指指点点、扇风点火。时间长了心里难免会起一些疙瘩，别人家的女儿都嫁得风风光光的，而自己这边却倒贴了一个回来，就算自己不在乎，可出了门，叫他们这张老脸往哪儿搁？这样一来，老两口对他的闲言碎语不免就多了起来。有一次伯伯下班得早，回到家里见岳母正在灶间忙活，也没上去搭把手，自顾回房休息了。在他的观念里，女人烧饭做菜是天经地义的事，君子远庖厨嘛，自己宁可做点粗重的家务活，然而菜刀，他是从来不碰的。正休息着，忽听得灶间里“咣当”一声，连忙出来一看，原来是岳母不当心切到了手指。好在伤得并不是很重，他赶忙替她清洗了一下伤口，又用白纱布包了起来。他提出由他来做剩下的活儿，岳母淡淡地说不用，他也就没再坚持，话说回来，就算让他干，也干不来什么。到了晚饭时分，饭菜端上了桌，岳母也不叫他一声，一个人自顾吃了起来，岳父坐下来端起饭碗，说，吃饭你怎么也不叫一声。岳母说，叫什么叫，一个个都不长眼睛啊！还要喂到你嘴里去？看了看边上的女儿，又说，吃，就知道吃，什么事都不会干！岳父说，好好的，你发什么疯啊？岳母一听，“啪”地摔下筷子，兀自回房间去了。吃过晚饭，岳父对正在收拾饭桌的伯伯说，小孙，不是我说你，你妈年纪也大了，以后家里的事，你也帮忙做做，你虽然来咱们家不久，可老拿自己当个外人就不对了。

所有这些，伯伯也都认了，毕竟人在屋檐下，怎能不低头呢？况且，自己也有做得不到位的地方。可最让他难以忍受的是他的妻子。这个女人在当初媒人介绍认识的时候，还是一副柔柔弱弱的，本分老实的样子，可没想到婚后怎么就像是慢慢变了一个人。平时对他颐指气使的不说，脾气刁蛮任性到简直不可理喻的程度。她大约嫌他是个书呆子，在厂里吃不开，在家里又不受父母待见，于是又觉得这一切似乎是理所当然的，仿佛伯伯天生就是一个受气包，被阎王爷发配来给她当牛作马的。有一次，白天出门还好好的，晚上回到家里，她的脸色便一直阴阴的。夫妻俩独处的时候，伯伯小心翼翼地问她怎么了，是不是哪里不舒服？她先是不吭声，到了上床，她一脚将他踹了下去。你是瞎子啊！她吼道。伯伯被这突如其来的一下搞得莫名其妙，正在怔忪间，只听她继续咆哮道，我回来的时候走路一瘸一拐的没看到吗？伯伯仔细回忆了一下，并没有发觉到她有哪里不对劲。他又端详了一番妻子的双脚，发现她的右脚踝处微微肿起了一块，似乎是扭伤了。在她那双锐利的目光逼视下，伯伯竟然不由自主地愧疚了起来，好像自己真的是犯了什么不可饶恕的罪过。他屁颠颠地跑进跑出，打了热水，烫了毛巾，正准备替她热敷，没想到她一脚踏翻了水盆，敷什么敷，谁要你敷，没良心的东西！滚烫的开水溅了伯伯一脸，却将他溅醒了，他将毛巾一扔，丢下一句，简、简直是无理取闹！气冲冲地走了。你走，滚，滚了以后别再回来！歇斯底里的声音从背后响起。他在街上逛了很久才回去，用钥匙开门，开不开，门从里面反锁住了。他轻轻地敲了敲门，倒是有窸窸窣窣的开门声，却突然听到里面猛烈的拉拽碰撞声，妻子在里面叫道，不准开，谁要是给他开门，我就从这门里出去！他只得在呼啸的寒风里呆了一夜。

对于女儿的表现，老两口也觉得有些过意不去，尽管他是个上门女婿，可毕竟为人老实，是个持家过日子的男人。于是，事后岳母劝慰他道，我就这么两个女儿，老大还好，从小操持家务，照顾妹妹，老二呢，因为小，家里人都迁就她，当个宝贝来养，这不，惯出一身的坏毛病。你年纪比她大，又是男人，什么事能让就让让她，不能让，你跟我说，我去说她。

妻子还有一个怪癖，说起来难以启齿。她似乎对房事有一种超乎寻常的热情。最初的时候，他倒也能应付，可越到后来越觉得力不从心，除了每月特殊的日子，她几乎每晚都有需求，少的要来两次，多起来一整晚都不让人睡觉。世界上只有耕不坏的田，没有累不死的牛，长此以往，原本就饱受失眠症困扰的伯伯，身体哪里吃得消呢？于是，她又骂他是个废物，好吃好喝地住在这儿，连这个都满足不了，要他有什么用！伯伯便提出要搬回去住几天，她又立马换了一副面孔，低声下气地求他不要走，还一个劲地给他端茶递水、捶背揉肩。走也不是，不走也不是，精神和体力的双重折磨，常常弄得他心力交瘁、精神恍惚，仿佛身上套着一副无形的枷锁。

所有这一切，他都没有向爷爷这边透露分毫，一来是怕爷爷担心，二来也是男人的自尊心在苦撑。他原本以为等将来孩子生下来后，情况会有所好转，因为到了那个时候，全家人会把注意力都集中到孩子身上。可惜他想错了。儿子生下来后，白天妻子坐月子、小孩的吃喝拉撒全都需要人服侍，再加上原本的家务活，所有的事全部压在岳母一个人身上。岳父是一个甩手掌柜，每天除了三餐和睡觉，大部分时间都在外面闲逛。岳母管不住老伴，只好拿他来撒气，说什么别人养闺女图什么，还不是图个省心，我倒好，把女儿当个儿子来养！大的伺候完伺候小的，小的忙完了还有个老不死的在那里候着，这日子什么时候是个头啊？哼，你们一家子倒是轻松，白白得了个孙子，还有人替他养着！

这倒还好，岳母到底辛苦，发发牢骚可以理解，可妻子呢，每晚除了喂个奶，别的几乎什么也不干，给孩子换尿布、擦身、哄孩子睡觉都是他的活儿，有时候连喂奶，妻子还要拖着连眼睛都睁不开的他在身边陪着，亏他是个男人没有奶水，不然连喂奶都要他包了。有一天夜里，好不容易将孩子哄睡着，迷迷糊糊地倒头睡下，也不知过了多久，只听见一声尖叫，妻子把他从床上拽了起来，他睡眼惺忪地问怎么了？怎么了，你是死人啊，孩子尿床了都不知道！他伸手一摸，床上湿了一片，再检查一下孩子，原来是忘了换尿布，于是连忙去换。换什么换，现在换还有什么用，我看你是存心跟我作对，把我作死了好再去找一个是不是！妻子越说越气，一把扯掉了床单，孩子惊醒了，闭着眼呜哇呜哇地哭着，她还不解气，忽然一把提起了孩子，狠命地掐她屁股，孩子更加撕心裂肺地哭了起来。他见状连忙抢过孩子，她发了疯似地朝他扑了过来……吵闹声惊动了岳父母，他们来到房间，只见伯伯一手抱着孩子，一手将他们的女儿摁在床上。岳父也不问青红皂白，抄起一只板凳就向伯伯头上砸去。

伯伯在医院里躺了两天，妻子那边没一个人来看过他。出院的时候，他没有回岳父母家，径直去了爷爷那里。爷爷总算知道了伯伯全部的遭遇，他叹着气，沉默了好长一段时间后对他的儿子说，老大，你想想清楚，这日子能过你就过下去，不能过，干脆就搬回来住吧。没过两天，妻子就抱着孩子找上门来，哭哭涕涕地求他回去，还差点没在全家人面前跪了下来。爷爷和他看着女人怀里天真烂漫的孩子，一时间，还能再说些什么呢？

总算消停了一些日子。可惜好景不长，哺乳期刚过，妻子蓬勃的性欲又起来了。也许是怀孕哺乳这段时日压抑得太久，积蓄在妻子体内的欲念就像火山爆发一般不可遏制。她每晚都折磨得伯伯无法入眠，还不知道从哪里搞来一个偏方，偷偷地在伯伯饭菜里下了药。伯伯毕竟是人而不是一头牛，就算是牛，也有吃不消的时候，因为伯母这片田实在太广袤了，广袤到无边无垠的程度。伯伯这时才真正体会到了什么叫做欲壑难填。没过多久，“牛”便再也拉不动犁了，任凭伯母怎么使唤，“牛”始终软趴趴地像滩泥一样卧在草堆里。这倒也好，一了百了，至少可以睡个安稳觉了。伯伯可真是困啊，每晚头一沾枕头，鼾声就跟着来了。在梦里，他一会儿是李白，“朝辞白帝彩云间，千里江陵一日还。两岸猿声啼不住，轻舟已过万重山。”，一会儿又是杜甫，“塞外忽传收蓟北，初闻涕泪满衣裳。却看妻子愁何在，满卷诗书喜欲狂。白日放歌须纵酒，青春作伴好还乡。即从巴峡穿乌峡，便下襄阳向洛阳。”

一天清早，他朦朦胧胧从梦里醒来，忽然感到浑身上下像散了架似的疼痛。妻子披头散发，两眼布满血丝地看着他。怎么了，他挣扎着想要起来，却吃惊地发现，手脚竟然被人用尼龙绳死死地绑在了床架上。妻子冷笑着说，你倒是睡得好啊，睡，接着睡！说着，她从床头柜里翻出来一把剪刀，轻轻地扒下他的裤子，一边说着，反正也派不了什么用场，留着它反倒是便宜了其他女人，不如我替你剪了它吧？伯伯早已是吓得魂飞魄散，小便不由自主地淌了出来，当冰凉的剪刀触碰到皮肤的时候，他扯开嗓子拼命呼救了起来……

剪刀没有真剪下去，破了皮之后，伯母看到殷红的血，一下子便晕厥了过去。

离婚官司一拖就是两年，当时离个婚不像现在这么简单，其间要经过里弄、单位的反复调查和调解，光是申请就要递交好多遍，当然，这仅仅是指程序而言。到了最后，岳父母终于向爷爷和盘托出了关于他们女儿的全部情况。原来，岳父在早年的一次斗争会上被扣上了反革命的帽子，为了跟他“划清界限”，岳母抱着不足三岁的伯母，当场扇了岳父一个嘴巴，响亮的耳光声刺激到了她年幼脆弱的神经，自此落下了病根。本以为一场美满的婚姻可以让她慢慢好起来，忘却儿时的阴影，没想到……说到这里，岳母已是泣不成声。最后，他们乞求爷爷和伯伯能够看在他们老两口无依无靠的份上，将孩子让给他们去抚养，也算是留个念想，没白结这一次婚。

伯伯终于听到了锁链落地的声音。

井

说来也奇怪，虽然我的小鸡鸡“冒犯”了小琴，而我也为此挨了打，可我们依然是好朋友。风波过去后，没过两天，小琴就来找我玩了。那一年的暑假似乎特别漫长，长得有些不着边际，仿佛我之前的学生生涯已经成为了一个遥不可及的梦，我从梦中醒了过来，发现自己和功课一样，是一只无家可归的流浪猫。我们白天漫无目的地游荡在大街上，穿梭在弄堂里，为所有令我们瞳孔放大的事物而驻足停留，又为所有使我们恐惧的东西而撒腿狂奔。我们当然也不乏玩伴，因为像我们这样的“流浪猫”比比皆是。白天，我们追逐着太阳，同时也被太阳所追逐；夜晚，我们各有各的小窝，在那里，我们可以美美地睡上一觉。

小琴提出要再看看我的小鸡鸡是在一个雨天的下午。在那些炎热的午后，暴风雨总是说来就来，没有任何征兆。当时我和她正在阁楼上玩挑绑绑，一根红线绳在我们的手指间相互传递着，每次传递，都要变换出不同的花色。这种游戏我以前常玩，可那时的我已经不太热衷于此了，总感觉这是一个女孩子才玩的游戏。比起它来，我更愿意去公园里捉迷藏或是到池塘边捞蝌蚪什么的。

可那天外面下着大雨，我们无处可去，谁都不愿意自己被淋成一个落汤鸡。

小琴似乎比我更加的心不在焉，平时长于此道的她竟然连着挑错了好几个线头，“红花”在她手里还没来的及开放便丧气地凋谢了。一连输给我好几盘后（我们规定输了要刮鼻子），她气恼地扔下线绳，“不玩了不玩了，小刚哥哥老是赢，鼻子都被你刮塌了。”说完她用手捏了捏有些发红的鼻梁，好像那样就可以将原本并不怎么挺拔的鼻梁骨给捏挺一样。“那你说玩什么？”我意识到自己刚才确实下手重了点。“你……”小琴刚想说什么，却又不好意思地低下头去，腮帮子微微泛起了红潮。“我什么？”我不解地问道。这时，阁楼的窗户突然被风吹开了，咣当一下，把我们两个人都吓了一跳，雨水噼噼啪啪地刮了进来，窗户下的楼板上顿时湿了一大片。我跳下床，走到窗边将窗户重新关上，并且搭上了搭扣。“你刚刚说什么？”回到床上后，我又问小琴。“我想看看……”“该死，楼下又要滴水了。”说着我又跳下了床，拉开搁电视机（是一台十四寸的旧黑白电视机，一根天线已经折断了）的五斗橱，从那里面抽出了一小叠草纸，将它们铺在窗下的那滩水渍上。潮湿迅速在草纸上蔓延开来，就像一支军队，逐渐蚕食着干燥的地盘，我出神地看了一会儿。“小刚哥哥。”小琴的声音轻轻地在我背后响起。“嗯”，我回过头去看着她，她的脸颊比刚才更红了。“算了，还是不说了。”“说呀，干嘛不说，快说快说！”我有些急了。“就是，你的那个能不能给我再看一眼。”她的声音轻得几乎听不见。“什么东西？”我坐回到了床上。“就是上次你给我看的。”“上次？”我有些丈二和尚摸不着头脑。“哎呀，就是你的下面啦！”小琴有点急了，她这一急，声音自然也就提高了。我突然意识到她要看什么了，连忙用手捂住裤裆叫道：“不行不行，上次给你看了之后我挨了爸爸好一顿打呢！你看，脸上的印子到现在都没有褪！”说完，我指了指自己的左边脸颊，那上面原先有道红色的掌印，此刻已经变成了淡紫色。一阵眼冒金星的轰鸣声仿佛又在我的耳边响起。这次，说什么也不给她看了。就当作是一种——惩罚。我的脑海里居然闪现出这两个字来。小琴有些羞愧地笑了笑，然后从容地（像是事先想好的一样）对我说，“这样吧，我先让你看看我的，然后你再给我看你的，这样我们就扯平啦。”说着，她麻利地脱掉了身上的黄色小短裙，然后蓦地拉下白底红色小圆点的内裤，动作快得让人猝不及防。我匆匆地看了一眼。也没有什么特别嘛，跟我想象（这种想象是从哪里来的？）当中的一模一样。我向她如实地表达了我的观感。“该你的了。”她不为所动地催促着。我不得不再次当着她的面脱下了裤子，说不上为什么，这次我竟然感到了一丝害羞，我的动作缓慢而又犹豫，跟她的干脆利落形成了鲜明的对比。当时的我并不知道，这样的对比在我日后的人生当中还将重复上演许多次，在干脆与羞涩的角逐中，究竟谁占了谁的上风，怕是谁也说不清的吧。我的小鸡鸡不出所料地挺立着，显得十分的厚颜无耻，而小琴却和上次不同，她的眼睛睁得大大的，目光好奇而又专注，仿佛在看一副画，又或是一件在自然博物馆里展览的动物标本，全然没有了上次的紧张与羞涩。渐渐地，她又眯起了眼睛，目光仿佛越过了我的小鸡鸡，甚至越过了我的身体，停留在了我身后的某个地方，嘴唇也微微地张开了。看着她那副古怪的表情，我连忙拉上了裤子，“不看了，不看了，有什么好看的！”

雨还在哗哗地下着，从窗户往外看去，白茫茫的一片，雨滴打在屋顶的黑色瓦片上，声音脆脆的，又有一点空。电线杆上有只麻雀停在那里，不时地转动着脑袋朝屋里打量着，像是雨天派来的一个密探。不一会儿，又有一个“密探”飞了过来，停在边上，它们交头接耳了一番，忽而又飞走了。小琴说她要回去了，我没有吭声，眼睛直直望着窗外发呆。楼梯上响起了噔噔噔的脚步声。那条楼梯又窄又陡，记得她当初从阁楼上下去的时候，动作笨拙得像只乌龟——人是倒退着、手脚并用地爬下去的，而如今呢，那简直可以用健步如飞来形容！

走就走吧，最好别再过来！我气恼地躺到了床上。女孩子总是这样，不知道什么时候就会动些歪脑筋惹人心烦，仿佛存心要跟你过不去一样。楼下不时地传来爷爷的咳嗽声，紧一阵慢一阵的，每次咳完，在急促的喘息之后便是一声长长的叹息。爷爷在叹息什么呢？叹息这样的鬼天气，还是叹息我们刚才的举止？想到刚才，我不由得开始担忧了起来。要是小琴把刚才的事再告诉她姑姑，然后再传到爸爸的耳朵里，后果将会如何？我不敢往下想了，下意识地伸手摸了摸留有掌印的脸颊，那种火辣辣的感觉似乎又回来了。

我就这么惶惶不安地躺着。雨早就不下了，雨后的空气还算凉爽，这样好的时光里我本该找李军好好玩玩，或是干脆美美地睡上一觉的，可刚才的事搅得我心绪不宁。我一边担心着事情败露后会换来爸爸的责打，一边又想着……。那条白底小红点的内裤和隐密的部位以及那种古怪的眼神此刻在我的脑海中愈发清晰了起来。伴随着这种清晰，我的小鸡鸡居然又不知不觉地挺立了起来，将我那条薄薄的短裤顶得鼓鼓的，宛如一顶帐篷。同时，一种奇痒无比的感觉正猛烈地朝我心头袭来，为此，我竟然感到了一丝羞耻，这可是前所未有的！我心烦意乱地走下了阁楼，搬了一只小凳子坐到了门口，眼睛紧紧地盯着小琴家的大门。那扇木质的门板此刻正虚掩着，神秘而又庄严，我已经很难想象出到了晚上它被拆下来搁在几张椅子上当作床铺的样子了。（那时弄堂里的人家到了夏夜，往往会搬出躺椅或卸下门板搁在门口纳凉，有的甚至干脆在外面过夜）弄堂里此时比往常要安静一些，知了在窨井边上的梧桐树上百无聊赖地叫着。每逢有人从门口经过，我便匆匆收住眼神，装作若无其事地东张西望着。“小刚哥哥，要不要一起玩弹珠？”小胖手里捏着两颗玻璃弹珠来到我面前，嘴唇上挂着两串晶莹的鼻涕。我朝他看了一眼，充满厌恶地挥了挥手，他也不走开，顾自在我身边玩了起来。又过了一会儿，周奶奶家的门突然打开了，周奶奶端着一盆水走了出来，然后哗啦一声泼在了碎石路面上，“小刚坐在门口干什么？这么热的天。来，上我家玩玩，有西瓜吃。”周奶奶一手拎着空盆子，笑眯眯地对我说。那滩泼出来的污水沿着碎石的缝隙缓缓地朝四面八方流散开来，有几小股水流正向着我的脚边奋勇前进，上面裹挟着几只拼命挣扎的蚂蚁。我当然知道她所说的“玩”指的是什么，还不就是帮她拆布条！（就是将布料的边角料用一块小铁片拨拉成一缕缕纱线，真搞不懂周奶奶为什么爱做这么无聊的事，听爷爷说，拆了的纱线可以拿去卖钱，我可不信！）可除此之外，我还有什么事可干呢？我起身随她进了屋。

周奶奶家的房子并不大，一眼看去，床铺、五斗橱、衣柜，还有一些乱七八糟的杂物已经将几步见方的房间围了个密密实实。空气里始终飘浮着一股木头和织物腐烂发霉的味道。和我家一样，她家也有一架小木梯通往上面的小阁楼，那是周奶奶大儿子呆的地方（她的二儿子已经结婚搬走了。老大都四十多岁了，到现在还打着光棍，据说是因为一见到姑娘就脸红耳赤，结结巴巴地说不出话来。）门外是用三夹板和油毡布搭成的半开放的灶头间，煤炉以及锅碗瓢盆之类的都堆放在那儿。

西瓜的味道并不好，像是放得时间太久，靠近瓜皮部位的瓤已经隐隐的有了些许馊味，我只将当中的部位胡乱咬了几口便放下了。周奶奶的布料还真是多啊，满满地堆了一澡盆，我开始后悔来这儿了。我一边无聊但却熟练地撕扯着纱布，一边想着心事。就在这时，阳光突然从屋外涌了进来，小琴站在一片光明里欣喜地对我说，“小刚哥哥，原来你在这儿啊！”她又换了一条红色的连衣裙，红得有些耀眼，一头乌黑的短发背对着阳光，散发出柔和的光泽。不过，说实话，我还是更喜欢她短袖短裤的样子，那样子清清爽爽的，看上去更像个男孩子。见我不理她，她索性搬了一只小矮凳坐在了我的对面，和我一同拆起了布条。我们就这样，谁也不说话，专心致志地撕扯着，屋子里一时间只剩下布料碎裂的声音，嘶拉，嘶拉，纱线一丝一缕地从布料上分离出来，带着绝望的痛苦，又带着胜利的欢呼。“真没劲啊，小刚哥哥，要不我们出去玩玩吧。”小琴看着我，眼里露出企望的神色。我还是不说话，手上正费力地拉着一股纱线，那股线不知怎么的，像是打了死结似的，怎么拉都拉不下来。见我还是不理她，小琴显得有些失望，不过，她还是没有停下手中的动作。“去哪儿玩呢？”片刻后我问道，像是怕她会突然起身离去。

屋外的阳光依旧灼热而又刺眼，小琴站在阳光下茫然地看着我。我沉吟了片刻，突然眼睛一亮，“跟我来”。我拉起她的手大步朝前走去。“去哪儿？”她着急地问道，脚步却追了上来。“去了你就知道了。”我神秘地笑了笑。

我们在曲曲弯弯的弄堂里走着，像两只小鸟穿梭在幽暗茂密的森林里，又像是一艘小船溯回在崎岖绵长的峡谷间。这里是上海滩有名的棚户区，它不同于那些令人望而生畏的高楼大厦、花园洋房，也不同于那些由单位斥资建造的排列规整的公房，它甚至都不同于经常出现在海派作家书里的石库门里弄。用我们现在人的眼光看来，这里的“房子”甚至连房子都不能算，它们只是一排排、一簇簇用泥沙、毛竹片、油毡布和少许砖瓦堆出来的草棚棚。它们冬天阴冷，夏天闷热，雨季又时常“水满金山”；它们屋连着屋，檐挨着檐，腿长的一步就能从自家跨到对门，睡觉打呼噜的夜里常常惊扰到邻居的好梦；在外人眼里，它们是画布上的肆意涂鸦，天空中的一片乌云，是人类居住史上的噩梦。然而，在当时我们的眼里，它们却是不同的。我们生于斯，长于斯，自然而然地便对它有一种与生俱来的亲切感，我们又没有见过多少世面，对外面世界的精彩完全懵懂无知，尽管有时也被大人带去一些有名的商业街、广场之类的地方，也偶尔会从不甚清晰的黑白电视屏幕上看到另一个国度，另一片天地，然而，对我们而言，那些并不属于我们生活的舞台，最多只是舞台边上的一小块布景而已。

小琴在我的身边走着，时而落在了后面，时而又跑到了我的前面，红色的衣裙像一团火焰，照亮了那些隐藏在暗影里的蓬屋瓦砾、颓壁残垣。“我们要去一个叫鬼弄堂的地方。”一路上，我忍不住说出了实情。“为什么会叫鬼弄堂？”小琴好奇地问。“这还不简单，那里有鬼呗。”我瞪大眼睛吓唬她道。“那我就不去了。”她突然停下脚步说，“我最怕鬼了，有时候晚上做梦，梦到有鬼在后面追我，我拼命想跑，可脚就是动不了，太可怕了！”“那鬼长什么样子？”我问。“记不清了。”“爷爷以前告诉我，走夜路的时候，就算有人叫你，也千万别回头。”“为什么？”“因为夜里人肩上都有两盏灯，一边肩上一盏，你往左边回头，左边的灯就灭了，往右边回，右边的就灭了。灯亮着的时候，鬼自然不敢靠近，要是灭了……”“小刚哥哥你别说了，太吓人了！”她用手捂住耳朵，打断我说，“我们还是别去了！”说着，她掉头就要往回走。我一把拉住了她，笑着说，“别怕，骗你的啦，其实那里根本就不叫什么‘鬼弄堂’。”“那叫什么？”她转身问我。“我也不知道叫什么，说实话，连我也没有进去过呢！再说，这大白天的，哪儿来的鬼啊？”

我带着她穿过了两条支弄，在第三条支弄的分岔路口朝着一条弄口堆着石凳的小路走了进去。这条弄堂里的屋子明显要比平常的矮了许多（最矮的，屋檐几乎与我的脑袋齐高），让我们纳罕的是，住在这儿的究竟是些什么人，难道我们真的是来到了小矮人的森林小屋？这里的弄堂也比我们常见的要更窄，窄得我们几乎都无法并肩而行，要是迎面有人过来，那双方都必须同时侧着身子，脸贴着脸，肚子擦着肚子，脚步横移着才能通过。阳光在这条幽暗的“过道”里显得尤为吝啬，就算在这烈日当空的夏季，它也只是檐下或地上的一道光斑而已。小琴战战兢兢地跟在我的身后，一只手紧紧地拽住我背心的下摆，仿佛我随时会舍她而去似的。我的心跳也更着加快了，这儿实在是太黑了，那些低矮的、闪着幽暗灯火的门窗此刻在我们的眼里，就像一个个暗中觊觎我们的怪物，冷不丁地就会伸出一只毛茸茸的爪子，将我们拖到黑暗的洞穴里去！

穿过第二条横径后，在一户小屋的窗前，我的脚下突然打滑，险些跌倒，幸好我手疾眼快，一把扶住了那扇矮窗的铁丝网。小琴在我身后紧跟着“啊”地叫了一声，尖锐的嗓音像一把锥子，霎时戳破了弄堂里阒寂。有几扇窗户里星星点点地亮起了灯火，一些模糊不清的面孔在光亮下影影幢幢地晃动着。我们摒住呼吸，腿上的血液仿佛凝固了一般，不管我们怎么努力，都难以将它们移动分毫。我回头朝小琴嗔怪地看了一眼，就在这时，铁窗边上的门突然开了，一片光亮从屋里泼了出来，“哪儿来的小赤佬！”一只光秃秃的泛着白光的脑袋在门槛稍上一点的位置上对我们低吼道。看着身旁就像是从地底里钻出来的那张脸，我们吓得魂飞魄散，拔腿就朝前狂奔了起来。

“小刚哥哥，等等我！”小琴微弱的声音从我身后传来。我意识到自己跑得太快了，便慢慢地止住了脚步。小琴很快就赶了上来。我们停下后急促地喘了几口气，看着彼此狼狈的样子，想笑却又笑不出来。眼下的弄堂比之前稍稍宽了一些，光线也亮堂了许多。我仔细地观察了一下周围，发现自己竟然已经跑过了头，于是我们只得又折返了回去。“到底在哪里啊？”小琴的声音里有了稍许不奈。我说，“别急，应该就在这里了。”凭着记忆，我努力在矮屋之间辨认它们细微的差别。终于，我在一高一低，一个顶上盖着红瓦，一个则铺着油毡布的两间屋子的狭隙处发现了一条极窄（仅容一个人侧身而过）的小道。“就是这里了！”我欣喜地对小琴说道。

我们轻手轻脚地搬开了堵在道口的柴堆和一只小瓦缸，尽量不发出一点声响，随后便侧身钻了进去。小琴用手裹紧了裙子的下摆，提防着被墙壁上的泥灰弄脏。我们朝前挪动了约有几米的距离就发现了左手边的一个黑洞。那是真正的黑洞，比黑夜还黑的黑洞，不，应该说，这里就是黑夜，一个永远没有白天的黑夜！我朝小琴探寻地看了一眼，她犹豫了一会儿便随我走了进去。

地面上非常湿滑，我们紧紧地牵着手，小心翼翼地挪动着脚步，我不时地用另一只手探察着周遭的环境，所碰之处尽是湿漉漉、滑腻腻的东西，就像是摸到了鳝鱼的身体。记得上回来的时候，我没走多远便退了回去，这次却不同，因为身边多了小琴，我也不知道自己哪儿来的勇气。渐渐地，手上的感觉告诉我，周围比刚才进来的时候宽敞了许多，耳边似乎有水滴的声音。忽然，我的脚下似乎撞上了什么东西，我立刻停了下来，下意识地握紧了小琴的手。“怎么了？”小琴的声音颤抖着。“这里好像有什么东西。”我回答道。我们不敢再朝前走了，原地站了下来。周围非常的静，除了水滴的声音以外，只剩下我们彼此的呼吸和心跳声。

又过了好一会儿，我们的眼睛才渐渐地适应了黑暗，周围景物的轮廓变得稍稍清晰起来了。这里似乎是一个内院，两根楹柱支起了尖尖的顶蓬，刚才进来的地方是两间小屋的夹缝，而它们的屋檐竟然是连在一起的！我低头看了看脚下，一层水泥台阶硌住了我的脚，台阶上有一口水井，就在几步远的地方。再往前就看不太清了，似乎是一间灶房。“小刚哥哥，我们回去吧，我怕！”小琴的手心湿漉漉的。“等等。”我忽然发现，水井的井口微微有些光亮透了出来，闪闪烁烁的。我拉着小琴来到了井边，往下一看，井里亮堂堂的，竟然没有水，井壁上还有一条又细又窄的铁梯通往井下。

也许是强烈的好奇心在作祟，我不顾小琴的劝阻，一心想要下去看个究竟，“你呆在这儿，别乱跑，我一会儿就上来。”说着，我双手攀住满是青苔的井口边缘，脚下踩着扶梯，一级一级倒退着朝下爬去。“小心点！快点上来。”小琴俯在井边，一脸焦急而又无耐。

井并不很深，我顺着扶梯爬了不多一会儿便到井底了，就在这时，颈后突然被一只宛如铁钎一般的手紧紧地箍住了，“谁？”一个毛毛糙糙的声音在我脑后低吼道。我完全被这一突如其来的变故吓懵了，脑子里一片空白，头皮阵阵地发麻，难道真有鬼？勉勉强强地转过头去，一双布满血丝的眼睛正紧紧地盯着我。我不敢与这双眼睛对视，赶紧转回头去。我想，事已至此，只能听天由命了。手掌慢慢松开了，“出去！”声音命令道。我乖乖地朝上爬去。“回来”，才爬了没几步，声音再度响起。我木然地停了下来。“你从哪里来的？”我依然不敢出声。“别怕孩子，我不是鬼，不会吃了你的。”奇怪，他居然自称自己不是鬼！我小心翼翼地转过头去。站在我面前的是一个老头，个子挺高，微微佝偻着背，布满皱纹的额头靠左边一点的位置上有一道长长的疤，这使他看上去有几分凶恶。见我怔在那里不动，他稍稍和缓了一下脸色，“下来吧，既然来了就是客，这里从没人来过，你是第一个。”

我无法形容当时的感受，新奇、惊惧、刺激，这些仿佛都在其次，它们只不过是水面上的波澜，树梢间的骤风，稍纵即逝。事实上，自从进入这条“鬼弄堂”起，我一直都处于一种恍恍惚惚的状态之中，脚下仿佛被一根无形的绳索牵着，所有的行动看似出自我自己，其实又都不是，一如傀儡戏里的牵线木偶，真正操纵它的那个人，一直都隐藏在黑暗的幕布背后。“你可以随便转转。”他说完便径直坐到了一把木椅上，懒懒地靠着椅背。紧靠椅子的是一张不大的书桌，桌面凹凸不平，桌脚上有些地方的油漆已经剥落了，露出了霉烂的木质内层。桌上散乱地堆放着几本书，还有一盏煤油灯，他随手拿起一本摊开反扣着的书，戴上搁在桌上的老花镜，顾自看了起来，就好像我并不存在一样。我不明白他说的“转转”是什么意思，总共就这么大一点的地方，叫我上哪儿去转？况且，这里从顶部到“地面”的距离，最高处，也仅仅比他的身高略高一点，仿佛随时都会有倾蹋下来的危险。“你别看这里小，当年日本人打过来的时候，这里可以藏很多人呢！”他翻过一页书，说道，“国民党的军队也从这里撤离过。”也许是因为他那副松松垮垮，满不在乎的样子感染了我，此刻我已经不像先前那么紧张了，我开始随意地打量起这个地下世界来。

他说的不错，这里虽然狭小，却是一个地下通道——在我身侧和他身后不远的地方有两个黑漆漆的洞口，样子看起来格外的幽深莫测。凭借着煤油灯闪烁不定的光，我看到了石壁上坑坑洼洼的凿痕，有两个巨大的人影投射在那上面，一个坐着，一个站着。我抬起右臂，站着黑影便同时抬起了左臂，我抬起左臂，它又随我抬起右臂，我晃一晃脑袋，它的脑袋也跟着动了一下。在灯光照射不到的暗角，隐隐约约还搁着两只大木箱，其中一只打开着。我走向那只打开的箱子，发现里面满满的全是书，一叠叠整齐地码放着。一股浓郁的樟脑气味扑鼻而来。我随手拿起一本，黑色的封面上印着猩红的书名《大义觉迷录》这五个字，里面的书页已经泛黄了，边缘处还有斑斑的水渍。“你也喜欢书？”他把镜架往鼻尖上推了推，目光直视着我。“不，不喜欢。”我摇了摇头，放下了书。一丝失望而又不屑的神色掠过了他的双眼，他轻轻地叹了口气，转回头继续看他的书。“我伯伯喜欢看书。”

也许是受到了他眼神的刺激，我有些不服气地说，“可大家都说他是书呆子！”“大家？大家是谁？”他并不看我。“爷爷、爸爸、妈妈、小敏阿姨，还有很多的人。”“你呢？”“我……我也是。”其实我对自己是不是在“大家”之列，心里并无把握，但为了气他，我只好这么说。他这时转过头来，很认真地看了我一眼，然后慢慢地说，“大家这个时候都在家里呆着，你上这儿干嘛来了？”我一时语塞，正想再说些什么，只听见小琴的声音隐约地从井口传来，“小刚哥哥，小刚哥哥！”“叫她也下来吧。”他说。

小琴来到井下，起初也和我一样紧张，她拉着我的手，一个劲儿地说，“小刚哥哥，时候不早了，我们还是赶快出去吧。”我说，“别怕，这位爷爷是个好人，不会欺负我们的。”“好人？哈哈哈哈！”，听了我这句话后，他忽然放声大笑起来，声音撞到石壁上，再反弹进耳朵里，嗡嗡嗡的，让人直起鸡皮疙瘩。小琴愈加害怕了，连忙躲到了我的身后。“你笑什么，我说的不对吗？”我壮着胆子问道，同时感到一股怒气在胸膛里横冲直撞着。“对，也不对。”他仍然掩饰不住笑意，“好人有时会变成坏人，坏人有时也会成为好人！”见我还是气呼呼地瞪着他，便说，“不要生气孩子，我笑，是因为好久没有人说我是个好人了！哈哈，我是好人，我是好人，哈，哈哈哈哈！”我完全听不懂他在说什么，只是觉得，他笑到后来，声音简直比哭还难听，让人一时分不清，他究竟是在笑，还是在哭，这不由得让我心里的气消退了一大半。想想他也挺可怜的，一个人躲在这枯井里看书，身边连个玩伴也没有……“你叫什么名字？”他的问话打断了我的思路。“孙小刚。”

我回答道。“孙小刚……家住哪里？”我说出了家里的弄号。他开始沉吟了起来，时不时地用一种奇怪的眼神打量着我。“这井里为什么没有水？”被他看得有些不太自在，我便随口问了一句。“谁说没有水，你听听，这儿到处都是水。”我凝神静听了一会儿，依稀听到了一些什么，却又不太真切。我索性将耳朵贴在石壁上，果然，哗哗哗的水流声清脆悦耳。我说，“小琴，你听听，这里确实有水，声音还越来越响了呢！”小琴说，“小刚哥哥你耳朵真背，我就是站在这里也能听得出来！”“什么”，听了小琴的话，他宛如从梦中惊醒一般，一个激灵从椅子上站起身来，然后趴到了地上，耳朵紧贴着地面听了起来。听着听着，他一侧的脸颊忽然由白转青，继而又由青变黑，“不好，水要涌上来了！”他起身催促我们道，“你们快走，快！”说完，他迅速将桌上的书放到了木箱里，啪的一声合上了箱盖，见我们正准备爬井梯，连忙将我们拽到他书桌后边的黑洞口，“从这儿走！”说完他用力一推，我们便像两只断了线的风筝，坠入了无边的黑暗之中……

我们仿佛被一股汹涌的漩涡席卷着，在石壁间来回冲撞，我伸出手想要抓住什么，却什么也没抓住，那些原本粗粝的石头此刻忽然变得滑腻无比，轻而易举地，便从我的指缝间逃脱了。我想大声呼喊，可是水立刻涌进了我的肺里，声音刚一出口，便化作了无数的气泡。小琴和我被冲散了，此刻她就在我前方不远的地方，可我却够不着她。红色的连衣裙在水中完全舒展了开来，飘浮着，像一朵莲花，又像一只晶莹剔透的水母，是这无边深渊中唯一光明的事物。渐渐地，这唯一的光也不见了，退化为一枚红色的气泡，飘远了。在我周围尽是些巨大无比的礁石和水藻，我虽然看不见它们，但却能感受到它们的存在。是的，存在。此刻的我仿佛无所不知，万事万物逐渐褪去了轮廓，消弥了界限，它们彼此牵扯着、渗透着，和我融为了一体，我无比的空洞，又无比的具体，这一刻我并不存在，而在下一刻，又聚焦成为一个奇点，一个奇迹，尖锐无比的清醒感刺痛了我，却又让我感到欣喜若狂……

足球

从梦中醒来，我感到自己就像一团燃烧着的火，周身的骨骼无处不在酸痛着。爸爸站在床边，眼神充满忧虑地看着我，见我醒来，忙把我前额上的湿毛巾翻了个个儿，“醒了，还难受吗？”我吃力地点了点头。清凉的毛巾很快便被我的额头捂热了。爸爸取下毛巾，放进脸盆里漂了几漂，然后叠好重新敷在了我的额头上，又从桌上拿起一枚体温计，用力地甩了甩，塞进了我的嘴里。“他醒了？”妈妈端着一碗粥从堂屋里走了过来，“要不要带他去医院看看？”“让他休息一会儿再看吧。”爸爸接过了粥，将它搁在了桌子上。堂屋里的灯亮着，饭菜的香味飘了进来，却丝毫勾不起我的食欲。过了一会儿，爸爸将体温计从我的嘴里抽了出来，凑到灯光下看了看。“多少度？”妈妈在一旁问道。“38.7

度，热度下来了一点。”“要不要吃点东西？”妈妈看着我，手指在我的发根间摩挲着。我摇了摇头。

夜里，我的热度忽地又上来了，这一次，它稳稳地站在了40度上。我感到了彻骨的寒冷，尽管在这炎热的夏夜，尽管身上盖着厚厚的棉被，可我依旧抵御不了来自身体内部的那种冷。我哆哆嗦嗦地将被子裹了又裹，身体蜷成了一只虾米。爸爸将我连同被子一起背到了背上。出门的时候，功课竖起尾巴，随我们走到了堂屋，然后对着即将关上的房门喵地叫了一声。

爸爸的背宽阔而又结实，像一艘稳稳的小船。在轻微的颠簸中，我迷迷糊糊地睡着了。

大人们总说，梦是假的，是相反的，可我知道并不全是。至少在我的梦里，应该有一部分是真的，有一部分是假的。那么，究竟哪些是真，哪些又是假的呢？在那些发着高烧的夏天的日日夜夜里，我反反复复地思索着这个问题。开始我以为，很显然，梦的最后部分，也就是我和小琴被推到无边深渊里的那段是假的，因为在现实当中，根本不可能发生那样的事。可到了后来，我又觉得它十分的真实，真实到让我害怕，我闭上眼睛，马上就能感觉到它的存在，它简直就成为了我身体的一部分，而之前所有的我一直坚信不疑的经历，却又变得虚无缥缈、可有可无了。

我得的是腮腺炎，也就是俗称的大嘴巴。后来我才知道，不知什么原因，那一年的暑假里上海突然流行起了这种古怪的毛病。说它古怪，不是因为连续的高烧不退，而是因为得这种病的人，一个个的腮帮子一侧或两侧都会肿得像只“猪头”，仿佛被人狠狠地抽了一顿耳光一样。而且这种病还多发于少年儿童，这就更加符合关于抽耳光之类的想象了。到了开学的时候，那些被“抽了耳光”的同学几乎占了我们班的一大半，连最文静、学习成绩最优秀的赵丽萍都在其列。突如其来的流行病让学校方面有些措手不及，校党委连忙召开紧急会议，并经区教育局同意后，宣布了临时停课两个星期的决定。平白无故多了两周假期的老师和学生们为此欣喜若狂，仿佛天上掉下了馅饼一样。少数回乡探亲的教职员工们则在欣喜之余，不无遗憾地想到，要是再早点接到这样的通知就好了，那样岂不是还能陪亲友再多呆一些时日？我们的体育老师邬卫国就属于这样的例子。

小邬老师年纪并不大，老家在安徽阜阳市，曾是阜阳市青年足球队员，拿到过的奖杯大大小小不下十余个。当时的他，前途无可限量。可命运偏偏和他开了一个不大不小的玩笑。在一次市里组织的阜阳杯全国业余足球比赛中，为了拿到好名次，市体育局领导弄虚作假，将他这名专业队员安插在了业余队伍里，并谎报了他的年龄和身份信息。按理说，这样的比赛不应该受到体育局领导如此的重视，可那次比赛不同，因为在特邀来宾之中，有一位来自北京体育总局的领导，据说，这位领导还是一个土生土长的阜阳人。虽然领导只是以个人身份出席此次比赛，但为了让他面上有光，同时也为了对外展示阜阳市足球运动的蓬勃发展，市体育局的领导真可谓是煞费了苦心！比赛前，球队的教练亲自登门拜访了邬卫国一家，不仅转达了市局领导的深切慰问和殷殷重托，而且还许诺，只要他好好表现，帮助球队获得胜利，将来就有机会被推荐进入省队踢球。能够正式进入省队，这是多少像他这样的年轻球员梦寐以求的事啊！出身在普通工人家庭的邬卫国心里明白，这的确是一次千载难逢的机会，抓住了，未来将是一条光明通衢，抓不住，那么这么多年的辛苦汗水将会付之东流。

年轻的邬卫国不敢怠慢，在一开始的预赛和复赛中，他表现不俗，凭借着娴熟细腻的脚法和出色的中场组织能力，成功地帮助球队顺利过关，并进入到了最后的决赛。决赛当天，观众席上万头攒动，尽管天空下着蒙蒙细雨，可雨水仍然浇不熄人们观看比赛的热情。嘉宾席上的总局领导在市局领导的陪同下，也津津有味地观看着比赛，总局领导自小就是个足球迷，这次虽然只是业余比赛，然而却是老家人民精心策划组织的，能够充分体现家乡运动风貌的体育盛会！一直深藏在心底的家乡荣誉感和足球热情被彻底点燃了，领导不仅观看了此前所有的初赛和复赛，而且还不失时机地作出了匠心独到的点评。对于身穿 13 号球衣的邬卫国，领导也一直印象深刻，他问一直陪在边上的市局领导，像这样优秀的业余球员为什么不把他召进专业队伍来？市局领导惊出了一身冷汗，忙不迭地说，领导说的是，我们一定好好培养、好好陪养。转身又对身边的助手说，回去把 13 号的资料调上来，让小徐他们研究一下报给我。总局领导继续感慨道，这样球员要是阜阳再多出几个，安徽再多出几个，全国再多出几个，那么我们中国足球何愁不能早日冲出亚洲，走向世界？

赛场上的邬卫国仿佛听到了领导的鼓励，踢得更加卖力了，盘球过人、长传冲吊，开场不到十分钟，球队便取得了一球的领先，阜阳的观众报之以欢声雀跃，领导们也频频点头。也许是被胜利冲昏了头脑，也许是想更好地表现自己，邬卫国渐渐地忘记了自己身为中场球员的职责，许多该传的球不传，许多该回防的时刻，他仍然赖在前场，比赛仿佛成为了他的个人表演。虽然他的脚法依然细腻，虽然他的过人依然精妙，然而足球终究不是靠一个人踢的，在错失了几次绝佳的进球机会后，球队开始心浮气燥了起来。那些原本年岁就比他大，却一直被他的光辉所掩盖的队友，此刻更是对他心生怨恨，有些脾气暴躁的甚至破口大骂，你个小屁拉子算老几啊，扒掉这层皮，老子锤死你！还有些则干脆不再传球到他脚下，学他的样子，也开始了单打独斗。球队踢到后来，就像是一台散了架的机器，毫无章法可言，甚至连后卫也频频冲到前场，与前锋争夺进球的机会。对于这一切，邬卫国却视而不见，充耳不闻，此时的他，心已经不在球场上了，他仿佛看到了自己进入了省队，进入了国家队，最后站在世界的舞台上，捧起了大力神杯！这是何等光荣的时刻啊！这是多么令人心醉神驰的梦想啊……

可想而知，比赛最后以一比三，阜阳队主场惨败的结果告终。足球是圆的，对于体育竞技而言，胜败是常事，原本无可厚非，可是这样的失败却让领导和家乡父老们无法接受，因为他们看到了一支人心涣散，追名逐利的队伍，看到了一个扶不起来的刘阿斗！赛后，总局领导脸色阴沉，可领导毕竟是领导，说话总是那么的高屋建瓴，他肯定了比赛的成功举办，也委婉地指出了其中的不足，最后，他拍了拍下属的肩膀，鼓励他再接再厉。道路是曲折的，可前途还是光明的嘛！他说。

也真是祸不单行，赛事结束后不久，不知是谁走漏了消息，一封举报阜阳杯全国业余足球比赛弄虚作假的匿名信直接寄到了总局领导的手里。为求自保，市局领导将责任全部推到了邬卫国一个人的身上，自己则撇了个一干二净。

邬卫国的足球生涯就此终结。

提起小邬老师，我不得不承认，我和他之间还有过那么一段渊源。可以这么说，我能够进入现在的小学读书，完全是拜小邬老师所赐。我的学校虽然毗邻棚户区，但却是当时的一所不折不扣的区重点小学，它的办学特色很大一部分得益于足球，而足球教学，则又和小邬老师密不可分。（小邬老师后来考取了上海市的一所师范学校，毕业后就分配进了我们小学，由于在足球方面的出众才能，学校决定以他为核心，在几年时间内，有计划地开展足球教学，结果相当成功。）按照户口薄（有时我真弄不懂，为何一本小小的红色塑料封皮的薄子会有如此至高无上的权力，不仅就学求职要靠它，而且还和人们的衣食住行，生老病死都有着千丝万缕的关系，它简直就像阎王爷手中的生死簿一样，让人望而生畏！）上记载的家庭住址，我是进不了这所学校的。和我的户籍对口的，是一所远近闻名的“垃圾小学”。说它是“垃圾学校”不光是因为它几乎为零的重点中学录取比率，而且还尽出一些打架斗殴，偷鸡摸狗的小流氓、小阿飞。这些学生们平时根本就无心读书，小学一毕业，有的甚至没有毕业，便辍学在家。他们成天游手好闲，惹事生非，慢慢地成为了“文明人”眼中的不安定分子。从某种角度来看，户籍制度倒也不乏合理之处，否则为什么那些对口高档地段的学校就出不了像我们这里的学生？似乎我们这群住在棚户区的孩子天生就只配在这样的“垃圾学校”里读书，在这里同流合乌，沆瀣一气，并最终被判官手里的那支笔划入十八层地狱！这仿佛是我们的宿命，打上了深深的原罪烙印似的。

对此，并不相信宿命的爸爸一直忧心忡忡。他到处托关系，走门路，一门心思地想要把我弄进一所好一点的学校，就算不是重点，只要不在这所“该下十八层地狱”的学校读书就行！然而，爸爸只是一名普普通通的工人，且不说我们社会主义制度下的学校招生纪律是如何的严明，就是单凭他手上的那点不靠谱的关系，也终究是无法得偿所愿的，最多只是求得一点心理安慰而已。生死簿到底是生死簿，除了孙悟空，谁也无法撼动分毫。

可没有想到的是，就在爸爸灰心丧气的时候，孙悟空竟然凭空出现了。这个孙悟空不是别人，正是小邬老师！转机发生在我上幼儿园大班的时候。一天上午，我和一群同龄的孩子们正在教室里上音乐课，音乐老师是我们的班主任。也不知道是出于对班主任的敬畏，还是本来就对音乐课不感兴趣，每到上音乐课，我就觉得度日如年，一心期盼着它早点结束。“我爱北京天安门，天安门上太阳升……”，正当我们反反复复唱着这句歌词的时候，门突然开了，园长领着两个穿着线衫线裤的陌生男人走了进来。她走到班主任跟前对她耳语了几句，随后便让我们跟着眼前的这两位体育老师到操场上集合。真是喜从天降！我第一个便从座位上站了起来，迈开双腿就朝教室门外跑去，到了门口却被班主任拦住了，班主任是个年青的女老师，说话有些凶巴巴的，她尖着嗓子对我说，孙小刚，你留一下。同时，她又拦下了另外两名孩子。随后，等其余的同学全都离开了教室，她才告诉我们，刚才的课我们没有认真上，罚我们呆在教室里继续唱歌，唱到她满意为止。听到这样的话，我的心情就如同坐过山车一般，从高峰处突然滑落到了低谷。我们只好乖乖地回到自己的座位上，眼巴巴地看着其他同学走向操场，走到了阳光底下。

班主任在教室里坐了一会儿就出去了。我们则一遍又一遍地唱着“我爱北京天安门”，像三个念经的小和尚。我感觉厌烦透了，就对另两个孩子说，别唱了，老师都不在了，有什么好唱的，不如我们自己去外面玩吧。不去，他们摇着脑袋说，要去你去，老师知道了可别怪我们。我说，她已经罚我们留教室了，就算发现了，还能再把我们怎么样，难道会吃了我们？他们还是不敢。我就骂他们是两个胆小鬼。他们也回敬我说，你胆子大，有本事自己一个人出去呀，别拖着我们。没想到，本来还有些犹豫的我经他们这么一激，忽然便来了勇气，去就去，两个胆小鬼，窝囊废！我站起身来径直朝教室外面走去。当心老师让你立壁槁（罚站）！一个孩子在身后冲我喊道。

久违的阳光和空气让我的精神为之一振，我在想，太阳在哪儿都能升得高高的，干嘛非要唱“天安门上太阳升”呢？这歌词也太古怪了！想着想着，我便绕过了教室门口的宣传栏，来到操场上。班级里的同学正分成男女两队，一组一组地进行着折返跑。

为了不让他们发现，我悄悄地走到了操场的另一头，在一方跳远的沙坑上玩起了沙子。沙子表面被太阳晒得微微发烫，而底下又有些潮湿。我先用沙子堆了一座房子，看看觉得不像，又打算堆一个人，可没想到，才堆到一半，便蹋陷了下去。于是，我索性将它们全部推倒，用手拢起了一个顶部尖尖的小沙堆，再找来一根树枝插在上面。这样的造型简洁而又稳当，似乎在哪里见过，可又一时想不起来了。只见它在阳光里有些突兀地竖立着，细微处星星点点地闪着光，就像是一座华丽的艺术品。我满心欢喜地欣赏起了自己的“杰作”。

他们还在跑着。站在一边的两个体育老师，一个年纪很轻，戴着一副黑框眼镜，微微有些驼背。年长的那个身材略高，站得也挺直，但却是一个秃子。秃子手里掐着秒表，嘴里含着口哨，一副兢兢业业的样子。眼镜则有一看没一看地站着，仿佛有些心不在焉。李军跑到第二圈半的时候摔了一个狗吃屎，在一片哄笑声中，他起身哭了起来。我冲他喊，李军你哭什么哭，男子汉大丈夫，摔一跤有什么好哭的！李军像是听到了我的话，用手抹了一把鼻涕便不哭了，转回身继续跑了起来。我想想觉得好笑，便学着李军的样子咧开嘴哭了几声，随即又放声大笑，李军是个娘娘腔，你们全是一群娘娘腔！我两手翘起兰花指，模仿女孩们小脚跑步的样子，一边学一边笑，像个十足的疯子！“你怎么不参加跑步？”，一个声音从我耳后传来。我扭头一看，差点吓了一跳，原来刚才的“眼镜”不知什么时候已经站在了我的身后，胳膊里夹着一只足球。我说，我没有不参加，是老师不让我参加的。

老师为什么不让你参加？他蹲下身来，笑眯眯地看着我。我也不知道为什么，反正就是不让我参加！我以为他是来嘲笑我的，就赌气地回了一句。“眼镜”站起身来，让我跑几步给他看看。跑就跑，反正你也不能拿我怎么样，这么想着，我就撒开腿跑了起来。我跑出去很远，随后又跑了回来，气喘吁吁地看着他。他略微撇了撇嘴，然后把怀里的足球交给我，让我双手抱着用力投出去。我按照他说的，将球举过头顶，鼓足力气投了出去。球投得并不远，却差一点砸到了正好赶来的班主任。班主任瞪着眼睛对我说，孙小刚你好大的胆子，没有经过我的同意竟敢一个人跑出来玩，还想拖同学下水！小明小亮都告诉我了。我问她，“下水”是什么意思？她没有理会我的问题，跑过来就要揪我的耳朵。“眼镜”拦住了她，平静地告诉她，是他让我来的。然后，他捡起了球，让我回到操场的队伍里去。我有点不敢相信自己的耳朵，愣愣地看看他又看看班主任。他还是笑眯眯地看着我，班主任则灰着脸，一副无可奈何的样子。这下我全明白了。于是，我抬头挺胸，趾高气昂地向同学们走去，心里忽然对他充满了感激。

后来我才知道，那天来的两个体育老师都姓邬，“秃顶”是大邬老师，“眼镜”就是小邬老师。他们是代表虹光小学来我们幼儿园挑选足球队员的，选中的孩子可以优先进他们学校读书，没有户籍限制。可在当天宣布的入选名单里，并没有我的名字。更可气的是，那个“娘娘腔”李军的名字竟然赫然在列！我回去将这事告诉了爸爸，爸爸一听，两眼登时放出光来，就像捡到了金子一样。第二天他就带我到虹光小学找到了小邬老师。小邬老师说，名单不是已经公布了吗？爸爸说，是公布了呀，可那里面并没有我儿子的名字。小郐老师看了看我，对爸爸说，你儿子叫什么名字？爸爸说，叫孙小刚。你有印象吗，那天你还单独让他跑步来着。一丝诧异闪过了小郐老师的眼睛，不过他迅速又恢复了常态，用一种不咸不淡的口吻说，你儿子我有点印象，他的身体素质一般，身高倒还过得去……我们孙家人长得都挺高的，你看看我就知道了，为了证明他所言不虚，爸爸还特地挺了挺身子。你再看看他的胳膊、他的腿，多结实！爸爸说着便来捏我的胳膊和大腿，那样子，就像一个卖肉的在那里炫耀他家猪肉的精壮。小郐老师看了我这块“猪肉”一眼，说，踢球很苦，像你儿子这种身体素质要比别人多付出一倍的努力……可他肯吃苦啊，爸爸一听，立刻看到了希望，连忙抢着说，这孩子从小就挺要强的，只要你收下他，我保证让他跟你好好练，绝不偷懒！小刚，快跟老师保证，一定要好好踢球，快！爸爸将我拉到小郐老师面前，朝我使了使眼色。在我印象里，爸爸从来没有这么低声下气地求过人，我心里真替他感到臊得慌。我点了点头，勉强地说了句，我一定好好踢球。可是，这是学校决定的事，我也无能为力，小郐老师依然是先前的那种慢条斯理的态度，而且，此时他从椅子上站起了身，样子像是要打发我们出去。你帮帮忙，爸爸显得十分沮丧，像一只泄了气的皮球，他还想再说什么，可一时又找不出话来。这时，我突然拉起爸爸的手说，爸爸，我们回去吧，这里不能踢球，别的地方也能踢的。爸爸又恳求地看了看小郐老师，见后者仍然面无表情，只好依依不舍地随我朝办公室门外走去。

你喜欢踢球？正当我们走到门口的时候，小郤老师突然站在办公桌前问了我一句。我并不知道自己喜不喜欢踢球，但我知道爸爸喜欢什么，在那样的时刻，我除了用力地点了点，说我喜欢之外，还能说什么呢？你们先回去吧，我知道了，小郤老师说。

于是，就这么定了。

小人与君子

也许是害怕被传染，在我生病的日子里，小琴一直都没来找我玩。有一天早上，当我从睡梦中醒来，发现床边的书桌上放着两个青苹果，上面还挂着晶莹的水珠，就知道一定是小琴来过了。青苹果是小琴的最爱，这是她亲口告诉我的，她说红苹果太甜，黄苹果又太酥，像是老太太吃的，只有青苹果不甜又不酥，味道刚刚好。“是小琴送来的，她一早就来了，见你还睡着，就留下了两个苹果，”妈妈见我醒了，用手抚了抚我的额头说，“怎么样，人觉得舒服些了吗？”我点了点头，伸手拿过一个苹果，用力地咬了一口，苹果脆生生的，十分的爽口。妈妈上的班是三班倒，今天正好轮到她休息。我用手摸着一侧肿胀的腮帮子问她，我的病什么时候能好？妈妈笑着说，看你的样子就知道快了，只要不再发烧，肿会慢慢消下去的。

为了替我的脸颊消肿，爷爷还用了一点土方。他从床底的樟木箱里翻出一只雕花红木匣，打开匣盖，里面是一方造型古朴的砚台和墨。爷爷说这是老祖宗传下来的，里面含有一些珍珠和中药的成份，将磨出来的墨汁涂在脸上，不仅可以清热解毒，还有美白养颜的功效。说完，他果真就磨起墨来了。爷爷磨墨时候的样子好看极了！只见他一手扶着砚台，一手捏着墨块在上面缓缓但却均匀地画着圆，神情格外地专注，仿佛他磨墨不是为了要涂在我的脸上，而是要用它来写一副字画似的。不仅如此，磨墨的时候，他气也不喘了，咳嗽也不咳了，与平时简直判若两人。我想，要是爷爷能经常磨墨，兴许他那一身毛病也会不治而愈的吧？片刻功夫，墨就磨完了，爷爷用手指蘸着墨，一点一点地搽在了我肿胀的腮帮子上。墨汁凉凉的，果然有一股清香的中药气味，我拿起妈妈的梳妆镜照了照，觉得自己的样子十分古怪，一侧白一侧黑的，岂不成了阴阳脸了？于是，我就央求爷爷将我另一侧的脸颊也涂上墨汁，这样至少可以对称一些。好好好，爷爷笑着用剩下的墨汁在我另一边脸颊上也涂了一些。再照镜子时，我差一点没笑出声来，此刻的我，就像京剧里的黑脸包公一样张牙舞爪，那两朵墨汁实在太黑了，黑得就像新铺的柏油马路！

我问妈妈，伯伯是不是去广州了？妈妈反问我，谁告诉你的？我得意地说，不用谁告诉我，我也知道。伯伯一定是去找小敏阿姨了吧？妈妈皱了皱眉，说，“大人的事，小孩子不要瞎打听！”我才没有瞎打听呢，是他们大人之间的说话让我听到了。确切地说，是吵架，就在我还发着高烧的一天夜里。

那天夜里，堂屋里的灯亮着，大人们以为我睡着了，声音便渐渐大了起来。“我的事不用你们管！”伯伯的声音从堂屋里传了过来。“我们不管谁管，阿爸那么大年纪了，难道要他来管？”是姑姑的声音。姑姑什么时候来的？爷爷咳嗽了几声，没有说话。伯伯说，“天管地管，国家管，法律管，就是不要你们管。”姑姑被呛了一下，正想反唇相讥，爸爸抢在前头说，“好好好，我们不管，你自己管，可你管得好吗？跟这个女人这么久了，你们提过结婚的事没有？”伯伯说，“你们不要老是‘这个女人，这个女人’的，人家没有名字吗？小敏人在广州，又有生意要做，怎么结婚？”姑姑说，“笑话，结了婚就不能做生意了？再说，一个女人要做什么生意，老老实实呆在家不是挺好？整天东奔西跑的，像个什么样子？”伯伯说，“女人怎么了，女人也是人，就不许她们有事业、有梦想了？”“哈哈哈哈！”姑姑干笑了几声，说，“哥，我看你真是读书读昏头了，还梦想，我看你是梦还没有做醒呢吧！”“志贞，对老大态度好点。”爷爷插口道，“老大，我看这样好不好，你去和小敏说，让她先跟你把婚结了，生意的事以后慢慢再说，实在不行，把摊位摆到上海来，一样做生意么。”“爸，你也糊涂了，这个女人一看就不是什么过日子的人，你还让哥跟她结婚，结什么婚，这不是自己往火坑里跳么？”姑姑打断道，“哥，我看你还是趁早把钱要回来，跟她断了，好好再找个正经点的女人过日子吧。”伯伯说，“小敏现在有困难，怎么好意思把刚借出去的钱马上就要回来，这不是明摆着不相信人家么？再说，什么叫‘正经’，谁脸上会写上‘正经’两个字？”姑姑说，“脸上不写，你自己不能用眼睛看啊，这个女人……”“我再说一遍，不要开口闭口就是‘这个女人’！”伯伯有些生气了。姑姑“嗤”了一声，冷笑道：“我看你这个钱是再也要不回来了！”“要不要的回来是我的事，”伯伯说，“本来我借她的钱就没打算要回来！”姑姑说，“哼，你倒是大方，她给你什么了，值得你这样对她？”伯伯说，“心，懂吗？感情不是交易，是要以心换心的。”“啊哟！这话说得人牙齿都快酸掉了，”姑姑不屑地说，“你伟大，你高尚，可你知道人家是怎么想的，弄不好别人把你当个傻子、冤大头，你还在一边掏心掏肺呢！”“你，小妹，小时候看你还好好的，什么时候变得这么势利了。”伯伯声音颤抖着说。“哥，人心隔肚皮，小妹这么说也是为你好。现在这世道已经不像从前了，做什么事都要留个心眼，多为自己想想。”爸爸心平气和地劝道。“你们这是以小人之心度君子之腹，”伯伯还在气头上，“我知道你们现在过得都比我好，都想用你们所谓的‘现实’来教训我，可我偏不吃那一套，我就是……”“胡说！”爷爷突然也发了火，“什么叫以小人之心度君子之腹？你把谁当君子？把谁当小人？”屋里霎时安静了下来，片刻后，还是爸爸率先打破了沉默，他说，“爸，你别生气，哥他就是这么个脾气，外面不声不响，家里面倒是一套一套的。哥，我看这样吧，最近你们正好厂休，趁这时候你到广州走一趟，钱要不要随便你，主要是看一看小敏最近的情况，顺便呢，也把你们将来的事和她当面聊聊清楚，你们都这么长时间了，总要有个结果的对吧？”……

后面的话听不太清了，一阵睡意向我袭来，将我拖到了恍恍惚惚的梦里。我并不太懂大人们的事，也不知道小敏阿姨是不是就是姑姑嘴里说的那个“不正经的女人”，可有一点是毋庸置疑的，那就是我喜欢小敏阿姨，不仅是因为她送给我“功课”，更主要的是给我们家带来了笑声。笑声在我们这个家里是多么宝贵啊！小敏阿姨就是那么爱笑，话说着说着，眉眼就荡漾开了，电视看着看着，身体就前仰后合了，和爷爷、爸爸、妈妈说话时笑得大方得体，和伯伯与我说话时笑得更是肆无忌惮。有时我想，如果笑是一朵朵花苞，小敏阿姨就是吹放它们的一缕春风；如果笑是一片片绿叶，小敏阿姨就是滋润它们的一阵雨珠；如果笑是储畜罐里的一枚枚硬币，小敏阿姨就是投向孔眼的那只手；如果笑是插在蛋糕上的一支支蜡烛，小敏阿姨就是点亮它们的那根火柴。小敏阿姨不在的日子里，笑声便躲得远远的。爸爸时时刻刻绷着一张脸，伯伯则在阁楼上唉声叹气，爷爷的咳嗽声填满了整间屋子，妈妈有时虽然也笑，但她的笑是分时间分场合的，仅仅在爸爸领工资或是她新买回来一件衣服时开心地笑笑，其他时间里几乎看不到她笑，就算有，也是极短暂的，如同昙花一现。

我也不知道我们这个家的人为什么就不爱笑，仿佛天生就跟笑有仇似的。很多时候，我都固执地认为，小敏阿姨之所以走，爷爷、爸爸、妈妈还有姑姑他们之所以反对伯伯和小敏阿姨在一起，都是因为笑的缘故。大家都不爱笑，就你小敏阿姨一个人在笑，这说得过去吗？笑声是一面镜子，它让我们这些整天愁眉苦脸的人看到了自己的嘴脸，让人感到无地自容。

虎门

虎门这个地方对伯伯来说并不陌生。不仅是因为史书上记载的那场轰轰烈烈的禁烟运动和那位大名鼎鼎的民族英雄林则徐，更主要的，是伯伯曾经来过这儿，并且在这儿认识了小敏阿姨。

两年前，一次偶然的出差机会使伯伯得以踏上这片带有点传奇色彩的南方小城。和他同行的还有两个人，一个是他们厂的副厂长，另一个是厂销售科科长。当时的伯伯，只是仪表厂车间的一名普通工人，按理说，这样的出差机会怎么轮也轮不到他头上。且不说厂里的那些头头脑脑们，就是随便哪个工程师、技术员什么的，也都比他更有资格。可人算不如天算，机会偏偏就让他给赶上了。

就在出发前的一天夜里，原本在出差名单里的车间主任突然盲肠炎发作，住进了医院。主任去不了，可名额不能白白地浪费掉，这可是厂里好不容易争取来的。（当时出个差并不像现在这么容易，去哪，谁去，为什么要去，这些都是要经过上级主管部门审批的。）派谁去呢？副厂长一筹莫展：其他部门的干部平时并不乏出差的机会，总是让他们去，倒显得厂里不重视生产了；那些技术员、工程师们又仗着自己学历高，专业强，一个个心高气傲地不把他放在眼里，再让他们去，还不得屁股翘到天上去？副厂长越想越拿不定主意，越想越生气，这个老徐，早不病晚不病，偏偏这个时候病！

一肚子火气的副厂长来到生产车间，漫无目的地转了转。时值中午，工人们都去吃饭了，车间里几乎看不到什么人，副厂长转身要走，正巧撞见拿着空饭盒回来的伯伯。副厂长眼睛一亮，对伯伯招了招手，说：“你，跟我来一下。”

其实让伯伯去倒也不完全是副厂长的突发奇想，因为一是伯伯和车间里的那些大老粗工人不一样，他肚子里有些墨水，还经常在厂内刊物里发表些文章诗歌之类的；二是伯伯为人老实，平时话不多，即便在外面看到或听到了什么，也不用担心会传得满城风雨。同时，让这样一位有文化而又来自生产第一线的普通工人参加这种规格的公差，既可以堵住其他人的嘴，又体现了厂里爱才用才的气度，一举两得。

在办公室里，副厂长对伯伯大谈国家改革开放的大势以及厂里顺应市场需求，勇于打破陈旧体制，积极拓宽原材料采购和产品销售两大渠道的决心。一整套宏观大论下来把伯伯听得七窍生烟，心里却又诚惶诚恐，受宠若惊。他擦了一把满脸的唾沫星子，结结巴巴地问，需要他为厂里做些什么。“干什么并不重要，关键是看怎么干。”副厂长笑着拍了拍他的肩膀，说，“小孙同志，机会要好好把握哦！”

伯伯当然不敢怠慢。回到家里，他连夜翻阅了所有的业务书籍，还认真做了笔记。一次人生的转机像只气球一样在他眼前冉冉升起，这使他既兴奋又紧张，生怕一把没有抓住系在气球下端的那根线绳而白白地让它飞走了……

然而，实际情况却令他大失所望。到了虎门，除了头一天去了一家电子元件厂参观座谈了一番后，余下的几天时间里，副厂长几乎天天留他在宾馆里，只是告诉他吃饭记得将发票留着，回去可以报销。而副厂长和科长他们自己呢？一到中午，人就不见了踪影，直到深更半夜，和他一个房间的科长才带着满身的酒气回来。回来后又将房间弄得乒乓作响，还一个劲儿地喊伯伯替他烧茶递水，简直就像伺候自己的亲娘老子！伯伯感到自己受到了愚弄，虽说自己本来就没有资格出这趟差，这么白吃白住地休几天大假何乐而不为呢？可廉者不收嗟来之食啊，白白地当了一回“洋人头”，还要对他们感恩戴德的，这算怎么一回事呢？

尽管不拿他当回事，但场面上的功夫还是要做一做的。在此行的最后一天晚上，副厂长总算叫上了他一同参加晚宴。酒桌上，副厂长谈笑风生，话题却始终离不开吃喝玩乐。他听着听着就觉得眼前一阵恍惚，不由得想起了临行前从同一张嘴里听到的那一套宏观大论，那么的纵横捭阖，那么的高屋建瓴，而眼下呢？真像是一场梦。

酒席的气氛相当热烈，酒至酣处，副厂长情不自禁地表示要吟诗一首，在一片掌声中，他摇头晃脑地念道：“出门在外，老婆交待，少喝酒，多吃菜，够不着，站起来！”念罢，“诗人”果真起身夹了一筷子菜塞进了嘴里。众人捧腹，紧接着又是一片欢声笑语。“够不着，站起来。妙，妙啊！”副厂长边上一个身材矮小的不知是什么总的一边喝酒，一边回味着。“老罗深受启发啊，说说看，领悟到什么了没有？”科长一脸猥琐地朝老罗眨了眨眼睛。老罗一开始没有反应过来，见到许多人在笑他，才恍然大悟，他笑骂道：“他妈的，问我干什么，回去找自己媳妇实践一下就全知道的啦！”

气氛逐渐达到了高潮，副厂长醉醺醺地看着一桌人围绕着他的“够不着，站起来”这句话展开丰富的联想，心里十分得意。这时他注意到了坐在一边闷声不响的伯伯，便说道：“小孙啊，别光顾着吃，你也和大伙一起讨论讨论嘛！哎，你不是会写诗么，怎么样，给大伙来一个。”副厂长的提议得到了众人的一致赞同，其实到了这个份上，不管是谁的话，哪怕是个屁，大家也都会跟着起哄的。不知是喝了点酒，还是受了气氛感染的缘故，伯伯这个时候也略微地放开了。在一番谦逊推让之后，他稍稍沉吟了一下，便照着副厂长的“诗体”念了起来：“虎门销烟，南关炮口，歌在耳，酒在手……”他顿了顿，像是在斟酌。大家也都来了兴趣，一双双眼睛齐刷刷地看向他，场面上一时安静了下来。他接着念了下去：“千年狼，百年狗！”“没了？”副厂长问。“没了。”伯伯说。“好！”副厂长带头鼓起掌来，其他的人也都跟着叫好，跟着鼓掌，然后纷纷举杯，向伯伯敬酒。一时间，伯伯仿佛成为了晚宴的主角……

晚宴结束后，伯伯又被硬拉着去跳舞，副厂长打着酒嗝对伯伯说：“小孙同志，刚才的诗真不错，呃，人生得意须尽欢，呃，后半句，呃，后半句叫什么来着，呃。”伯伯说：“叫莫使金樽空对月。”“对，呃，莫使今天空对月，呃，你看，呃，今天的月色多好，怎么能，呃，能空呢！”到了舞厅，副厂长又拉着伯伯的手说：“小孙同志，呃，你别看我们这群人都他妈，呃，都他妈人模狗样的，呃，其，其实我们都不懂诗，呃，什，什么他妈的狗屁厂长，狗屁科长，呃，狗屁总，呃，都是狗屁，屁，呃，还是你，呃，你有文化，呃。”伯伯被副厂长这一连串的“呃”给吓住了，应也不是，不应也不是，竟不自觉地跟着“呃”了起来。周围没有一个熟悉的人，科长和罗总他们早就带着舞伴消失在舞池里了。副厂长还在自顾自地骂着：“什么他妈的狗屁局长，呃，狗屁经理，小孙，我告诉你一个秘密你别说出去，呃……”“肖厂长！”一个嗲嗲的声音在身边响了起来，他们扭头一看，眼前站着一个身材高挑，一袭黑色长裙的女人。“哦，你叫，叫……呃”“我叫什么并不重要，肖厂长，你喝多了。”女人咯咯地笑着。伯伯也觉得这个女人有些眼熟，刚才在酒桌上好像见过的。“薛厂长，能够赏光请我跳支舞吗？”女人伸过一只手来。“当，当然，呃。”副厂长接过女人的手，摇摇晃晃地走下了舞池。

伯伯一个人坐在沙发椅上，桌上放着一些开了盖的啤酒和汽水，还有几小碟零食。他随手拿过一瓶橘子水，小口地喝着。舞厅对他来说一直是一个陌生而又神秘的地方。在上海，近些年来，大大小小的商业性舞厅如雨后春笋一般地冒了出来，可他一次都没去过。印象当中，还是刚进厂那会儿，他参加过一次厂里举办的新春舞会。唯一的一次。舞池是借用厂里的食堂临时布置的：天花板上拉着彩带和气球，日光灯将场地照得亮如白昼，三三两两的窃窃私语，躲躲闪闪的眼神……所有这一切像一双无形的巨手，将他和大多数的人挡在了舞池的外面。也有胆子大的，真正会跳舞的，他们不顾人们的眼神，不顾食堂那油腻腻的地板，跟着似喇叭收音机里含混不清的音乐，跳着，旋转着，而这，却又像另一双阻挡他们的手……

这里却截然不同。无论是调音室里播放的轻柔曼妙的音乐，还是舞池中央悬挂的魔鬼灯和无处不在的射灯、追光灯，都将舞厅的气氛调节得恰到好处。在这里，人们也不再躲躲闪闪、偷偷摸摸，热情地邀舞、委婉地拒绝，一个个的举止都那么得大方得体，风度翩翩。伯伯虽不跳舞，但此刻他坐在座位里，一边喝着饮料，一边随意地打量着舞池里的人群，倒也觉得轻松惬意。从参加晚宴到现在，他仿佛在经历着另外的一个世界，这个世界不同于他所住的简陋逼仄的棚屋，不同于清汤寡水的一日三餐，更不同于两点一线的日常生活。不是一句简单的纸醉金迷、醉生梦死就能形容的。这个世界里的人和事都是那么地充满了变数，说过的话，见过的人转瞬即逝，就像风吹过水面，凉月飞过长空。他不禁想起了自己以前所作的诗，诗里对现实的讽刺和挖苦是显而易见的，然而它们真能表达自己的真实想法吗？不能。充其量不过是一些牢骚话，是对古诗词的一种附庸罢了。在这个世界面前，自己永远是一个微不足道的看客，连自命清高都没有资格！

“怎么不下去跳舞？”刚才那个黑衣女人走了过来，在伯伯身边的一个位置上坐了下来，“啊，真热！”，她一边用手扇着，一边拿起一瓶饮料喝了起来。伯伯摇了摇头，腼腆地说他不会跳舞。“不会跳可以学啊，来，我来教你，不难的。”伯伯刚想说不用了，可面对着女人递过来的一只手，却又不好意思拒绝了。他勉勉强强地起身随她进入了舞池。

自从和前妻离婚以来，伯伯还是头一次跟一个陌生的女人如此近距离的接触，他的心扑通扑通地跳着，脚下的步子笨拙而又僵硬。他们跳的是慢三，女人告诉他这是交谊舞的入门舞步，学会了它，再学其他的舞就容易多了。他跟着她前进，后推，旋转，一支舞下来，早已是累得满头大汗了。他不明白，为什么在别人跳来那么轻轻松松，就像寻常走路一样的慢三，到了他的脚下就变得如此步履维艰。下一曲舞是迪斯科。音乐骤然激烈了起来，灯光变得更加摇曳不定，天花板上降下了一层薄薄的烟雾，在灯光下姹紫嫣红着。更多的人走下了舞池，他们随心所欲地扭动着屁股，摇摆着腰肢。而伯伯就像根木桩一样立在原地，任凭狂欢的人群左冲右撞着。

女人将他带离了舞池，在沙发上重新入座后，女人问他是不是第一次来虎门。他点点头说是的，随后又将这几天的经历略略地述说了一遍。“这哪是什么出差，”她掩口笑道，“分明是两个老头子借着出差的名头，出来吃喝玩乐罢了。”说完，她看了看一脸懊丧的伯伯，又说：“你刚才的诗挺厉害的，把在场的所有人都骂了一遍。”他心里猛然一惊，不由得开始后悔刚才不该那么鲁莽，要是副厂长他们把这事记恨在心该如何是好？他又想起副厂长后来拖着他说的那一通话，越想越觉得不对劲，越想越觉得厂长话里有话，一阵冷汗从脊背上冒了出来。“不过好在他们并不懂诗。况且，他们都喝糊涂了，没人会细究的。”她的话又使他宽慰不少，但愿如她所说吧。“你也喜欢诗？”伯伯有点意外又有点感激地看着她。“读过一点，不过跟你这位大诗人比起来，就不算什么了。”她咯咯地笑了起来。伯伯这时候才认真端详起了眼前的这个女人。她长得并不难看，弯而粗的眉毛下有着一双黑亮的大眼睛，眼角细细的皱纹透露了她不算小的年纪，不过，也有可能是经常笑的缘故。伯伯问她叫什么名字。她笑着回答说："你就叫我阿敏吧。"

伯伯这趟的广州之行并没有找到小敏阿姨。他来到小敏阿姨的货摊前，看到了不同款式的时髦衣服，却没有看到那个熟悉的身影，取而代之的，是一个上了年纪的当地男子。他问男子见没见过一个叫阿敏的女摊主。男子摇了摇头，说他并不知道阿敏是谁，这个摊位是他一星期前刚租的。"摊主是谁不重要啦，衣服都是一样的啦。老板，你要不要试试这件羊毛开衫，今年的最新款，刚上市的啦。"伯伯有些木然地接过衣服看了看，然后还给了男子。"要不然这条牛仔裤也不错啊，现在国内最流行的啦，别的地方你想买都买不到的啦。"男子又踮起脚，从货架最高处取下来一条裤子。伯伯依旧摇了摇头，说他并不想买衣服，只想知道这儿原先的摊主去了哪里。男子听后有些不耐烦地摆了摆手说："要找人你去别的地方找，我这里还要做生意的啦！"伯伯说她一直就在这里卖衣服的，我不上这儿找上哪儿找？"你这个人怎么不讲道理的啦，跟你说这里没这人就没这人的啦！"说着，他将裤子一放，转身就过来推伯伯。由于伯伯身材比较高大，他这一推感觉就像推在了一堵墙上，没有取得丝毫的效果。男子有些不甘心，又上前去揪伯伯的袖子，想将他拽离摊位。伯伯心头突然升起了一股无名之火。事实上，从他听到阿敏已经不在的那一刻起，这股怒火就已经被点燃了。他使劲地甩了一下被揪住袖口的那只胳膊，男子被他的力量一带，险些摔倒在一侧的货摊上。"顶你个肺！我看你是存心来捣蛋的啦！”男子站稳身子后，一边骂着，一边就向他扑了过来。正在这时，一个旁边货摊上过来看热闹的女人将男子拉住了。女人似乎对伯伯有点印象，她告诉他，阿敏确实已经不在这儿做了，一周前就已经退了房租。伯伯还想问她些什么，女人却焦急地用眼神示意他快点离开。无奈之下，他只能在男子的一片叫骂声中退了出来。

伯伯后来又去了小敏阿姨在这儿的临时住所，同样是扑了一个空，得到的答复和货摊上的并无二致。他用公用电话拨通了她在松江老家的传呼电话，等了半天，电话那头传来了一个老太太的声音，那声音告诉他，阿敏出去做生意还没有回来。他问她去了哪里，那声音警觉地反问他是谁。他说出了自己的名字，对方想了想，说不认识，随后便挂断了电话。天色已经渐渐暗了下来，疲惫不堪的伯伯只得来到火车站的候车室，在那里将就了一个晚上。第二天一早，他又去了服装市场，将那儿的所有摊位细细地兜了个遍，依然一无所获。

返回的时候已经是下午了。八月底的虎门，天气十分的炎热，伯伯漫无目的地行走在大街小巷上，任凭毒辣辣的太阳炙烤着。一辆辆公交和出租在他身边呼啸而过，刺耳的喇叭声和吵杂的人群声示威似地向他叫嚣着。然而，此时的伯伯对这一切似乎充耳不闻，他的眼睛只专注于前方的路。那是一条不断延伸的路，长得没有尽头，路的每一处分岔都有不同的指归——离开或者停留，继续还是放弃。阿敏就这么凭空消失了，消失得这样彻底，就像从来都没有存在过！他记得在她离开前的那一晚，楼下因为我的事闹得鸡犬不宁，他们却静静地呆在阁楼上，相互之间没有多说一句话。到了夜深人静的时候，她提出要向他借一笔钱——只是为了要进一批新货，手里的现钱不够，需要临时调调头寸。他没有犹豫，打开五斗橱里上了锁的木匣子，将一张存折交到了她的手里。钱虽然不多，但却是他这几年来全部的积蓄。接过存折，她重重地、十分动情地在他的脸颊上亲吻了一下。这一吻，当时的他来不及回味，可到了此刻，却突然清晰了起来，火辣辣地在他腮上生疼！耳畔又响起了家人的忠告："这个女人一看就不是什么过日子的人""说不定别人把你当个傻子、冤大头，你还在一边掏心掏肺呢！""你把谁当君子？把谁当小人？"……这些声音不停地重复，聒噪得他快要发疯了。他不愿意相信这些忠告，不愿意承认阿敏和他在一起只是为了这点钱。可回过头来细细一想，他这么急吼吼地赶来虎门又是为什么呢？说到底，还不是对人家的不信任？不，确地说，应该是对自己的不信任。想到这里，他就决定要离开了。现在，马上！

穿过了一条主干道，在一条小巷的拐角处，有两个陌生的男子拦住了他。其中一个身材壮硕，穿深色T恤，左臂有纹身的男子问他是不是在找阿敏？他惊讶地看了看男子，不加思索地说，是的。跟我来，男子说着就在前面带起了路。另一个身材较为矮小的则紧随其后，边走边东张西望着。这样的架势让他的脚步变得不由自主，乖乖地跟着他们走了起来。

他们带他来到了一条更为僻静的小路上。他看了看周围，左手边是一条弯弯曲曲的小河，右手则是一排五层楼高的公房，楼前种着高大的刺桐和其他一些不知名的植物。他隐隐有了某种预感，可依然无法思索。“阿敏……”话还没说出口，背上便挨了一脚，紧跟着“纹身”的一记勾拳又狠又准地打在了他的腹部上，他只觉得胃部一阵抽搐，人便倒在了地上。接下来又是一阵拳打脚踢。“仆你个街，让你再来捣蛋……”后面的话听不清楚了，耳朵里一片轰鸣声。他蜷缩着身体，用手紧紧地护住了头部……

伯伯鼻青脸肿地回到了家。家人看到后不免大惊失色，爷爷问他这一身伤是哪里来的，他坚持说是走路不当心摔的。他不愿道出原委，家人们也不好多问，彼此之间都心照不宣着。只不过，在平常爷爷的轻声叹息以及爸爸和姑姑的小声嘀咕之中，依稀可以看出他们对于此事所作的丰富想象。所有人都拭目以待着，因为他们相信，真相早晚会随着时间的推移而水落石出的。

挨了打之后的伯伯，心情反而出人意料地轻松了下来，肉体上的疼痛暂时缓解了他纷乱芜杂的心绪，又像是一次刻骨铭心的告别——从今往后，他再也不会和那座城市发生任何关系了。除了伤痛，他还带回来了一大堆花花绿绿的磁带。

在这些磁带的包装封面上，男的大多梳一个大包头或者三七开，女的则烫着弯弯曲曲如同波浪一样的卷发，一个个都浓妆艳抹，花枝招展着，活似电影里面的汉奸或是女特务。我向伯伯如实地表达了自己的观感。“这些可不是什么汉奸和特务，”伯伯那张肿胀得像只猪头一样的脸上勉强挤出了一丝微笑，“他们可都是港台歌星。”“什么是港台歌星？”我问。“就是香港和台湾的一些歌唱家。”伯伯回答说。我心里暗暗将他所谓的“港台歌星”与一些我所知寥寥的、经常在电视文艺晚会上出现的男女歌唱家们进行着对比，可却实在找不出他们有何相同之处。“他们也是中国人吗？”“当然是。”“可为什么我从来没有听过他们唱歌呢？”肿胀的脸上再次浮现了比哭还难看的微笑：“不光是你，我们大人都很少听到的。”我越听越糊涂了，为什么同样是歌唱家，又同样是中国人，这些磁带上的男男女女却从来不曾出现在电视里，而出现在电视里的又都跟磁带没有任何瓜葛？难道歌唱家分两种，一种是电视上的，另一种磁带里的？我没有将这些疑问说出来，因为此刻有一个更大的疑问从心底冒了出来：“小敏阿姨听过这些歌吗？她怎么不和你一起回来？”“猪头”脸上的笑容消失了，取而代之的，是一张静默的，宛如雕塑一般的脸。那是对我仅有的回答。

第二章

差生

开学了。久病初愈的我，带着对假期的留恋和对新学期的一丝憧憬，回到了校园。两个多月不见，班上的同学个子似乎都长高了不少，男生们一个个晒得皮肤黝黑，女生们则多了一丝文静和腼腆。大家津津乐道起暑期的所见所闻，笑声里回荡着久别重逢的喜悦，就连一向被我们视为“凶神恶煞”的班主任，也似乎都感觉亲切和蔼了许多。可惜好景不长，在一开始的兴奋和喜悦过后，等待我们的依然是日益繁重的功课。那一年我升四年级，班主任说，四年级是关键的一个学年，为了应对明年的升学考试，学校的教学进度将会加快，所有五年级该学的东西都要被提前到这一年来完成。到了五年级，学校将会进入全面复习迎考阶段，等待我们的将是没完没了的测验和摸底考试。也就是说，从现在开始，我们就必须进入状态，好的要保持，差的要“魂灵生进”，如果这一年学不好，明年再想赶上就来不及了。

班主任姓陈，是一个胖胖的、稍稍上了点年纪的女老师，她的下巴右侧上有两颗竖列的黑痣，形状像个冒号，因此我们私下里就叫她“冒号”。当她说到“差的魂灵生进”的时候，我明显感到自己被她的那双凌厉的目光扫视了一下。我下意识地转头看了看李军，后者居然朝我做了个鬼脸。

我心里明白，班主任说的差生就是我，不是李军，也不是张琪，因为这两个学生对她而言连差生都算不上，他们是两口破罐子，除了破摔以外，早已无可救药。可我究竟是哪点让她瞧得上，有幸被荣升为“差生”的行列呢？我自己也不十分清楚。说实在的，我的成绩和李军他们比起来实在是半斤对八两，就连玩劣的程度也都是差不多的。记得从一年级开始，除了头几个月我表现得还算马马虎虎以外，到了下半年，贪玩的本性就逐渐露出了马脚。李军是我幼儿园的同学，光着屁股我们就认识了，进了学校，我们则更加地变本加厉，臭味相投起来。我们一起放学（他家就在学校边上的一条弄堂里，住的也是棚户房子，和我家隔着一条菜市场）、一起踢球、一起玩，所有的作业几乎都是放学后在操场上或是某条弄堂的石墩上匆匆而就的。有时我们连这道简单的“工序”都省了，直接在第二天早晨到校后，随便找哪个同学借来现成的作业一抄了事。就算被老师和家长觉察了也没什么大不了的，除了挨顿骂或者是挨顿打之外，又能怎样呢？我们是“老油子”了，长期和老师与家长“斗争”的经验早就使我们养成了一身油盐不进，刀枪不入的本事。况且，在家里还有爷爷护着我，这就更加没有什么可害怕的了。记得有一次家长会之后，爸爸黑着脸回到家里，见了我，不由分说地就将考试卷扔在了我的脸上，怒气冲冲地说，他怎么会生出我这样的儿子，怀疑我根本就不是孙家的种！一边骂一边还要冲上来打我。爷爷见此情状，抄起一只凳子就向爸爸砸了过去。爸爸一手抓住凳腿，一边连声问爷爷，你砸我干什么？你砸我干什么？爷爷说不砸你砸谁？你说的什么混账话？小刚不是孙家的种是谁的种？爸爸气乎乎地说，爸，我在教训儿子呢，你别管！爷爷就说我也在教训儿子你也别管！爸爸被呛得哑口无言，一气之下便甩门出去了。

张琪是后来才加入我们行列的。他家在市区的南面，与学校隔着两条马路，住的是里弄的石库门房子，房屋虽然有些陈旧，但却是红墙黑瓦，表面上看起来坚实而又气派。房子与房子之间排列得也十分规整，弄堂比我家那一带要宽阔敞亮得多。张琪的爸爸在五金厂混得不错，据说当时又独自承包着厂里部分产品的销售，赚来的钱和厂里三七分账，家境较之前更为优越。张琪曾一度在老师眼里是一个好学生，他很听话，学习成绩也不错，一到放学就匆匆忙忙往家里赶，从不惹是生非。可自从他爸爸搞了承包，天天忙着赚钱和应酬以后，他的学习成绩便一落千丈，人也变得萎靡不振起来。为此，班主任还特地去他家做了一次家访，提醒他的爸爸在忙于“工作”的同时，也要重视孩子的家庭教育，话虽说得婉转，口气里却透露出对这位一门心事“扒分”的父亲的不满和不屑。那次家访之后，张琪的爸爸提着棍子追着他跑出了几条街，嘴里还一边骂着一些驴头不对马嘴的话，个小赤佬，自己不争气，还拖着我一起受这种“窝囊气”。扒分怎么了，不扒分全家吃咸菜萝卜干去啊！

张琪爸爸的棍棒式教育非但没有取得应有的效果，反而打出了他儿子对老师、对读书的一肚子怨气。张琪的学习成绩继续下滑，最后也像他自己被爸爸追打一样，摔出了几条“横马路”以外。对此，“冒号”后面起先还跟些双引号，到了后来，就只剩省略号了。

其实张琪最大的问题并不在学习，而是在班里不受同学们的待见。原因倒不是别的，而是因为他的眼睛。他的视网膜从小受过伤，视力远远不及我们这些正常的孩子。一个戴着跟汽水瓶底一样厚眼镜的孩子在我们当时的眼里，那简直就如同怪物一般，（当时的孩子戴眼镜的极少，并不像今天这么常见）谁还会瞧得上他呢?

印象尤为深刻的是一年冬天的早晨。那天天气格外寒冷，呼啸的北风里夹杂着稀稀落落的雪籽。张琪缩头缩脚地走进教室的时候，同学们已经到的差不多了。由于老师还没有到，大家便各忙各的，随意地在教室里走动。

张琪犯了一个错误。他一进门没有急着走向他的座位，而是忙不迭地从裤袋里抽出苍白的双手放到嘴巴前，一边呵着气，一边不停地搓着，由于他原本就长得瘦小，再加上蜷缩着身体，这时的他看起来仿佛比原先缩小了一个比例。李晓正巧从他身边经过，起先没有在意，可走了几步突然又回过身来好奇地打量起了他。你们快来看，李晓像是发现了新大陆。等到同学们陆陆续续聚拢到他身边，他才用手指着张琪的眼镜，嗓眼里挤出尖锐而又夸张的笑声，他说，你们看，张琪像什么？

大家朝张琪看了过去，只见他的那副眼镜片上结了一层白霜，只剩靠近眼珠的部位没结，那对缩小的眼珠隔着厚厚的镜片在白霜中央滴溜溜地转着，样子相当的滑稽。同学们也都跟着哄笑起来，有人说像熊猫，有人说像土拨鼠，还有人说像画眉鸟，但想想又都不像。正在踌躇间，我突然来了灵感，说，像不像京戏里的小丑？像！经我这么一提醒，大家的想象力似乎落到了实处，笑起来就更加有的放矢了。李军笑得差点扑倒了课桌，连赵丽萍也忍不住用手捂住了嘴巴。张琪不明白同学们笑他什么，他抓耳挠腮了一会儿，忽然转身跑向窗边。明晃晃的窗玻璃告诉了他答案。他摘下眼镜出神地看了一会儿，眼角不经意地抽搐着，随后便回到了自己的座位上，从眼镜盒里取出布片反复擦拭起来。他擦得异常认真、专注，仿佛刚才被同学们取笑的不是他，而是别的什么人。直到那副眼镜重新又变回了一件熠熠生辉的物件，他才将它戴在了脸上。

张琪没有朋友，即便他无心学习，也不敢冒冒然找别的同学玩。然而这种境况并没有持续太久，自暴自弃的想法突然给了他勇气。于是，我和李军这两个差生，便成为了他最佳的选择。

起初当然是不受我们待见，还常常遭到戏弄。记得有一次放学后，他偷偷地跟着我们走了好长一段路，等我们发现他后，才走上来，可怜兮兮地央求我们，能不能带上他一起玩。行啊，李军眼珠一转笑着对他说道，你把眼镜摘掉跟我们走一段，跟得上，就带你玩。说完，李军对我挤了挤眼睛。我自然是心领神会。张琪犹豫了一下说，可以，然后便摘下了眼镜。不许耍赖哦，要是让我们看到你偷偷戴上，哼哼，李军说着用手做了一个朝他开枪的动作。放心吧，我不会赖的，张琪眯起眼睛对我们说。

我们朝前迈开了步子，起初还慢慢地走，后来便越走越快，几乎都在跑了。我们跑进一条弄堂的岔径，躲在一个石垒的鸭棚后面偷偷观察着他。他已经被我们甩得远远的，正一路跌跌撞撞地向我们这个方向寻来。这家伙，不知道他是真瞎呀，还是假瞎！李军不免有些担心。可等他走到了弄堂口，生理上的缺陷便在他的行动中得以充分地显露了出来——他就像一只没头苍蝇，完全没了方向。他先是在弄堂口摸索了好半天，好不容易走进来后，脑袋撞在了一扇半开的窗户上，疼得他直呲牙。我和李军强忍住了笑。他死撑着往前走，结果又被一把横在地上的扫帚绊了一下，摔了一个狗吃屎……

然而，我们最终还是接纳了他，这不仅要归功于他软磨硬泡的功夫，更主要的，是因为他有钱。钱是个什么东西，也许当时的我们并没有概念，然而面对诸如免费零食、玩具、游艺厅之类的诱惑，我们却变得不堪一击，轻而易举地就成为了“钱”的俘虏。

英语

班主任“描绘”的未来让我的眼睛黯淡无光，不过幸好新学期还给我们带来了一样新的东西，那就是英语课。从领到英语课本的那一天起，那些歪歪扭扭像拼音又不是拼音的东西就让我忍不住对它产生了好奇。我从头至尾地将英语课本翻阅了一遍，除了少得可怜的汉字和图片外，我什么也看不懂。为什么英语和汉语有那么大的不同？为什么外国人可以把“拼音”当作文字，而我们中国人就不行？听老师说，英语是世界通用语言，既然如此，那么我们又何必一笔一划地去学汉字，直接学英语不就行了？我把这些问题一古脑地摊在了爸爸面前，谁知爸爸也说不出个所以然来。他只是说，他上小学的时候根本就没有英语这门课，一直到念了初中才学的，这不正好说明国家如今对英语越来越重视了么？末了，他伸手拍了拍我的脑袋，说好好学，英语将来对你会很有用的。我问他有什么用？他说学好了将来可以当翻译啊，说不定还可以到外国去留学和工作呢！能赚很多的钱！

提到了钱，我的眼睛突然亮了一下，可也只是亮了一下而已。我对爸爸的回答不尽满意，于是我又去问了伯伯。伯伯正在阁楼上摆弄着他新买来的“熊猫”牌双喇叭录音机。对于我的问题，他根本就是嗤之以鼻。他告诉我说，我们中国人有几千年的文化，他们外国人才多少年，我们，他用手指了指我和他，我们在读书作文的时候，他们外国人还在裹着兽皮和野猪搏斗呢！可为什么我们中国人还会被外国人欺负呢？因为我们落后了，落后就要挨打，这可是老师说的，我也不知道自己怎么就来了这么一句，说得似乎还振振有词。伯伯被我咽了一下，一时接不上来，他低头继续侍弄着他的录音机，两眼出神地思考着。突然他抬起头，目光炯炯地说，强大就一定要欺负别人吗，我们中国强大的时候可从来没有给世界带来过灾难！落后，哪个国家没有落后过？人类早期的古文明，苏美尔、阿卡德、巴比伦，哪一个不是因为落后而成为历史，只有我们中国，在经历了这么多的劫难后还依然存在着，这就是胜利！文化的胜利！他说得慷慨激昂，我听得却是一头雾水，什么文明啊、历史啊、胜利啊，既然中国被他说得那么好，干嘛还要去学什么英语？伯伯像是看出了我的疑惑，继续说道，有一句话叫作“师夷长技以制夷”，说得简单点，就是要学习外国人先进的东西，然后再用来对付他们，而要学他们的东西，首先就要从语言学起，你不懂别人的语言和文字，别的东西又从何学起呢？他这么一说，我似乎明白了一些。那伯伯英语学得一定不错吧？我不无羡慕地问道。我没有学过英语，他笑着说，我们那时学的是俄语，说着，他的嗓子里滚出了一连串的叽里咕噜，像是舌头在跟牙齿打架。我睁大眼睛问，这就是俄语？是的，他说。俄语也是世界语言？我问。那倒不是，他说。哦，那学它就是专门用来对付俄国人的喽，我若有所悟地说道。他没有接我的话，突然“咔嚓”摁了一下录音机的按钮，片刻音乐响起，一句不知从哪里听到过的歌词从里面飘了出来，“轻轻地，我将离开你，请将眼角的泪拭去。漫漫长夜里，未来日子里，我在风雨之中念着你……”

我们的英语老师姓汤，不过她不让我们叫她汤老师，而要叫她 Wendy 老师。Wen~dy，她慢慢地张开嘴巴，让我们看着她的口型一起念。我们便跟着念道，Wen~dy。Wendy 是她给自己取的英文名，她还建议我们每个人都要给自己取英文名字。这让我们既兴奋又为难。兴奋的是我们可以随心所欲地给自己命名，而不用担心会受到任何的干预。名字多重要啊，比如我叫孙小刚，迄今为止，我所干过的好事、坏事、尴尬事都要算在一个叫“孙小刚”的人头上，我的学生手册里那些用红笔记录的分数也都算在了“孙小刚”的账上，可要是哪天我不叫孙小刚了呢？除了最亲近的人，谁还记得我的那些陈年烂账？没有了名字，我又是谁呢？我可以是赵建国、张俊杰、李四、王五，可以是任何一个人，反过来说，我也可以谁都不是，我就是我自己。

让我们为难的是，目前大家对英语还都是狗屁不通，又如何给自己取名字呢？我们只得翻开了英语课本，从那些书中出现的少得可怜的人名上挑选自己的名字。于是，班上一下子出现了一大堆同名不同姓的人。Wendy 老师粗粗算了算，叫 Mike 的有五个，叫 Alice 的有三个，最离谱的是 Jack，居然达到了十一个之多。于是，Mike、Jack、Alice 们互不买账，个个都认为自己才是真正的 Mike、Jack 和 Alice。于是，那些平时在老师眼里的好学生们提议说，应该按照成绩排名来定，谁的成绩好，谁才有资格叫那个名字。话一出口就遭到了我们这些差生们的一致反对。李军扯着嗓子喊道，你们说的那些成绩都是其他功课的，现在是英语课，要比也得比英语成绩！对，要比就比英语成绩！我们跟着起哄。你别站着说话不腰疼，英语大家都还刚开始学，哪儿来的成绩？数学课代表赵建国不知从哪学来了一句歇后语，惹得大家哄堂大笑起来。所以啊，根本就不应该比成绩，成绩有什么好比的，成绩只能说明过去！我在一边给李军助阵道。那你说比什么？赵建国不服气地问道。我一时拿不定主意，赵建国就在边上一个劲儿地重复着他的那句歇后语，真是站着说话不腰疼，站着说话不腰疼！要比就比谁长得更像外国人！我信口胡诌了一句。谁长得像外国人？大家你看看我，我看看你，一个个都是黄皮肤黑眼睛，和蓝眼睛高鼻梁的外国人相去甚远，没一个长得像外国人。最后大家莫名其妙地将目光一起投向了张琪，又都心照不宣地笑了起来。就这样，笑声、骂声、起哄声像一群缺爹少妈的孩子，粗野地、任性地，一起飞奔出了教室。

门突然被推开了，“冒号”站在了大家的面前，吵什么吵，还有没有一点课堂纪律！教室里顿时鸦雀无声。她用余光瞟了一下 Wendy 老师，随后又训斥我们道，谁再吵，放学后不要回家，到我办公室去吵！说完，她扭头就走了。Wendy 老师红了一下脸，然后对我们说，大家不要吵，名字的事先放一放，我今后会一个个地为大家取名字。说完便开始上课了。Wendy 老师很年轻，是大学毕业后刚分来我们学校的，她和“凶神恶煞”的班主任不一样，说话轻声细气的，很好听，尤其是她那一口流利的英语更让我们艳羡不已。听着她的课，我不知不觉地便忘记了自己是从前的那个差生“孙小刚”，一切仿佛又重新开始，我重新走进了校园，第一次坐在了课堂上，我聆听着老师的讲课，呼吸着新课本散发出的阵阵油墨香味。老师后来给了我一个新名字，叫 Henry。

冰雪美人

我对英语的兴趣大大出乎了爸爸的预料，不仅每天放学回到家后就迫不及待地拿出英语书叽里呱啦地念着，而且还会冷不丁地在家人面前冒出一二个简单的单词或句子，这用现在的话来说，叫作“放洋屁”。有一次全家在一块吃晚饭，爷爷拣了一块鱼放到我的碗里，我连忙说了一句“Thank you”爷爷愣了一下，说，油？没的多少油，放心吃吧。我一听急了，又大声说了一句，“Thank you very much!”爷爷更加听不懂了，一个劲地说道，饭里更加没的油了，放心吃，放心吃！在一旁的爸爸忍不住笑了起来，他对爷爷说，爸，小刚说的是谢谢，是句英文。爷爷一听也笑了，说，谢谢就是谢谢，还菜里饭里全是油干什么？我不开心了，当场就纠正爷爷说，你应该说：“That's all right!”爸爸忍不住教训我道，小刚，不许对爷爷这么没礼貌，爷爷没学过英语，他听不懂。

训归训，其实爸爸的心里还是很开心的。长久以来，爸爸为了我的学习伤透了脑筋，打也打过，骂也骂过，苦口婆心也苦口婆心过，可一直都收效甚微，我的脑子里始终都缺根弦，总是对学习提不起兴趣。无怪乎他要说我不像孙家的种，因为在他眼里，孙家人个个都是爱读书的。伯伯和他自己就不说了，就连爷爷都能识文断字。姑姑没有念过高中，那是因为家里的经济条件不允许，其实她当初在读初中的时候，学习很刻苦，成绩在班里也是数一数二的。可为什么到了我这一代就不行了呢？爸爸百思不得其解。现在好了，对于英语的喜爱让我稍稍收敛了贪玩的心，变得爱回家了，爱寻根究底了，爱在学习上出风头了。这是好事，至少也是一个值得加以利用的好苗头，他打算以此为契机，一点点地从英语扩展到其他学科，最终将我的心思彻底拉回到学习上来。为此，他特地去了趟新华书店，在一大堆音像教材中淘回了和我的课本相配套的英语朗读磁带，并借用伯伯的录音机，让我每天跟着念。Dialog、Words and Expressions，磁带里标准的英语读音让我的英语口语水平突飞猛进，大大地超过了班里的其他同学，就连学习成绩最好的赵丽萍也被我甩到了身后。

赵丽萍是我们的班长，同时又是年级里的大队长。她人长得漂亮而又文静，一条粗粗长长、乌黑发亮的麻花辫时而垂在背后，时而又挽向胸前，成为了校园里的一道独特的风景，也成为了我们这些屁大一点的男孩们所仰慕追随的对象。不管她走到哪里，身边总有一群男孩子围绕着，他们不时地用眼光瞥一眼她，然后小声地议论着她的一举一动、一颦一笑。胆子大点的，则故意将音调提高，或者做一些古怪而又夸张的动作，以期望能够引起她的注意。然而，没有哪个男孩子敢面对面地跟她说上哪怕是一句玩笑话，因为大家都不约而同地认为，像赵丽萍这样既优秀又漂亮的女孩子，内心一定是非常骄傲的，再加上她表面上的那份不苟言笑的态度，就更让人对她敬而远之了。时间长了，同学们就给她起了一个外号，叫“冰雪美人”。

“冰雪美人”就坐在我的前排，数学课代表赵建国的边上。这样的安排让我得以从侧面近距离地领受着这份美丽，而不会有被觉察到的危险。多少次了，我抬头望向讲台的眼睛其实是在偷偷地看她，又有多少次了，我弯下腰去拾橡皮的时候，也许只是为了看一眼她脚踝上的那一小截洁白的短袜和袜上那晶莹如雪的肌肤。当时的我，虽然情窦未开，但对于漂亮的女生总有一种朦朦胧胧的好感，我渴望和她们肩并肩的坐在一起，渴望和她们说说话，甚至放学以后一起回家。可再进一步呢，还能渴望些什么？说不上来，好像仅限于此了，有的时候在那些乱七八糟的梦里，我似乎找到了答案，可等到梦醒了，一切却又变得似是而非起来，心头只留下一丝甜甜的回味和若有所失的怅然。这和我对于小琴的感觉是不一样的，和小琴在一起，一切都是明明白白的，我们一起做作业、一起玩，开心也好，生气也罢，一切都是写在脸上，写在身体上的。自从那次在阁楼上我们相互袒露身体之后，我们又多了一份偷偷摸摸的乐趣，但同样是“光明正大”的，只是一种乐趣而已，没有任何“隐秘”可言。

记得我后来又问过小琴关于那次井下的经历，她淡淡地说印象不深了，只记得有一个古怪的老头在井下看书，和我们聊了几句话后，就让我们回去了。我们是怎么回去的？我“明知故问”道。小琴瞪大眼睛看着我回答道，小刚哥哥你怎么了？我们是从黑暗的地道里被一股漩涡卷出去的呀！难道你忘了？什么，你说什么？我突然惊恐万状地叫了起来，仿佛那股漩涡此刻就在眼前，从小琴那双漆黑的眸子里汹涌而出。小刚哥哥，小刚哥哥，你怎么了？小琴将我从一时的恍惚中唤醒。我定了定神，用手揉了揉眼睛，说，没什么，眼里掉进沙子了。那天我们回来后你就病了，好像叫什么……腮腺炎，对吧？嗯，后来呢？后来，后来你就好了呀！她狡黠地冲我笑笑。

赵丽萍坐到了我的边上是在后来的一节英语课上。那节英语课，Wendy 老师让我们分角色朗读课文，作为下一节公开课的预先排练。轮到赵建国和赵丽萍读的时候，这两个平时一直以优秀学生自居的数学课代表和班长却没有表现出与他们“身份”相符的水平，相反，他们读得结结巴巴的，发音也不十分标准。学习这个东西就是这么奇妙，付出与收获永远都成正比，从不买“XX 课代表”或是“XX 长”的账。也许是自身兴趣原因，也许是因为不被列入小考科目的关系，两“赵”都 X 没有给予这门功课以足够的重视。他们越读越不顺，越不顺就越胆怯，这种情绪又会相互传染，最终，那些英语单词在他们的嘴里就像贪玩的孩子听到下课铃一样，刚一出口就溜得无影无踪了。Wendy老师耐着性子一遍又一遍地纠正着他俩的读音，可结果还是收效甚微。马上就要上公开课了，她可不希望自己教师生涯里的第一堂公开课上就出现两个不和谐的音符。她用手捋了捋额际的一缕长发，略一思忖，便让赵丽萍和我身边的杨露调换了一下位置，希望读音标准而又响亮的我们两个人能够发挥一下带动作用。果然，在我们的影响下，两“赵”确实进步了不少，虽然不及我和杨露原先配合得这般默契，但至少也说的过去了。

Wendy老师的公开课上得非常成功，前来听课的老师和教导主任对她新颖而又活泼的教学方法给予了充分的肯定。我们的班主任也是其中之一。对于一个年轻后辈的卖力演出，她并不觉得新鲜，然而当她看到两“赵”被拆开重新组合后，却一下子从中得到了启发。第二天，她将班里原先的座位安排又重新调整了一番，按照Wendy老师的思路，优劣互补，以点带面，希望所有成绩好的学生能够帮助身边的同学，带领他们共同提高。就这样，冰雪美人赵丽萍便成为了我“名正言顺”的同桌。

光阴

赵美人没有读完五年级便随他的父亲移民去了美国。对于自己最得意的学生仓促离去，“冒号”心里颇为懊恼，她劝赵丽萍的父亲别这么急着将孩子带到国外去，孩子还小，到了国外，一切都要从头开始，能不能适应还是个未知数。况且，孩子又这么优秀，留在国内，将来不愁考不上好的大学。赵丽泮的父亲听后摇了摇头，简简单单地留下了一句话，我等的了，可国外那边等不了。不久以后，留在国内的母亲收到了一份来自大洋彼岸的律师函，函上拟定了一份离婚协议，落款上有她丈夫的亲笔签名。

二十年后的一个黄昏，我在下班后拥挤的地铁车厢里又一次见到了赵丽萍。她当时穿一身驼色短大衣，耳朵里塞着一副耳机，不时地从挎包里拿出手机翻看一下信息。二十年的岁月，再加上众多面无表情的脸，能将她从人群中认出来，并非易事。可我确信我认识眼前这个人，我抬起头，目光与她不期而遇的时候，大脑就从记忆深处开始将一张张布满灰尘的、泛黄了的相片铺排开来，比照、核对，并完成了最终的筛选。是她，没错，虽然脸部轮廓变得更加生动而又饱满，体态纤细中不乏丰盈，可是那眉眼、那嘴唇、那副专注的神情，都在向我提供着一个又一个的佐证。唯一值得怀疑的，也只是命运的那种不可思议的逻辑。

我争分夺秒地端详着眼前的身影，想要从中找出更多生活在她身上留下的蛛丝马迹，可一直到下车，我仍旧一无所获。我不是福尔摩斯，无法一眼就将人的来龙去脉都看透。仅从衣着和举止上来看，她和大多数像她这个年龄、生活优越的都市女孩们并无二致，追求时尚，同时又懂得收敛；习惯于忙碌的工作，但也知道如何让自己快乐……除此之外，还能看出些什么呢？我不知道她认出了我没有，有时我会故意将目光在她的眼睛周围多停留一秒，希望能够引起她的注意，可她仿佛浑然不觉。她当时大概完全沉浸在自己的世界之中了吧？又或许，她意识到了我的关注，却又没有将这份关注与像她这样的漂亮姑娘所司空见惯的“关注”区分开来。总之，她“处理”得相当得体，既避免了不必要的打扰，又不让别人觉得自己心高气傲。

到站了，我从座位上起身下车，她则在我空出的位置上坐了下来。

真正和赵丽萍面对面说上话，是在之后不久的一次同学聚会上。那时大家流行上开心网，所有分散多年的同学和朋友，只要在网上用实名注册，都能通过它找到彼此。网上联络得多了，有人便提议出来见见面，搞一次同学聚会。李军是其中最积极的一个。他这时已经在某家知名企业获得了总经理助理的职位，混得相当不错，可谓是要风得风要雨得雨，因此，他迫不及待地想要在同学们面前出出风头，衣锦还乡一把。

日子很快就定下来了。见面的那天，天下着蒙蒙细雨，春寒料峭，正是多雨的季节。同学们大多都认不出来了，只剩下一个个熟悉的名字和一张张似是而非的面孔。李军到得最早，一来就开始张罗起了酒席，他还特意准备了一本签到薄——来的每一个同学都要用一支金色的水笔在那上面写下二十年没有见到的名字。为什么要用金色的笔？他解释道，因为我们在一起度过了金色的童年哪！说着他拿起了他的“金色童年”，不无陶醉地感叹道，人生真像是一场梦啊！你他妈都可以改行做诗人了，我揶揄他道。我和他有十几年未见了，小学毕业后，除了初中的时候还偶有联络外，后来就各自音信杳无了。相反的，我和赵建国后来倒仿佛成为了一对难兄难弟。初中毕业后，我们竟然鬼使神差地考入了同一所中专，然后又分配进了同一个机关单位，进入单位后，我们又分在了同一个科室、同一个小组。命运给人的感觉就像一个乱点鸳鸯谱的媒婆，硬是将冤家路窄的两个人“搓和”到了一起。

想当初，我和赵建国闹得是多么不可开交啊！自从赵美人成为了我的同桌，赵建国内心的失落是不言而喻的，仿佛自己突然从一个人所艳羡的幸运儿沦为了乞丐。班主任的决定他改变不了，为此，他只好把满腔的怨气都撒在了我这个“横刀夺爱”者的身上。他不仅抓住一切机会对我在学习上的疏漏进行冷嘲热讽，更为可气的是，每逢课前收数学作业的时候，他总是早早地就将其他同学的作业收齐，根本不给我借抄的机会。我交不出作业，他就跑到老师那儿去报告：“今天孙小刚的功课没有完成。”有时即使交了，他也会说：“孙小刚的作业是抄的！”

有一次数学测验，老师因为忙不过来，就将标准答案交给他，让他帮着批阅。最后试卷发下来后，我一看，自己得了 59.5 分，那 0.5 分居然是因为有一个数字应该是 3，我写得像个 8，他竟批我错了！我说，我明明写的是 3，哪儿错了？他说你数学学到现在不会连 3 和 8 都分不清吧，你让别人看看，你写的是 3，还是 8？

我拿给其他同学看，有说是3的，有说是8的，一时间也说不出个所以然来。他就趁机取笑我说，看到了吧，就说你是3、8不分吧，在你眼里3和8根本就是一回事，38，三八么，哈哈！我气得骂道，你他妈的才是三八呢！你赵建国是全世界最臭的三八！一句话惹得全班同学跟着哈哈大笑起来。赵建国涨红了脸，起身向我扑了过来，样子像是要拼命。他双手抓住我的肩膀想要把我往墙壁上顶，可无论是身材还是力气，他都不是我的对手。我猛地一个转身就闪开了，同时用手抓住他的衣服后领，脚下使了个绊，将他掀翻在地。周围的同学没有一个过来劝架，反而越围越多，目不转睛地等着好戏进行下去。

吵什么吵，这里是教室，不是斗兽场！赵丽萍突然声色俱厉地站在了我俩的中间。我斜了一眼赵丽萍，没好气地说道，这是我们男人之间的事，你们女人别管！边上的男生便跟着起哄说，对呀，男人的事，女人走开。甚至有人还开玩笑说，怎么了赵丽萍，不忍心啦，两个男人，你到底站在哪一边？无聊！听了这话后，她拿起书，气呼呼地走出了教室。这时，赵建国从地上爬了起来，他不来找我继续拼命，反而泪流满面地对周围的人嚷道，给我拿一桶水来！大家莫名其妙，不知道他要水干嘛？用它来泼我吗？有人果真去厕所打来了一桶水放在了他的脚边。他弯腰慢慢将水桶抱了起来，竟然想要往自己身上泼，可到底还是缺少些勇气，最后，他将水桶重重地搁到地上，一俯身，将头浸到了水里。同学们被他疯狂的举动惊呆了，赶忙上去把他拉了起来。满头淌着水的赵建国依然不肯罢休，他气冲冲地走到黑板前，伸手拿起半截粉笔，奋笔疾书了五个大字，打倒孙小刚！

大约在冬季

李军挠耳摸腮地说，有我们赵大才女在此，我哪配谈什么诗，充其量只不过是一个小小的经理助理而已。说着，他便忙不迭地分发起自己的名片来，每发一张便跟上一句，请多关照，俨然一副成功人士的派头。名片递到了赵丽萍的跟前，她淡然一笑，没有伸手去接，李军有些尴尬地将它搁在了她面前的桌上。到了我这里，不等他发，我就一把抢过名片，看了一眼，故作夸张地说，厉害啊，都总经理了！是助理，他不好意思地笑了笑。哪是什么助理，明明是总经理嘛！我将名片递到他眼前，上面赫然印着“李军 总经理”几个黑色的大字。他指着“总经理”边上的两个小得几乎看不清的字说，这儿还有两个字——“助理”。我说，反正也看不清，干脆去掉得了。哪能说去就去，哪能说去就去，他咕哝着，随后又反过来说我，我干的也就是伺候人的活，哪像你和建国，干的是技术活，吃的是公家饭，旱涝保收、轻松自在，不要太灵哦！

李军很活跃，他举杯挨个地敬酒，最后干脆拿起啤酒瓶嘴对嘴地吹了起来，吹完还当场给大家跳了一支舞，真是丑态百出！我也喝得不少，那天我们从中午一直喝到了下午，后来又去了卡拉 OK，最后连自己怎么回去的都不知道。到家后，我一头栽到在了床上，睡得人事不省。到了大约凌晨三四点的时候，我才模模糊糊地醒来，房间里就我一个人，妻子大约是嫌我一身酒气，独自睡到书房里去了。我拿过枕边的手机看了看，已拨电话中居然有一连串同一个陌生的号码。我摁了一下重拨键，等待铃响起的那一刹那又被我挂断了，现在才几点，我也真是糊涂了。忽然想起了包里有一张通讯录，聚会的时候发的，每人一份。我惴惴不安地拿出来仔细核对了一下，号码果然是赵丽萍的！我的脸一下子红到了脖子根，心里莫名其妙地感到了一阵懊恼。我努力回忆着聚会时候的点点滴滴，除了吃饭时的那些小心谨慎、不痛不痒之外，别的却一点也不记得了。难道是后来的酒后失态？我隐隐地感到了些什么，但又并不十分肯定。

第二天是星期天，陪妻子逛街回来后便接到了李军的电话。酒醒了？醒了。知道昨晚谁送你回来的么？谁？他妈的还有谁，我。你？当然是我，你以为呢？电话那头的声音透着些许愤慨，同时又不乏嘲讽的味道，你这家伙，上车后一直说不清家在哪儿，出租车绕了好大一圈才找到，你又赖在车里不肯下来，还吐了我一身，那可是新买的西装啊，阿玛尼的！后来呢？后来，你还好意思问后来，我和司机陪你在车上呆了好半天，足足有半个多小时呢！后来呢？我发现自己现在就是一个傻逼，除了问“后来呢”，别的什么也不会说了。后来你突然清醒了，起身便走，追都追不上！不好意思，昨天确实酒多了，你那件衣服多少钱？我赔给你。去你妈的，兄弟之间还什么钱不钱的，声音明显缓和了下来，知道你没事就好，以后少喝点，酒量不行别硬撑。

我刚要挂断电话，李军突然又像是想起了什么，喂，喂喂！嗯？你……后来和赵丽萍打过电话吗？没，怎么了？我感到心跳有些加速，妻子扭头看了我一眼，她正坐在沙发上看电视。我慢慢踱到阳台上。没什么，李军继续说，看来你真的是酒多了。他妈的别来欲言又止那一套，快说，到底怎么了？我尽量压低声音催问道。其实也没什么，你酒多了呗，唱歌的时候你一直缠着人家，又拉又抱的，还反反复复地唱着同一首歌，咯咯……什么歌？我的脸颊开始发烫。齐秦的，《大约在冬季》，还说这首歌代表了你的心声，要将它献给人家，咯咯咯咯。后来呢？后来我见你喝多了就送你回来了呗，兄弟你没事吧，这么多年了，还一直惦着人家，够痴情的呀！哈哈……去你妈的，我挂断了电话。

“没有我的日子里，你要更加珍惜自己，没有我的岁月里，你要保重你自己。你问我，何时归故里，我也轻声地问自己，不是在此时，不知在何时，我想大约会是在冬季……”第一次听赵丽萍唱这首歌是在学校举办的元宵节灯会上。当时同学们刚从操场上看完灯展回到教室，正三三两两地聚在一起说笑、打闹，兴奋得连嘴里呵出的气仿佛都带着新年的气息。窗外就在这个时候下起了小雪，雪花纷纷扬扬的，宛如无数个在灯光下回旋起舞的精灵，清冷而又不乏热烈。大家被这景色吸引住了，纷纷涌向窗前，黑色的瞳孔里顿时亮起了晶莹的白点。赵丽萍就在我身边，她不像别的同学那般叽叽喳喳，大惊小怪，而是安安静静地看着窗外，嘴里不自觉得哼起了歌。起先我没有听清楚她在唱什么，等到那句“没有我的日子里，你要更加珍惜自己……”传到我耳朵里的时候，我忽然听到了自己的心跳声，我扭头看了她一眼，觉得她此刻离我那么近，却又是那么的遥远。这首歌我不止一次地从伯伯的那台录音机里听到过，但从没有像今晚那么令我怦然心动。那些明明白白的字竟然活了，带着冬日特有的明静和氤氲不停地在我的思绪里飞来飘去的，犹如这眼前的雪花……

同桌

和赵丽萍成为同桌后，我发现自己变了，以前的我极度厌恶上学，每天早上，当我无可奈何地背上书包走出家门的时候，心头总是沉甸甸的，我担心着没有做完的作业，害怕不期而至的测验，怨恨老师喋喋不休的训斥，然而现在不同了，虽然那些忧虑、恐惧和抱怨依然存在，可这些对我来说都不算什么了，和赵丽萍的一个会心的微笑，一次热烈的交谈，甚至被她嗔怪、遭她白眼都成为了我每天上学源源不绝的动力。在她边上，我总觉得自己就是一个好学生、一个乖孩子，虽然有时我也会故作姿态，将以前的那些顽劣和粗鲁稍稍展现一点在她眼前，可那些都是无伤大雅的，充其量只是为了表现一下我自以为是的“男子汉气魄”而已。就像那次和赵建国争吵时，我冷冷地对她说的那句“男人的事，你们女人别管”那样，其实话说完没多久，我就开始后悔了。

对于我的种种“反常”，李军嘲笑说我像在谈恋爱，温柔得像只小绵羊。“怎么样，小绵羊，什么时候带赵美人出来和我们一起玩玩啊！”我问他什么是谈恋爱？他睁大眼睛看着我说，谈恋爱都不懂，就是一男一女“轧朋友”呗！怎么个轧法？手搀手，亲嘴巴呀，公园你去过没有，那么多男男女女在亭子里、长椅上搂搂抱抱就是轧朋友呀！听了李军的话，我的心突然扑通扑通地跳了起来，以前在公园里看到那些偷偷摸摸的男女时还觉得很好笑，可现在不知怎么地却对他们充满了羡慕，要是能和赵丽萍……不可能，绝对不可能！孙小刚啊孙小刚，你的脑袋里到底在想些什么，李军说的那些都是大人干的事，你才多大？况且，赵丽萍她……我为自己的异想天开而感到不安。

我看赵美人对你挺好的呀！李军像是看出了我的心思。哦，怎么个好法？我心里一动。和你有说有笑的，还帮你补习功课什么的，李军说。这也说明不了什么呀，“冒号”说了，同桌要互帮互助的，我装作一副不以为然的样子，心里却希望李军继续说下去。反正我觉得她对你挺好的，李军说，赵美人对别人可不这样，要不怎么叫冰雪美人呢？你看她对赵建国这样过吗？连高文斌有次想要请她去文化宫玩都被拒绝了呢！我说你怎么知道的？（高文斌比我们高一年级，学校里公认的帅哥，家里又有钱，大家都叫他“高衙内”）李军神秘兮兮地笑了笑，说，班里还有我不知道的事吗？快说！我总是这么直接了当。李军告诉我，有一次“高衙内”递了张纸条给他，让他转交给赵丽萍，说是要约她放学后一起去文化宫交流学习。交流学习，你听听，多么斯斯文文啊？李军怪腔怪调地说。你交了吗？我问。交了呀，收人钱财替人……李军顿了一下，又说，你猜怎么样？赵美人接过纸条看了看后就把它扔垃圾箱了，还给了我一个白眼。我眼前立刻浮现出这样一副画面：一身花格子衬衫、白西裤外加白皮鞋的高文斌被一个纤细俏丽的身影挽着胳膊，双双走入了文化宫。这身影不是别人，正是赵丽萍！我被自己的想象激怒了，忍不住给了李军一拳，瞧你干的好事，真是个不折不扣的“陆谦”！陆谦？李军眼珠子转了转，随后便伸手捂住胸口笑道，好好好，我是“陆谦”，那你“林教头”何时抱得美人归啊？

正在打闹间，突然“砰”的一声，一只皮球恶狠狠地撞在了我的膝盖上，紧接着李军的膝盖也挨了同样的一下。小邬老师在离我们不远的球场上瞪着我们，脚下踩着皮球。我们相互吐了吐舌头，识趣地走下球场。膝盖上火辣辣地生痛。

接下来的训练我一直都魂不守舍的，李军的话像是蚊子在我心上叮了一口，痒丝丝的却又挠不着。我设想了许多向赵丽萍提出邀请的方式，放学后直接说？趁着跟她聊天的时候顺带提及？

或是干脆学“高衙内”，在她书包里塞张纸条？哪一样看起来都轻而易举，可真要去做又是另一回事了，那当中似乎隔着一道无形的墙。我害怕被拒绝，更害怕被她看出我的“不轨”企图。天啊，不过就是和同学课后一起出去玩玩，怎么就跟不轨粘上边了？孙小刚，你也太婆婆妈妈了，哪有一点儿男子汉气魄？我“砰”地一脚，开出了一个球门球，皮球带着我的“婆婆妈妈”和“男子汉气魄”飞向高空，落下的时候却出了边界。……其实赵丽萍也没有什么大不了的，比如她微微有点大小眼；比如她上嘴唇上有一颗痣，虽然小得几乎看不出，可据说那是媒婆痣，很讨人厌的；还比如有一次，我竟然在她的白色连裤袜上发现了一个破洞，而她竟然还穿着它在校庆的时候表演舞蹈，那可是在大庭广众之上啊……可这些又算得了什么呢，她还是那么漂亮、那么优秀，依然是那个人见人爱，花见花开的冰雪美人赵丽萍，而我呢！孙小刚，你就别胡思乱想了，没可能的，绝对不可能！还是老老实实地做一个“差生”吧，就这样了，定了！想到这里我突然心安了不少。

就在这时，徐晓峰接王霆的一个下底传中，拔脚怒射，皮球擦着我前方不远的两名防守队员的球衣直飞过来，等我想起要扑救，已经晚了。我愣愣地看着网绳上飞速旋转的皮球，一时间不知道接下来该干什么。徐晓峰他们在欢庆进球的时候，小邬老师向我走了过来，我以为他会训斥我，可是没有。他伸手搭在我的后颈上，稍稍用力朝边上带了带，我便不由自主地跟他走到了场边。他衣服上有一股成年男人独有的驳杂气味，这气味让我感到头皮发麻。

训练继续进行着，除了场边多了我这个“观众”外，一切照旧。

操场

站在场边的时候，我突然有了一种大祸临头的感觉，小邬老师平时话不多，然而我们都怕他。深秋时节的风很快吹干了我身上残留的汗水，让我感到了些许的凉意。操场上的训练如火如荼地进行着，顶替我的施跃身手不错，一连扑出了好几个看似必进的球；李军有些偷懒，球到了对方球员脚下后，他也不主动上去逼抢，慢吞吞地巡循在对方半场，闲庭信步一般，小邬老师冲他大声地呵斥了几声后，他马上就变乖了……我很奇怪，为什么在平时看来是稀松平常的训练，今天却给了我一种陌生而又新奇的感觉。此刻我非常羡慕场上的队员，真的，他们的每一脚传球，每一次射门，甚至每一次冲撞都让我羡慕得不得了。我是多么希望能够重新回到球场上啊！我眼巴巴地看向小邬老师，可他却对我置若罔闻，似乎忘记了我的存在。好几次，我近乎讨好般地飞奔着去替他们拣拾滚出边界的皮球，为的只是减轻一些内心彷徨不安的感觉。天渐渐暗了下来，金黄色的太阳就像守门员开出的一脚球门球，在天空划过一道优美的弧线后，落到了远处教学楼的背后。

因为是足球特色学校，虹光小学有一个非常大的操场，这是其他小学所并不具备的。它分为南北两块区域，北操场就是我们现在训练用的足球场，拥有将近六亩左右的草坪和周围的一圈塑胶跑道。南操场较小，大约相当于足球场不到一半的面积，有着两排篮球架和一个领操台，它是学校原先的操场（北操场是八二年校区阔建后新开发的，那里原来是一片棚户区），虽然水门汀地面和上面的场界线是后来铺涂的，但是篮球架上陈旧剥落的油漆和无网的球框还是暴露了它的悠久岁月。南操场再往南便是我们的教学楼，从五十年代末开办到现在，将近三十个寒暑，它接纳了一批又一批的学生和教师，并在他们各自的人生记忆当中留下了或深或浅的一笔印记。

这些人当中也包括了我的妈妈，这是我进校后的第二年才知道的。有一次，我得了重感冒，早上起床时人昏昏沉沉，本想请假在家休息的，可爸爸不让。他说，小孩子有个感冒咳嗽的是家常便饭的事，动不动就因此不去学校不好，况且我才刚刚上学，不应该从一开始便养成这种坏习惯。他让妈妈送我去学校，自己则匆匆上班去了。妈妈那天刚好休息，陪我走到了学校门口，她一眼便认出了传达室的张老头，并上前亲切地叫他张老师。张老头大约六十多岁的年纪，是退休之后返聘的，他说话嗓门很大，每逢遇到一些调皮捣蛋的孩子聚在校门口嬉笑打闹，他便走出去断喝一声，吓得他们屁滚尿流地跑开了。我不知道他那天最终认出来妈妈没有，反正他那双混浊的眸子里闪烁着的比平时更为明亮的光，以及柔声细气的说话声在我心里留下了十分深刻的印象。后来的日子里，我时常会情不自禁地伸手抚摸一下教室里的课桌椅或是被无数个手掌摩挲得油光发亮的楼梯扶手，仿佛看到了妈妈当年的影子。

在北操场和南操场之间有一栋两层高的小楼，也是后来新建的，二楼是体育教研室，底下是存放运动器材的仓库。体育老师们在小楼里备课、休息，同时也承担了仓库保管员的角色。不过，他们似乎乐于如此，毕竟是一个独立的小天地，关起门来，吸烟、打牌、彼此之间开着粗鲁的玩笑，谁也听不见管不着，比那些在校长和教导主任眼皮子底下的老师们要轻松自在得多。现在，这栋小楼就在我的眺望之中，披上了一层金色的夕阳余晖，样子像一座碉堡。小邬老师正向“碉堡”走去，胳膊里夹着皮球。随着他的一声长长的哨子，训练结束了，队员们纷纷离去，李军在经过我的身边时，缩头对我吐了吐舌头，一声不吭地走了。我有些茫然，不知道自己应该随他们一起离开，还是留下来继续做一个傻乎乎的观众，看着夕阳一点点缩小自己的防守阵地，而任由阴影的长驱直入。空气里吹来一股混杂着青草和尘埃的气味，这气味让我陡然感到焦燥了起来。我追上小邬老师远去的身影，喃喃地问他自己是否可以回家。

小邬老师像是刚刚想起我来，淡淡地问道，刚才为什么不参加训练？我说，是你让我在场外看球的呀？哦，他不置可否地应了一句，转身就要离开。走了没几步，他又回头对我招了招手，说，你，跟我来一下。我忐忑不安地随他来到了二楼的体育教研室，一推开门，一股呛人烟雾扑面而来。大邬老师坐在他的位置上，手指上夹着香烟，面前搁着一玻璃缸浓茶，几乎有半罐的茶叶沉淀在杯底。今晚去谁那儿？小邬老师随口问了一句，一边将皮球放到自己的座位底下。陈瞎子呗，大邬老师瞟了我一眼，对小邬老师说，格只赤佬，最近手气特别好，勒子越来越大，原来五块的，现在涨到两十，再下去一家一当都要交给他了！他老婆也不管管他？小邬老师开始整理起他的抽屉。管只屁，大邬老师吐出一口烟，继续说道，男人手气不好的时候，个别女人天天作，看到我们就跟看到冤家似的。现在男人赢钞票了，让买烟就买烟，让泡茶就泡茶的，屁都没有一只，还兮格格地让我们来呀、来呀的，你说个别女人门槛精不精？大邬老师端起茶杯来呷了一口，皱着眉头将烟头掐灭在烟灰缸里。小邬老师嘿嘿笑了一下，没有答话。我先走了，仓库没锁，钥匙在我抽屉里，大邬老师起身走到门口，又回头看了我和小邬老师一眼，想说什么但最后还是什么都没说。

办公室里就剩下我和小邬老师两个人。他还在整理着那只抽屉，似乎永远都理不完的样子。我看着窗外渐渐暗下来的天色，心里越发地不安了起来。听说你最近身体不好？不想踢球了？他终于开口说话了。没有啊！我瞪大眼睛申辩道，心里十分奇怪他为什么这么问。他推上抽屉，抬起头来看了我一眼，说，不想踢也没关系，队里面又不差你一个人，刚才施跃你看到了吧，他踢得怎么样，比你好多了。我低下头去，默不作声。以你的条件，原本是进不了这个球队，更进不了这所学校的，你自己想想，自己当初是怎么进来的？小邬老师的话不温不火，却让人感到一种彻骨的冷，仿佛掉到了冰窟窿里一样。我又想起了当初爸爸拖着我求他的情景，屈辱的感受使我禁不住流下泪来。回去告诉你爸，他起身给自己泡了一杯茶，我有办法让你进来，就有办法让你出去！当我这里是什么地方，想来就来，想走就走？他端起茶杯来吹了吹，轻轻地抿了一小口，又放下了。同样是喝茶，小邬老师的茶杯比大邬老师的要精巧许多，那是一只釉色洁白的小瓷杯，杯身上有梅花的图案。当他说到爸爸的时候，我分明感到了一种耻辱，又有一股怒火，但转瞬又消失了。此刻我只想尽快离开这里。于是，我听见了自己轻得像蚊子似的声音，小邬老师我错了，以后一定用心踢球。他的神色稍稍缓和了一些，说，想踢球就好好练，别到时候，书没有读好，球也踢得不伦不类。我使劲地点着头，眼泪又哗哗地下来了，但这一次，是释放的泪。接下来，他就将话题转到了足球上，指出了我在守门的时候常犯的错误。他的语气仍不失严厉，可此刻对我来说，却温柔得如同和风细雨一般，我一脸认真地听着，不住地点头又摇头，仿佛抓住了救命的稻草。也许是我诚恳的态度让他感到满意，最后，他“啪”的一声盖上了杯盖，告诉我可以回家了。

回家路上，我回味着小邬老师刚才对我说的话，内心突然充满了感激，我不断地暗示自己，那都是为了我好才这样说的，这种暗示让我如沐春风，浑身上下感到了无比的轻松。可当我一脚踏进自家的那条弄堂，闻到了家家户户从门里飘出来的饭菜香味时，却又隐隐约约地产生了某种恨意，我说不清这股恨意的具体指向，只是任由着它驱动着沉重的步子，疲惫不堪地走进了家门。

怎么这么晚才回来，又上哪儿疯去了？爸爸皱着眉头问道，见我一脸委顿，眼圈又红又肿的样子，又忍不住诧异地问我怎么了？我把刚才发生的事从头至尾述说了一遍，当我说到小邬老师那句“回去告诉你爸……”的时候，爸爸突然“啪”地一拍桌子，整桌的碗盘都跟着一起震动了起来，他窝火地说，这，这算什么？明明是报复，是威胁么！明天我找他们教导主任评评理去！爷爷在一边一个劲地劝道，你也真是，孩子被老师说个一两句就这么当真……什么叫当真，他这明明是在指桑骂槐……他爱说就让他说去，我们只当没听见，妈妈打断他道，你别忘了，儿子现在还在人家手上，你这样去闹，以后吃亏的是谁？还不是你儿子！妈妈的话让爸爸冷静了不少，他重重地“嗤”了一声，闷声不响地吃起了饭。

好在那天晚上爸爸原本的心情还算不错，他给家里人带回来一个好消息——单位要分房子了！据说还是新式里弄的房子，虽然不是妈妈一心盼望的新公房，住房面积也不大，但至少我们一家三口从此有了自己独立的小天地了。这让住了几十年棚户区的夫妻俩似乎又重新看到了美好生活的希望。

过街楼

早在一个月以前，爸爸就带着他们厂分房小组的人来家里现场调研过了。当时为了突显家里窘迫的居住条件，他还特地让姑姑回来充当了一回临时“演员”。分房小组的组长姓严，年纪一大把了，长得像一尊弥勒佛，一副笑容可掬的样子。可他在分房的事情上却并没有与他外形相称的宽宏大量，而是人如其姓，口子把得很“严”。“严弥勒”一踏进我家家门便上下左右，四处打量开来。不错啊，小孙，还是一套双开间的私房呢，哟，里屋还有一个阁楼。他摇摆着肥胖的屁股艰难地爬上了几格楼梯，探头探脑地朝阁楼上张望了几眼，发现了正低头织着毛衣的姑姑后，便识相地倒退着爬了下来，气喘吁吁地问爸爸，家里住几口人？爸爸掰着指头对他说道，我爸和我哥住堂屋，妹妹你也看到了，睡阁楼，我们一家三口挤里屋，条件实在是……严组长没有搭爸爸的腔，而是径直走到我的面前，摸了摸我的脑袋问道，这是你儿子吧？叫什么名字？爸爸说他叫孙小刚，小刚，快叫严伯伯好！我说，严伯伯好。唉，好，哈哈，真听话，严组长笑着对我说，小刚，你多大了？我说我十一岁，读四年级了。哦，这么大了！个儿长得还挺高，说着，他又用手指了指楼上，问，你姑姑平时经常回来吧？姑姑在楼上重重地咳嗽了一声。我点了点头。他笑着抬头对爸爸小声说，我看你妹年纪也不小了，出嫁了吧？爸爸尴尬地笑了笑，说嫁是嫁了，但娘家总得给她留张床吧，她夫家住房条件也不好。况且，老大要是再婚的话……严组长笑笑说，嫁出去的女儿泼出去的水喽。话音刚落，就听见楼上“咣当”一声，像是脸盆掉到了楼板上，还好没有水从那里泼下来。

临走的时候，严组长一本正经地对爸爸说，你家住房条件确实不算好，可厂里面像你家这样情况的并不少见，一家五口人挤一间房的都有，所以……他顿了一下，说，这样吧，我们回去再研究研究，啊，哈哈！说完，他伸手拍了拍爸爸的肩膀，转身走了。爸爸站在门口犹豫了一下，随即便回到屋里拿出了一条事先备下“牡丹”牌香烟，追了上去……

夜里，我被床板一阵猛烈的晃动惊醒，屋里乌七八黑的，模模糊糊地看到一团黑影压在了妈妈的身上，我惊叫一声坐了起来。黑影迅速离开了妈妈。妈妈拉亮了灯，问我怎么了，是不是做恶梦了？突然间的光亮刺得我有些晃眼，我揉了揉眼睛，说好像看见了一个人。没人，这儿哪来的人，你一定是做恶梦了，妈妈红着脸说。可床为什么会抖？我半信半疑。大概是地震了吧，爸爸笑嘻嘻地看了妈妈一眼，躺在边上一动不动。别瞎说！妈妈白了爸爸一眼，然后扶我躺下，顺手拉灭了电灯，说好好睡吧，明天还要上学呢！

没过多久，房子果然分下来了。然而爸爸妈妈看过之后，却大失所望。所谓的新式里弄房子，原来只是一座架在半空，连接临街两栋石库门房子的小阁楼，俗称“过街楼”。楼外临街的窗台下的石壁上凿刻着“仁孝里”三个黑漆大字。楼下是里弄的出入口，高大气派的拱门设计与简陋逼仄的过街楼形成了鲜明的对比，让人不免有一种寄人篱下的自卑感。

我们在这栋过街楼里住了半年不到就又搬回了老家，原因倒不是别的，主要是因为那里离我的学校实在太远——光是公交车就要坐四站，再加上步行的时间，每天上下学花在路上的时间将近两个小时。这对于即将面临升学考试的我来说，实在是一个相当不利的条件。为了我的“求学大业”，也是为了给将来争取更好的房源增加谈判的筹码，爸爸不得不放弃了好不容易分到手的房子。尽管如此，在这半年时间里，我们一家人过得还是挺舒心的，房间小归小，可毕竟不用和爷爷、伯伯他们挤在一个屋子里，相互之间说话都可以无所顾忌；那里又紧邻提篮桥和黄浦江，宽阔的马路与古老的建筑带给我的，是一种前所未有的新奇感受。每逢休息日，我们一家人便沿着楼下的那条马路一路向西而行，走累了坐两站公交，兴致高的时候干脆全程徒步。外国监狱（提篮桥监狱）、犹太人聚居区、外白渡桥、外滩、南京路……路在脚下延伸，扑面而来的却是历史与时代杂揉的浓郁气息。那段时间里，笑容经常出现在爸爸的脸上，他的话也变得比从前多了。他说，上海发展的速度实在太慢了，如果公共租借、十里洋场时期的上海是冒险家的乐园的话，现在的上海简直就是一台老旧的拖拉机，根本就赶不上广东和深圳的发展速度。到处都是破败的工厂，到处都是因循守旧的体制，这跟偏远的内陆有什么区别？别人还有丰富的原材料资源可以凭借，可上海有什么，除了一条小小的黄浦江和黑得发臭的苏州河以外什么都没有！从20世纪一直到现在，一百多年的现代工业文明积淀完全发挥不出优势嘛！他不无远见地指出，要么，上海就成为下一个经济特区，要么，它就将在改革开放的大潮中沉没，沦为下一个亚特兰，兰蒂斯！说这些的时候，爸爸的舌头已经开始打结，酒精在他大脑的神经中枢开始发挥作用，使得他完全不顾及我和妈妈这两个听众的认知水平。

梦

爸爸不常喝酒，可当晚他喝得稀里哗啦，倒在床上人事不省。妈妈跑上跑下，怨声载道地清理着地板上的呕吐物。我躺在自己的钢丝床上，看着窗外的星星点点，满脑子都是一些奇奇怪怪的念头：我在想这座城市，明明叫上海，可是为什么总看不到海？大海是什么模样，它的底下真有龙宫吗？为什么我生在那条黑漆漆的弄堂里而不是别的什么地方？为什么我一生下来就是我了，这个世界上有那么多的人和动物，怎么偏偏我只能成为我，这样的几率该有多小啊！难道这个世界本就是一场骗局，一个游戏，有一个无所不知的人在它的背后默默地操纵着一切？是的，就是这样，所有的事情都是事先设计好了的，学校、老师、同学、那个总是欺负我的斜眼、甚至还有爷爷、伯伯、爸爸和妈妈，你看他们配合得多么默契啊，每当我烦恼、恐惧和失望的时候，一定有一个会心的眼神、一场私下的密谋隐藏在我的背后！就像前不久我在夜里看见的压在妈妈身上的黑影，虽然妈妈矢口否认，可我明明就是看见了！那个黑影在我后来的梦里一再地出现，他的脸是多么的熟悉啊，几乎就是我所遇见的任何一个人，而我就是无法将他指认出来。这不是一场阴谋又是什么？奇怪的是，在梦里一切都是那么的清清楚楚、明明白白，醒来之后反而模糊了！世界又重新回到了骗子的掌握之中。

看来，梦，就是解开一切谜团的关键！只要去到梦里，骗子就将无所遁形。楼下大马路上一辆重型卡车隆隆驶过，楼板便跟着晃动了起来，感觉自己像在轮船的甲板上，“呜”——低沉、悠扬的汽笛声从黄浦江上传来，于是，梦的巨轮就在这一刻启航了……爸爸此时恰好也在另一艘“巨轮”之上，听，那些均匀起伏的呼噜声，像不像是海潮的涨落？

“鱼离不开水啊，瓜离不开秧，革命群众离不开共产党，毛泽东思想是永不落的太阳”，劳动的号子和着海浪声响彻在他耳边，岸边插着红旗，水里插着来回奔忙的人群。火辣辣的太阳晒蜕了皮肤，尖利的礁石割破了脚掌。一切都在所不惜！他们要在裹挟着泥沙的海水里修筑起一道防洪大坝。他们浑身乌溜溜、金灿灿，分不清是男还是女，太阳扛在他们的肩头，地球踩在他们的脚下，大海涌进了黑色的瞳孔里。大坝修成了，海浪驯服了，他们拍手庆贺、欢欣鼓舞，顿时化作了一条条色彩斑斓的金鱼遁入水中不见了。年轻的姑娘问他为什么不随大家一起去？去哪儿？他问。天安门啊，去见毛主席！于是他和她就去了，臂戴红袖章，一张火车证走遍了祖国的大江南北。天安门到了，“金色的太阳升起在东方，光茫万丈。东风万里鲜花开放，红旗像海洋”，那里是另一片大海，只是没有堤防……

爸爸和妈妈相识在崇明农场，在一次修坝中途，海水决了堤，爸爸救起了落水的妈妈。后来妈妈经常念叨的一句话就是，要不是看在爸爸当初救她的份上，她才不会跟他呢！爸爸的家庭出身并不好，爷爷曾是地主家的没落子弟。她呢？年轻而又漂亮，“追求她的优秀青年从家门前一直排到了弄堂口”（妈妈语），可她偏偏选择了无所作为的爸爸。良心真的不能当饭吃啊！我问她，要是当初她不和爸爸在一起，我会在哪里呢？她听后笑了笑，说，那就没有你了呀！没有我，怎么能没有我？我实在想不出这个世界没有我会怎么样。

我把这个问题摊在了爸爸的面前。爸爸说，没有你，这个世界照样还在呀，就像有人死了，你不是照样活得好好的么。我说，可是如果我死了，就什么都不知道了，就算世界还在，又有什么意思呢？爸爸说，你不知道，可别人知道啊。我说别人是别人，代替不了我。爸爸一时不知该如何回答我这个问题，便说，你的这个问题实际上牵设到了哲学的层面。在哲学界，一直有唯物主义和唯心主义的争论，唯物主义者认为，是物质决定了精神，而唯心主义者却认为是精神决定了物质。如果精神第一的话，“我”

就是永恒存在的，如果物质第一的话，任何事物都是有始有终的。比如这杯水，他端起面前的水杯晃了晃，然后一饮而尽，说，原来有的，现在却没了。我睁大眼睛想了想说，它还在呀，只不过流到你的肚子里去了。

说归说，其实爸爸对哲学压根就不感兴趣。他觉得那些整天高喊着什么主义的人，实际上说的是一套，做起来又是另外一套。马列主义不是告诉人们物质是不以人的意志为转移的么，物质不是应该不断运动发展的么，事物不是一分为二、辩证统一的么，怎么到了有些人的嘴里就成了“人有多大胆地有多大产”了呢，怎么就成了“共产主义是天堂，人民公社是桥梁”了呢？明明肚子都吃不饱，还要整天手拿一本红宝书闹革命、搞运动，革命运动能当饭吃吗？还有什么什么永远正确、什么什么万寿无疆，一张伟人肖像的邮票可以无限次的使用，就因为谁也不敢在那上面盖邮戳，这不是彻头彻尾的唯心主义又是什么？当然，这些也就是心里想想，在他当时的那个年代，虚幻的热情以至于疯狂像一股巨大的旋涡，谁也无法不深陷其中。他参加过造反派，清理“三家村、四家店”“横扫牛鬼蛇神”“破四旧”，跟着别人，运动搞了一茬又一茬，然而最终他还是当了一名普普通通的炼钢工人，带着妻儿，和父亲兄长挤在一间破土房里。主义的背后，只不过是少数人的权力斗争罢了，要想不沦为别人手里的斗争工具，只有离哲学、离是非远一点，多想想个人的实际问题才是明智之举，这是爸爸后来总结出的人生经验。在厂里，他安分守己，从不参与任何派别之争，也不去拍领导马屁，心安理得地赚一份工资养家糊口。多余的精力，他全部用在了我和妈妈的身上。

与我相比，他尤其放心不下的是妈妈。妈妈本就长得漂亮，笑起来，一口白晃晃的牙齿闪动着妩媚的光泽，会让人从心里起一层雾。由于善于保养和爱赶时髦，三十岁以后的她，容貌不仅没有任何衰颓，反而更增添了一份成熟的魅力。为此，爸爸总是食不甘味、睡不安枕，整天疑神疑鬼、提心吊胆的。妈妈下班晚了，他就站在弄堂口东张西望，看看她是不是出现在“应该”出现的小路上；休息天妈妈约上一两个要好的小姐妹去南京路逛街，他总是拉长个脸指责她乱花钱。儿子都这么大了，还整天买衣服，穿给谁看呢？有一天晚上，爸爸竟然带着我去查妈妈的岗。妈妈在传达室值夜班，从厂外远远看去，室内似乎隐隐有两个人影在晃动，爸爸不好意思单刀直入，就让我先去打头阵。我走进妈妈的值班室，发现她正一边和一个女同事聊天，一边织着毛衣。见我到来，她一脸诧异，问我怎么来了？我说是爸爸带我来的。爸爸呢？我说在厂门口。我们便来到门口，爸爸正在那儿探头探脑地张望着。面对妈妈的质问，他便借口说，儿子想来看看你上班的地方，随后又问，这么晚了，你同事不下班吗？

为了这些捕风捉影的事，夫妻俩三天一小吵，五天一大吵，弄得家里总是鸡飞狗跳的。从小学到中学，我便一直在这些争吵声里长大，成天提心吊胆，生怕妈妈的哪一个言行会触动爸爸敏感的神经。伯伯有时看不过去，也会劝爸爸，你们总在孩子面前吵不好，会影响孩子的成长。志明，有些事你要看开点，不要总是疑神疑鬼的，相由心生，知道吗？爸爸听了之后心里却并不以为然，他想你连自己的女人都看不住，凭什么来管我？就这样，吵吵闹闹了一辈子，可最终他们夫妻俩谁也没有离开过谁，而那些不吵不闹，相敬如宾的夫妻，中途离婚的却大有人在。人生就是这么的不合情理。后来，在爸爸临终之前，他把妈妈叫到病床边，含含糊糊地说了一些话，妈妈没太听懂，可最后一句话却说得十分清楚，他说，李淑芬你可以解放了，再找个人过日子吧。年近古稀的妈妈一时间哭笑不得。爸爸得的是老年痴呆，在患病之初，因为老房动迁，他和姑姑反目成仇，结果被后者告上了法庭，输了官司。一辈子精明的他怎么也没料到，自己老来竟然栽在了亲妹妹的手里。这像是一个讽刺，又像是一根针扎进了他的心里。他的大脑迅速退化，没过多久，便萎缩得如同婴儿。又没过多久，城郊的某处公墓里树起了一座新坟，墓碑上刻着爸爸的名字。妈妈让做碑的人在他的名字旁边也刻上了自己的名字，当然是用红字刻的，底下还有一个“寿”字。

婚纱照

爸爸醉后的第二天，楼下的阿婆便来敲我们家的门。我们住的这个过街楼分为上下两层，一共就两家住户。下层过道上有一排公用的灶台和自来水斗，阿婆家的房门就开在过道的另一头。阿婆是个广东人，大约六十上下的年纪，满头花白的头发梳得一丝不乱。她早年嫁到上海，和老伴是这楼里的老住户了。阿婆很客气地问妈妈，昨晚我们家是不是打翻了水杯或是别的什么东西，因为今天一大早她就发现家里的房顶渗水了。妈妈便随阿婆来到了楼下，进了房间，在阿婆的指点下，果然发现房顶当中的位置上有一道业已泛黄的水渍。阿婆告诉妈妈，我们的这个过街楼，楼上和楼下原先只隔着一道木地板，当时楼下的住户发现，有些木板拼接处的缝隙过大，时常漏水不去说它，楼下房间里的情形楼上的人只要爬在缝隙处眯起眼睛一看，便都一目了然。在他们的要求下，里弄的物业又让施工方在他们的房顶上糊了一层硬板纸，然后刷上了涂料。这样一来，隐私的问题是解决了，可漏水的问题反而更加复杂了。为什么呢？因为原来漏水的话，只消跟楼上打个招呼，上下两户人家将漏水处的水渍擦干就没事了，最多家具上淋到几滴水。可现在要是渗水的话，一时半会儿察觉不出来，等到发现后，水渍已经擦不掉了。

妈妈听了阿婆的话，嘴上嗫嚅着一些抱歉之类的话，心里却暗暗预备着一场风云突变的口水仗。可阿婆却十分大度，在这一点上，里弄里的住户就显示出与棚户区的居民截然不同的教养来了。若是换作我们老街的女人，可能早已经将你的祖宗十八辈都问候遍了。可阿婆没有，她只是轻描淡写地说了几句后，便把话题转向了别处，仿佛找妈妈下来只是为了聊一聊家常。这让妈妈反倒觉得坐立不安了起来。阿婆似乎看出了妈妈的心思，她笑了笑，侧身让妈妈坐到了沙发上，并为她沏了一杯茶。气氛渐渐融洽了，聊天的时候，妈妈不时地偷眼打量起屋里的家具和陈设。说实话，自打搬过来之后，她还是第一次走进阿婆家，无论是门侧的花梨木沙发和茶几，还是墙角典雅华贵的落地钟和双开门的海尔冰箱，亦或是五斗橱上的21吋彩色电视机都让她的心里充满了新奇和羡慕。阳光这时从放满了盆栽的窗台上照了进来，给原本就比楼上敞亮的房间镀上了一层金色的膜，同时，也在她的眼前勾勒出了一个朦胧的幻景。那是她一心向往的自家的未来。

如果说幻景只是过眼云烟的话，那么有一样东西却始终萦绕在妈妈的心头，挥之不去。是一张相片。确切地说，是一张彩色结婚照，就挂在阿婆的床头，新郎西装革履、英俊潇洒，新娘婚纱洁白、温婉可人。它炫耀着他们过往的青春和爱情，同时又是他们美满婚姻的最佳注脚。可对于妈妈来说，它毋宁说是一个姗姗来迟的提醒。是啊，婚姻是什么呢？柴米油盐、一家老小、一大堆的烦心事，还是偶尔的一两句体己话、偷偷摸摸的一次房事呢？她有些茫然了，结婚十多年来，自己还从来没有认真地想过婚姻到底是怎么一回事，哪怕一次。一切都是程式化了的。双方正式约会、确定关系、单位开介绍信、领证。没有甜言蜜语、山盟海誓，也没有光鲜亮丽的礼服、宾客盈门的酒宴，有的只是两家人简简单单地吃了一顿饭，随后便带着由一床被褥充当的嫁妆搬到了夫家。现在，所有的这一切都不及这么一张婚纱照更具有说服力。它让人想到了“婚姻”这个词以及它背后严肃而又圣洁的含义。它仿佛是宏伟建筑里的第一缕阳光、雨后树林里的第一声鸟鸣，让人内心温暖而又不禁肃然起敬！与它相比，自己与丈夫的那张贴在结婚证上的黑白照片又算得了什么呢？穿着白色的确凉衬衣，脑袋微微一靠就完事了，连笑容都是草草了事的。这似乎也应征了他们平庸的婚后生活。

晚上，妈妈特地预备了一桌好菜，有爸爸爱吃的红烧鲫鱼和芹菜肉丝。爸爸一脸纳闷地问，今天是怎么了，不过年不过节的，烧那么多菜干什么，单位发奖金了？我说爸爸也真是奇怪，平时总抱怨菜里没有油水，难得有一顿好饭又问长问短的，还让不让人好好吃饭了？说完，我迫不及待地拣了一筷子鱼肉送进了嘴里。就是，什么东西都堵不了你爸爸的嘴，妈妈拍了拍我的脑袋说，你慢点吃，鲫鱼里的刺多。爸爸也拣了一筷子芹菜肉丝放到碗里，见妈妈没有说话，便慢吞吞地吃了起来。他昨晚喝醉了酒，加上今天一天的劳累，脸色灰灰的，神情显得有些倦怠。妈妈不时地给我夹菜，偶尔也替爸爸夹上一两筷子。我说，今天的 79 路公交车挤得要命，后面上来的人是靠屁股撞进来的，说完我在椅子上做出了一个夸张的动作。爸爸的嘴角稍稍弯了弯，问，你挤上了吗？我说当然挤上了，不然怎么能和你们坐在一起吃饭呢！妈妈也笑了，说好好说话，别总跟大人油腔滑调的。我得意地做了个鬼脸，说，挤是挤上了，可堵在人堆里气都差点透不过来。以后这么挤的车就别上了，等下一辆吧，妈妈说。我说要是下一辆还挤呢？妈妈一时语塞，抬头看了爸爸一眼。爸爸没有说话，专心地吃着碗里的饭。不过挤也有挤的好处。什么好处？爸爸不解地看了我一眼。我自作聪明地说，这样就可以逃票了呗。

我想去拍一张……，妈妈的话刚说到一半，我突然“呃”了一下。怎么了，爸爸妈妈搁下筷子，几乎异口同声地问道。我说我好像被鱼刺卡住了。吃口菜，爸爸夹了一大筷子芹菜给我。喝口汤，妈妈将汤锅朝我面前推了推。我吃了菜，又喝过汤，可是没用，喉咙里的刺似乎越卡越厉害了，咽口唾沫都疼。呕不出来吗？爸爸急了，让我张大嘴巴凑在日光灯下给他看看。要不要去医院，妈妈焦急地问。不用，爸爸取了一双筷子，急匆匆地跑到楼下的灶台边用菜刀削尖，又从五斗橱里翻出一把手电筒。然后，他一手握着手电照着我的喉咙，一手用尖头筷子伸了进去。不多一会儿，我的喉咙便一阵轻松，爸爸从里面拣出了一根细细长长的鱼刺。

妈妈没有想到，一个星期后，当她犹犹豫豫地向爸爸提出要去拍一张婚纱照的时候，爸爸竟然十分爽快地就答应了下来。在一个休息天的上午，他们带着我早早地就来到了附近的一家照相馆。那是他们事先就物色好的，价格适中，而且口碑也相当的不错。在当时，专业的影楼还是一个新鲜事物，整个上海都没有几家，价格还贵得要死，根本不是像爸爸妈妈这种工薪阶层的人能够承受得起的。由于来得早，照相馆里的人并不是很多，一个胖乎乎的中年妇女在柜台后面起身接待了我们。拍一张婚纱照要多少钱？爸爸扫了一眼陈列在柜台橱窗里的照片。黑白的还是彩色的？彩色的。全身还是半身？爸爸看了妈妈一眼，说是全身的。女人伸出肥嘟嘟的手指将额前的一缕头发撩到耳后，然后从柜台下取出了一本价目表，摊开放在爸爸的眼前，上面列着照片不同尺寸和所配相框的具体价格。爸爸被那上面的阿拉伯数字弄得眼花缭乱，一时之间没了主意。这么贵，妈妈凑上来看了一眼，然后拉了拉爸爸的袖子说，我看还是算了吧，太贵了，找别家再看看。爸爸犹豫了一下，眼角挤出一丝笑容问，能不能便宜点？女人一脸不屑地瞟了妈妈一眼，然后高声对着布帘后的隔间唤了一声，老程，有人要拍婚纱照。布帘后面钻出来一个瘦高个男人，头发微秃，手上端着一只印有“光明照相馆”五个红字的搪瓷茶杯。你们要拍照？他问爸爸，顺眼打量了一下站在爸爸身旁的妈妈和我。

摄影师老程人很热情，说话带一点苏州口音，嗲声嗲气的像个女人。他向爸爸详细地介绍了价目表上的具体项目，并推荐了一款他自认为物美价廉的式样。我在一旁悄悄对妈妈说，这个人有点娘娘腔。妈妈抿嘴笑着横了我一眼，轻声说，不许胡说！爸爸说好是好，就是价格有点……朋友，一分价厘一分货懂哇，婚纱照一辈子只拍一次的，拍得不好挂在屋里厢，时光长了，难过哇？老程说着又带着我们来到里间的摄影棚，从一张小圆桌上拿起了一本相册递给爸爸，说，你看看这些照片，国营的照相馆能比哇？你这里是私营的？爸爸一边翻着相册一边问他。是我承包的，他说，这家照相馆原先是街道开的，请来的摄影师都是半路出家，混混日子罢了。让他们拍拍大头照还可以，拍艺术照就不行了，一张张就跟挂在殡仪馆里的遗像一样，啥人还敢上门？我来这里半年不到，生意好得来轧瘫特，后来我就跟他们说，要么，这家店就让我承包下来，每年上交点利润，要么我就走人……说这话的时候，布帘被掀开了，胖女人领着两个顾客走了进来，说是来拍证件照的。老程撇了撇嘴，对我们说，对不起，我这还有客人，你们就在边上稍微坐会儿，顺便看看照片，说完，他又递了一本相册到妈妈手里。

拍完了证件照，老程走了过来，见爸爸和妈妈还在犹豫，就说，要不这样吧，照片洗出来以后，只要你们同意留一张给我们放在橱窗里展示，我就给你们优惠。

老程的手凉凉的，但很柔软，在给妈妈上底妆的时候，妈妈注意到了他翘起的小手指，心里想笑却忍住了。婚纱穿在身上有点松，他就将背后的布料折叠起来打上别针；爸爸的笑容太僵硬，他就一遍遍不厌其烦地纠正和示范。新郎靠新娘再近一点，手搭在她的腰上，对，新娘下巴低一点，好，就这样，看镜头，笑。快门，镁光灯……一切都是轻车熟路的，妈妈觉得自己花的那些钱值了。拍完之后，老程又看了看我，问“新郎”和“新娘”，要不要再拍张全家福。不要，我抢着说道。不知为什么，我生来就很讨厌拍照片，每次站到照相机镜头前，感觉自己就像在奔赴刑场。可爸爸那天兴致却很高，他不顾我的反对就答应了。要不要把礼服换下来？老程问。爸爸心想，钱都花了，不穿白不穿，于是便说，不用，就这样，挺好的！就这样，“新郎”“新娘”和他们十一岁的儿子竟离奇地出现在了同一张照片里，背景是一栋豪华别墅里的转角楼梯。

照片印出来之后，妈妈看着却有些不太满意，尽管摄影师的手艺不赖，“模特”们的形象也俱佳，可她总感觉不对，和阿婆房里挂的那张比起来，似乎还缺了点什么。

究竟是什么呢？她自己也说不上来。

过完了年，在一个天上还飘着小雪的日子里，爸爸、妈妈和我又重新搬回了老家。家里一切都没变，爷爷睡堂屋，伯伯仍旧呆在他的阁楼上，他似乎对那地方情有独钟，尽管楼下的房间要更加的宽敞，可自从我们离开以来，他一次也没有下来住过。楼下的房间像一个空荡荡的仓库，灰尘、墙角的蛛网和时不时在夜里出没的老鼠们暂时替我们看管了这个家。功课比我们走之前似乎长大了不少，我刚踏进家门的那刻，它从爷爷的床铺底下钻了出来，一脸好奇地打量着我，竖起的尾巴尖部来回地晃着。我蹲下身用手摸了摸它的脑袋，它惬意地眯起了眼睛，随后就坐在地上，用后脚挠起了脖子。爷爷说它越来越懒了，白天趴在门口屋檐下晒太阳，一到晚上就钻到床底下，谁叫它都不肯出来。我自作多情地想，可能是我不在的缘故吧。当初搬家的时候本想带上它的，可妈妈不让，她讨厌猫身上的那股特有的腥味。

刚搬回来的那几天，爸爸、妈妈和我都有一些闷闷不乐，就好像吃了败仗的逃兵一样，面对熟悉的人和事，总有一种无法言传的羞惭和敏感。同时，我们对于在仁孝里的那间过街楼半年来的生活又或多或少地怀有一些不舍。我们怀念那里宽阔明亮的弄堂、规整典雅的石库门；怀念夜里的星辉月满、白天的车水马龙；更加怀念一家三口自由自在的清新空气。然而，怀念归怀念，其实我们心里都明白，与悬在半空的过街楼相比，这里才是我们真正的家，它的简陋、逼仄、阴暗与粗鄙早就融入到了我们的血液之中。它就像一声召唤、一个叹息，无论我们将来身处何地，都会在我们的心底默默地回响……

一朝天子

连伯伯自己也没想到，就在我们不在的半年时间里，他会从繁重、嘈杂的仪表车间调到了厂里的产品销售科，从一名普通的工人一跃而成为了科室业务员。而这一转变，竟然还要归功于三年前的那次虎门之行。

早在一年之前，伯伯单位经历了一次重大的人事变动——原厂长调任到市重工业局去了，而接替他的，正是当年带伯伯去虎门出差的那位副厂长。副厂长上任伊始，便一改往日玩世不恭的作派，开始了他的励精图治。无论是从生产、营销、产品质量检验，还是后勤保障、物资补给，各个环节他都来了一次轰轰烈烈地大整顿。仿佛有意要和原厂长对着干似的，他还将老领导手下的得力干将都换成了自己人，给那些平时不买他的账，“狗眼看人低”的干部和工程师们一个个都穿上了小鞋，发配到最苦最累的岗位上去。

一朝天子一朝臣、新官上任三把火，这些道理人人都懂，可像他这样手段子“辣豁豁”的厂长还是第一次看到。职工们成天提心吊胆，生怕哪一天“火”会烧到自己的头上。那些被打入冷宫的“前朝旧臣”们更是满腹委屈，他们觉得，老厂长在的时候待他薛凯旋并不差，怎么人刚走就翻脸不认人了呢？要知道，老厂长这次走并不是退休，而是升迁，重工业局可是他们厂的顶头上司啊！有人扬言要找老厂长讨个说法去。话传到了薛厂长的耳朵里，他只是微微一笑，说，你让他们找去，我老薛身正不怕影子歪，历史的滚滚车轮是谁也挡不住的！没过多久，那些去找老厂长寻求庇护的人便垂头丧气地回来了，他们说老厂长现在是泥菩萨过江自身难保啊，说是升迁，其实是明升暗降，现在正天天在党委办公室里写检查呢，哪里还顾得上他们！于是，传言又起：有人说是薛厂长抓住了老厂长的把柄去上头告了黑状；还有人说，这次人事变动完全就是副厂长一手策划的，原因是他背后有人……总之，副厂长在一些人的揣测当中就像是潜伏在老厂长身边多年的野心家，平时不动声色，遇到了合适的时机便面露峥嵘了。可传言毕竟是传言，流行了一阵也就自动销声匿迹了，因为一切都已既成事实，谁都不愿意和自己的大好前程或最起码也是一份养家糊口的饭碗过不去。

这些人里头有一个不得不提，郭东亮，也就是那次虎门出差和伯伯他们同行的科长。只要是对厂里的人事稍加留心的人都知道，他是老厂长的嫡系，这次老厂长下马，很多人都以为他的好日子也快到头了，可没想到的是，郭东亮丝毫没有受到任何影响，继续在他的供销科长岗位上干得顺风顺水、有声有色的。许多人就看不明白了，供销科可是一块肥得冒油的地方，原材料、设备的采购和引进，买哪家、不买哪家的货，基本上都是由科长说了算的。即便是厂长的关系户，有时也不得不假手于他来操办，这其中的厉害关系不言自明，只是大家彼此都心照不宣罢了。如此重要的岗位，我们雷厉风行的薛大厂长怎么单单会把他给遗漏掉了呢?

其实，不要说旁人，就连郭科长自己，到现在都还是一头雾水呢！虽说自己为人圆滑，处事低调，尽管是老厂长身边的红人，可对于厂里的其他一些领导平时也都是毕恭毕敬，一碗水端平的。尤其是对薛，经过他多方面的打听后，知道前者并非如表面上看起来那么事不关心、浑浑噩噩，而是一个有相当背景和城府的人。因此，自从那次虎门之行后，他便对薛格外殷勤起来，不仅表面上更加的卑躬屈膝，还时不时会有意无意地向他透露一点关于厂长的“小材料”。这也是期望人家将来能够投桃报李吧。人不能在一棵树上吊死，狡兔还三窟呢！聪明如郭东亮者，自然不会不明白这个道理。然而，薛上台之后大肆裁撤前任手下，扶植亲信，动作之速、手段之辣，还是让他始料未及的。那些日子里，他始终惶惶不可终日，心里虽有些底，但万一人家薛凯旋翻脸不认人了呢？要知道，自己毕竟是老厂长的人啊，自古以来，哪一个权臣在权力更替的时候能有好果子吃呢？他希望领导能够找他谈一谈，就算是骂他几句也行，至少他可以借此探探虚实，揣摩一下领导的心思，总比现在不明不白地吊在那儿，进退维谷的要强。可不知是有意还是无意，领导似乎将他遗忘了，一方面，昔日的同僚们纷纷落马，任人宰割；一方面，自己这边又平静得出奇，大有暴风雨之前的宁静之嫌。郭科长感到悬在头上的那柄宝剑离他越来越近了。

不行，不能就这么坐以待毙，要主动出击，反正伸头是一刀，缩头也是一刀。郭科长心里拿定主意后，就将手头上所有的“关系户”清理了一遍，找齐了相关资料和各家的背景以及历年来老厂长从中收受的回扣和各种“好处”。（每一笔账目他平时都记得清清楚楚，这也是为求自保的明智之举。）他将所有这些材料装进一只牛皮纸文件袋里，绕上封口，锁进了自己办公桌的抽屉。做完这一切后，他靠在椅背上长吁了一口气，心里觉得轻松了不少。

第二天，他早早地来到了单位。哟，郭科长今天怎么来得这么早？门房老陈从窗口探出头来向他打招呼，手里拿着一只苍蝇拍。天气太热，躺在床上也睡不着，他说。你们年纪还轻，应该多睡会儿，不像我，老头子喽，想睡也睡不着，老陈说着，“啪”地一下，苍蝇拍打在了窗台上。他的眼皮跳了跳，继续朝里走去，没走几步，又回头问道，老陈，厂长来了没有？谁？老陈又将头探了出来。厂……“长”字还没有说出口，就被生生咽了回去，没什么，他冲老陈摆了摆手。

厂区办公楼在生产车间的西侧靠里的位置，每次进办公室的时候总要先经过一排排的厂房和仓库。今天到得早，厂里十分安静，听不见马达、车床的隆隆声，也看不到巨大烟囱里冒出的滚滚浓烟。有两三个身着便装的工人在厂区里走着，步态非常的轻松。远处传来了装卸货车的气刹声，像重感冒的人打出的一个喷嚏。不知怎么的，他突然对这个工作了几十年的厂感到了些许陌生。

穿过眼前的小花园，他来到了办公楼前。那辆以前载过老厂长，而今又是新厂长专车的黑色桑塔纳此刻不在楼下。厂长还没到。他不免感到有些失望，但同时，紧张不安的心情又暂时缓解了下来。二楼的办公室里仍然空无一人，他径直走向办公桌，用力拉了拉那只存放文件袋的抽屉。抽屉是锁着的。他用钥匙打开抽屉，取出那只文件袋，将里面的材料又从头至尾地看了一遍又一遍。没有纰漏，一切都完美无缺！他又不由地喜滋滋地幻想着薛厂长看过这些材料后，对他投来的赞许而又信任的目光，或许，厂长会故作姿态地批评他几句或者再多考验他一些时日，但那又如何，只要能够证明自己足够的忠心，就一定能够与厂长尽释前嫌的。想到这里，他不禁开始心猿意马，跃跃欲试起来，真想时间过得快点，再快点。他打开窗户，起身为自己泡了一杯茶，这时才发现，胸口的衬衫上已经汗湿了一大片。

中午

好不容易挨过了一整个上午，临近中午时分，郭东亮拿起文件袋和业务员小瞿递给他的一份群星矽材厂的一批原料报价单，怀着忐忑的心情来到了三楼厂长办公室。门是敞开着的，老远就听见办公室里传出了阵阵热烈的交谈和欢笑声。他在门口停了下来，探头朝里张望了一下，只见新提拔的办公室主任袁爱民正坐在靠窗的一张单人沙发上，眉飞色舞地议论着什么，厂长则将双手交叉放在胸前，屁股抵在办公桌沿，面带微笑地听着，不时插上一两句俏皮话，将欢快的气氛推向高潮。郭科长踌躇着，现在进去显然不合适，可就这么回去又有些不甘心，这该死的袁阿跷（后者有点跛足），早不来晚不来，偏挑这个时候来！就在这时，厂长发现了他，老郭啊，有事进来谈吧，站在门口干嘛呢，这么热的天。厂长的年纪和他不相上下，没拨正之前一直都叫他小郭，现在突然改口叫老郭，听起来有点别扭，但却有一种格外的亲切包含在里面。他心头一热，便硬着头皮走了进去。厂长，有一份材料需要您签个字，他说着便把那份报价单递了过去，顺便朝袁主任点了点头，脸上带着谦逊的微笑。那你先忙厂长，我那边还有点事要处理下，袁主任知趣地起身告辞了出去，经过他身边的时候用眼角的余光飞快地将他上下打量了一下。

厂长在报价单上签完了字，见他并没有急着要走的意思，便让他坐到沙发上，说，老郭，别急着走，难得上来一次，咱们聊聊。说完就要去泡茶。他急忙说，不用厂长，我刚喝完上来的。厂长还是将一杯泡好的茶水放到他面前，他微微欠身让了让，说实在不好意思厂长，还让您亲自动手。别客气老余，厂长坐回到办公椅上，稍稍朝他这边转了转，肥胖的身躯压得转椅发出了轻微的吱嘎声。他拿起茶杯轻轻啜了一口茶，滚烫的开水让他的眉头皱了皱，然而心情却比刚才放松了许多。他抬头看了一眼厂长，后者正惬意地靠在椅背上，敲着二郎腿，似笑非笑地看着他。他放下茶杯，嘿然地说，自己最近工作做得很不到位，很多事情都没有主动地向领导请示汇报……厂长冲他摆了摆手，说老郭啊，你我之间就不要搞这些虚头巴脑的东西了，说说看，对近来厂里的一些工作有什么想法？他连忙说，没什么想法厂长，您上任以来，抓纪律、促生产、整顿队伍，各项工作都开展得有条不紊，比老厂……他像是意识到了什么，急忙收住了嘴，干咳了两下，又啜了一口茶。厂长笑道，老郭啊，你还是太客气了，现在很多人并不像你这么想哟，他们都说我在拉帮结派，搞一朝天子一朝臣（当然，这是个很不恰当的比喻），心里的怨气大得很呢！说完，他又笑着朝他看了一眼。他心里一紧，但同时又有些激动，说，这都是以小人之心度君子之腹，厂里这些年来体制陈旧，纪律松散，很多部门和岗位都出现了人浮于事、事废于驰的现象，如果再不下大力气整顿，迟早会被改革开放的经济大潮所淹没的，所以，我完全赞成和拥护您的英明领导和决策！说这些的时候，他显得十分慷慨激昂，仿佛一切都是由感而发，言为心声似的，不由得连自己都开始钦佩起自己来了。厂长听了似乎也颇为动容，他用充满赞许的目光看着他，然后徐徐地说，说得好老郭，厂里再多一些像你这样以大局为重的同志，我们的事业何愁不能蒸蒸日上！这句话说到自己心坎里去了，他谦逊地低了低头，突然下定了决心似地，伸手拿起搁在茶几上的文件袋，说，厂长，我这有……正在这时，办公桌上的电话响了起来，厂长接起电话说了几句后脸色突然凝重了下来，椅子转向一侧，声音也小了许多，仿佛刻意要回避他似的。他扫兴地看了看手里的文件袋，不得不站起身来，向厂长举手示意自己先行告辞。经过那张办公桌的时候，见厂长仍然将注意力集中在电话上，便将文件袋悄悄地搁在了桌上，随后快步走到门口，轻轻地带上了房门。

整个中午，他都处于一种莫名的亢奋之中，他和后勤科老王他们打了一会儿牌，却因为心不在焉接连出错了好几张牌而被搭档老王数落了一通。老王是个大嗓门，他一会儿说，老郭，你算没算牌，到现在一张怪都没出呢，你一张2出来找死啊？一会儿又说，他妈的老郭，你明明有三张A怎么不早出，留在手上藏私房钱哪！他被说得有些心烦意乱，最后干脆找了个借口退出了牌局，一个人回办公室去了。一进门，却看到小瞿和新分到他们科室的吴莉莉拉拉扯扯地坐到了一起，小瞿拉着人家的手说要替她看手相，后者一边嗤嗤地笑着，一边又故作矜持地要将手抽回去。他用力咳嗽了一声，两只手连忙触电似地分了开来。吴莉莉涨红了脸，小瞿却傻笑着看着她。不一会儿，吴莉莉起身出了办公室，小瞿便像只跟屁虫似地追了出去。

他苦笑着在自己的位置上坐了下来，两眼出神地看着窗外。初秋正午的太阳依然热辣，树上的叶子无精打采地耷拉着脑袋，不时有一些风吹进来，却是热的。他的思绪一会儿纷乱芜杂，一会儿又一片澄明，就像天边的白云，总是聚了又散，散了又聚，让人捉摸不透。最后，所有的思绪都集中到了那只文件袋上了。会不会自己太心急？在还没有摸透领导的心思之前，就急吼吼地和盘托出……搞不好会弄巧成拙。可从领导的态度和种种迹象来看，他对自己还是信任的，否则就不会这么长时间没有动作了，或许早就等着我去表明态度了。这么看来，自己的这份材料上交得还算及时。只是不知道，他看了之后会怎么想？又或许，他根本就没有动那只文件袋？都怪那个该死的电话，好巧不巧地偏在那个时候响，像是事先说好的一样！想到电话，他不自觉地将视线转向搁在自己桌上的那台白色的电话机上，心里期盼着它立刻就能响起来，然后他拿起听筒，听到来自电话那头的，厂长的召唤。

电话机仿佛猜到了他的心事，竟奇迹般地在这一刻响了起来。先是轻轻的一下，他不能确定，等到第二声、第三声响起来的时候，他的心头掠过一阵激动，连忙拿起听筒，喂，哪位？声音微微有些颤抖。是郭科长吗？不是厂长的声音，这让他有一种意料之中的失望，他立刻镇静了下来，是，你哪位？哈哈哈哈，我的声音你都听不出来了，我是老罗呀！声音渐渐熟悉了起来，尤其是那一副广东腔。哦，罗总啊……一阵寒暄过后，罗总告诉他，自己现在人在上海，是专程来拜访新老客户的，他们仪表厂是此行的第一站。我头一个就想到你郭科长啦，怎么样，够哥们吧？“哥们”两个字用广东普通话说起来有些不伦不类，但此刻在他的心里却有一种异样的感觉。他试探着问，曹厂长（老厂长）的事，你听说了吗？略有耳闻啦，唉呀，没关系的啦，薛厂长我们也认识的啦，大家都是朋友啦。到底是生意人，消息果然灵通！他从罗总这句话里已经略知其来意，忽然灵机一动，便问他现在在哪里。后者报了一家酒店的名字，离厂并不远，他便让罗总下午就来厂里。薛厂长正好今天在，他暗示道。会不会太仓促啊？罗总问道。不会，他不假思索道，今天刚刚好。

下午

罗总来到办公室的时候已经是下午快两点了，一进门，他那副五短身材和宽大的、与之极不相称的西装革履以及一口沙哑的广东普通话霎时便吸引住了所有人的注意。看到吴莉莉忍俊不禁的偷笑，郭科长连忙简单地向大家介绍道，这是广东来的罗总经理。罗总很有礼貌地向在场众人颔首示意，并将一大包土特产塞到了他的手里，说，一点小特产，不成敬意的了。他略微推却一番便收下了，随后交给小瞿，让他待会儿分发给大家。随罗总一起来的还有一个身穿棕色毛皮大衣，个子高挑的女人，由于经过精心装扮，一时之间很难分辨得出她的实际年龄。不知道为什么，他总觉得这个女人有些眼熟，像是在哪儿见到过。

略微交谈了一番，他便引着罗总他们来到三楼厂长办公室，有了罗总作“掩护”，他的心里轻松多了，连敲门声都显得底气十足。厂长一脸茫然地看着他们，尤其是对于罗总和他身边的女人。厂长，这位是……薛大厂长嘛，不等他介绍，罗总便抢先开了口，我是老罗啊，我们见过的啦。说着便上前伸出双手热情地握住了厂长的手，用力晃了晃，见后者仍是一脸疑惑，又说，薛厂长真是贵人多忘事唉，三年前您来我们虎门视察工作，大家一起吃过饭的啦。厂长还是没有想起来，眼珠朝上翻着，眨了眨眼睛。老罗有些尴尬，突然灵机一动，补了一句，够不着，站起来嘛！说完，他象征性地踮了踮脚尖，海拔陡然往上增高了几公分。

没想到这一招还真管用，厂长看着他那副滑稽的样子，噗嗤一下笑出了声，老罗，罗总，哎呀，实在不好意思，看你这一身西装革履的，确实是认不出来了！他又用力握了握后者的手。罗总也跟着讪笑地说，都说你是贵人多忘事嘛！厂长又打量了一眼罗总身边的女人，问，这位是？哦，忘了跟你介绍了，她叫阿敏，我的秘书。女人微微一笑，向厂长伸出手来，说，厂长，您忘了，您还请我跳过舞呢！

送走了罗总他们，郭科长又回到了厂长办公室。一进门，厂长就拉下脸来，说老郭你什么意思？郭科长被问得措手不及，愣愣地站在那儿。厂长从办公桌里拿出了那只文件袋交到他的手里，说，你也像他们那样，以为我就是靠这个才当上厂长的吧？你也以为我上台之后，就是为了自己人整自己人，搞一朝天子一朝臣的吗？他像一根钉子一样钉在原地，背上冷汗直冒，喃喃地说，厂长，我只是想……你想什么我清楚，十几年前经历得还少吗？少跟我来这一套！厂长眼睛里像是要冒出火来，他气呼呼地坐到沙发上，从衣兜里掏出一包卷烟，刚抽出来一支，又把它塞了回去。老郭啊，他放下烟盒说，你口口声声地说，现在厂里体制陈旧、人浮于事，亟需改革，怎么做起来还是阶级斗争的那一套？是，你材料里说的是不错，我们厂，不，我们整个行业，对于采购程序的制定和管理确实存在着这样那样的问题，但对于这些，凭你我的一己之力就能改变得了吗？我们当然要改革，当然要整顿，但路是一步一步走的，不可能一蹴而就，否则跟以前的大跃进、人民公社有什么区别？我们更不能打着改革的旗号去整人，党同伐异、铲除异己，要允许同志犯错误，人都是有私心杂念的，谁都不是天生的马列主义者，况且，马列主义本身也是通过无数次错误和失败的经验教训总结出来的。同志出了问题，那就说明制度和制度的制定者本身也有问题。在一个并不完善的制度下，你却要求执行它的人都尽善尽美、克己奉公，这可能吗？公平吗？更可怕的是，如果为了一己私心，他看了一眼呆若木鸡的郭科长，继续说，如果为了一己私心，而去把犯了错误的人一棍子都打死，这样的做法，跟以前的封建社会又有什么区别？

厂长的话，每一个字都掷地有声，但他听得却是一头雾水，不知道前者究竟想要表达什么意思，有几句话确实深深刺痛到了他，比如说为了一己私心，打着改革的旗号去整人，可这些难道厂长自己身上就没有吗？他真的就能像自己说的那样，一切出于公心，不偏不倚吗？他隐隐地察觉出厂长是在虚张声势，因此，原先不安的心渐渐定了下来。他决定静观其变。

果不其然，厂长接下来的态度明显好转了许多。他让郭科长坐到自己身边的沙发上，用力地拍了拍他的肩膀，说，老郭啊，你的心思我知道，现在厂里一系列的体制改革刚刚开始，你是为数不多的，有着二十多年厂龄的优秀管理人才，我不信任你，还能信任谁呢？他充满感情地看了厂长一眼，尽量地克制住内心的激动，听见厂长继续说道，放心大胆地干吧老余，相信你在老厂长手下干得出色，在我的手下也一样能干得好！（厂长刻意在“手下”两个字上加重了语气，并且意味深长地看着他。）但你也要记住，在工作中一定要注意方式方法，凡事多从规章制度上着手，切勿将眼光只放在个别同志的错误上，尤其是对于领导……

临走的时候他再次将文件袋递给厂长，却遭到了拒绝，厂长说，这个东西你就拿回去吧，留在我这儿没用，希望以后永远也用不着它。哦，对了，今晚招待罗总他们，你就替我去吧，我这儿还有点事。他有些诧异地看着厂长，后者微笑着冲他摆了摆手。走到门口，厂长像是想起了什么似地又叫住了他，说，那个仪表车间叫孙志新的你还有印象吗？他点了点头说有。明天让他到我办公室来一趟，厂长说。

心情的分水岭

第二天，伯伯从厂长办公室里出来，走到二楼的时候被早就守候在那里的郭科长拦住了。郭科长将他拉到走廊尽头的窗台边，看看四下无人，压低声音问他，厂长找你都谈了些什么？伯伯一脸纳闷地说，没什么，厂长只是和我聊了聊诗歌。就聊诗？别的什么也没说？没有，被他这么一问，伯伯不免也有些紧张了起来，他不安地问，郭科长，你看厂长到底为什么找我？郭科长眼珠子飞快地转了一圈，然后笑着对他说，看来领导还挺喜欢你的呢！

哈哈。见伯伯仍然惶惑不安，便伸手拍了拍他的胳膊，说，小孙啊，不要有太大的压力，领导找底下的同志谈谈心很正常，你工作表现又没什么问题，紧张什么？

可没想到，自那以后，厂长隔三差五地便会找伯伯去聊诗，而且一聊就是好半天，弄得和他同车间的同事包括车间主任在内，都对他另眼相看了起来。他们起初还充满好奇、拐弯抹角地找他问长问短，到后来便躲他远远的，生怕自己有什么把柄被他拽在手上，拿到厂长面前去汇报。没有人相信厂长找他只是去谈谈诗、下下棋。是，你孙志新是有些才华，可你毕竟只是一个小小的车间工人，凭什么让日理万机，堂堂的一厂之长放下架子来找你聊天，难道厂长真的想学齐桓公礼贤下士不成？而其中尤为苦恼是他的车间主任，虽然从郭科长嘴里了解到那次虎门出差伯伯和厂长之间的一些渊源，也模模糊糊地猜到了一些什么，可长此以往，车间里的活怎么办？车间里原本就是一个萝卜一个坑，每次伯伯一走开，他就得伤透脑筋地找人去顶班。碰到老实人还好说，要是碰到一些“老油子”，难免要碰一鼻子灰，他们会找各种各样的借口推三阻四一番，就算勉勉强强答应下来，嘴里总要阴阳怪气地说一些不三不四的话，什么老实人好欺负啦、背靠大树好乘凉啦、官大一级压死人啦，凡此种种，让他不胜其烦。连自己手下的人都管不好，这叫他的那张老脸往哪儿搁？

主任想想不是办法，于是就去找厂长商量。他先是婉转地检讨自己对底下的员工关心不够，不知道孙志新同志最近在工作和生活上遇到了什么困难，还要劳动厂长亲自过问？厂长说没有啊，小孙挺好的呀！主任说，那就好，小孙同志平时表现一向不错，工作也挺认真，车间里有些活离了他还真不行。厂长是个聪明人，当然听出了他的话外之音，他笑着说，这点我倒还真的疏忽了，不好意思啊，殷主任。主任说哪里哪里，是我关心不够。厂长沉吟了片刻，突然问当时也在场的郭科长，老郭，你看孙志新这个同志怎么样？郭科长愣了愣，刹那间反应了过来，说，小孙同志不错啊，勤奋踏实，又有才华。厂长，主任，我有个不情之请……厂长眨了眨眼睛，笑着说，哦，说说看。把他调到我的科里怎么样？郭科长说。

对于自己的工作调动，不光是外人，就连伯伯自己都觉得有些不可思议，他虽然心里隐隐觉得，这或多或少和厂长找他聊天有些关系，可厂长为什么会突然对他这么一个无名之辈感兴趣了呢？他想起第一次被叫去厂长办公室的情形：一进门，厂长就叫出了他的名字，并且问他还记不记得三年前的那次虎门出差。他当然记得，不过所有与虎门有关的记忆都离不开一个人，那就是小敏阿姨，小敏阿姨第一次向他伸过来的那只手、小敏阿姨第一次给他寄来的那封信、小敏阿姨第一次的到访、小敏阿姨……他一时陷入了神思恍惚之中。“虎门硝烟，南关炮口，歌在耳，酒在手，千年狼，百年狗”，厂长的吟诵打断了他的回忆。好诗！其实当时我就听出来，你是在骂我，厂长的目光如炬。他的心头猛然一惊，背上冷汗直冒。他想解释几句，却不知道如何开口。

厂长冲他摆了摆手，淡然一笑说，多亏了你这首诗，它把我骂醒了。我读过你不少发表在厂刊上的诗，虽然大多是一些吟风弄月、自怨自艾的调调，与我们这个时代显得有些格格不入，要是放在过去的年代里，那可是要受到批判的，厂长看了他一眼，继续说道，可不管怎么说，那些诗当中还是有一种警醒的意识在里面，可以毫不夸张地说，你是我们这些人当中为数不多的清醒的人！他眼睛呆呆地看着厂长，心里想，自己还算清醒吗？长久以来，他一直都在经历着失败，学业受阻、婚姻失败、情人的背叛、乏味的生活……这些早就让他原本敏感脆弱的神经不堪重负，几乎深深陷入绝望之中了。或许，绝望的人才是最最清醒的吧？

意外的工作调动给伯伯日益消沉的精神注入了一剂强心针，然而在最初的兴奋劲过去之后，他却越来越感到新的工作环境与他有些格格不入——工作一时上不了手不说，还要处处看人脸色。那些坐惯办公室，没事一杯茶一张报纸的同事们表面上对他客客气气，可私下里却并没有拿他当回事，他们彼此之间以老X、小X相称，唯独对他却一口一个“孙师傅”，似乎在提醒他，自己还是那个在机器轰鸣、尘土飞扬的车间里挥汗如雨的工人。尤其是吴莉莉，这个女人每次见到他总是躲得远远的，就好像他身上有什么传染病似的。有一次中午休息的时候，原来车间里和他比较谈得来的同事来办公室找他聊了一会儿天。由于吴莉莉的座位挨他较近，同事就在那张椅子上坐了下来，不想正巧被从外面回来的吴莉莉撞见。后者当场就拉下了脸，一句“哪能噶随便额啦！”

弄得同事好不尴尬。人走了以后，吴莉莉又去找了块抹布，捂着鼻子将桌椅擦了又擦，见小瞿在一旁偷偷看着她笑，索性一把将抹布扔了过去，嘴里骂道，笑什么笑，你是死人啊！小瞿接过抹布，装模作样地跑过来帮忙擦椅子，眼角瞟了一眼从门外送同事回来的伯伯，然后凑到她耳边小声嘀咕了几句什么，逗得她噗嗤一下笑出了声。擦完椅子，小瞿又一脸猥琐地说，还有哪里不干净，我都可以给你擦。吴莉莉的脸刷地一下就红了，娇嗔着追打他到门外。

第二天，郭科长找他谈了话。郭科长一本正经地说，小孙啊，你现在已经是一名科室干部了，不光在业务上要加强学习，平时的言行更要注意影响，要和同事们搞好关系，尽快地融入到新的集体中来……他听着听着，突然觉得有些奇怪，平时当着厂长的面，科长跟他总是有说有笑，完全是一副平起平坐的低姿态，怎么一到了自己科里，人就立马变了样，口气里充满了高高在上的感觉了呢？难道人真的可以像弹簧那样伸缩自如吗？不过仔细想想，科长说的也没有错，自己毕竟是新来乍到，主动适应环境是应该的。从此以后，他就更加谨小慎微了，仿佛身边一下子多了许多双眼睛，弄得人整天都惶惶惑惑的，真不如在车间里那样轻松自在呢！

与此相反的是，厂长与他却越来越热络了，由于只隔着一层楼面，手上的活又不多，厂长一有空便找他上去闲聊。对待他，厂长没有丝毫的架子，完全把他当成了一个无话不谈的朋友，而他，时间长了也慢慢放松了戒备，变得无拘无束起来。有一次，厂长把他叫到办公室，拿出自己新写的一首诗，让他评价。他接过来一看，只见纸上写着：黄浦江上多货船，马达起处波浪翻。欲为四化添砖瓦，春去秋来不曾闲。厂长告诉他，这是昨天去市里开会，回来经过外滩，在江边转了一圈，即兴创作的。怎么样？厂长的眼睛里充满了期盼。伯伯笑着说，前两句还行，后两句有些直白。厂长一听有些失望，悻悻地说，那依你看应该怎么写？伯伯说，没有什么该不该的，诗是一个人性灵的表达，勉而为之，只会失掉它的本真。厂长脸色沉了下来，那这么说，是我的悟性不高喽！伯伯说不是不高，是框框太多，影响到了你的自由表达。厂长想了想，似乎若有所悟，但嘴上依旧不服气地说，那就依你的“性灵”，把这首诗给改一改。伯伯略微沉吟了一下，随口吟道，黄浦江上多货船，马达起处白浪翻。只见货物压舱板，不见人影倚栏杆。厂长听后跟着吟诵了几遍，摇摇头说，也没觉得有哪里好嘛！到了下午，厂长又突然把他叫到办公室，一进门就说，真是奇了怪了，你改的诗，我越想越觉得好，看似什么都没说，可又像什么都包含在里面了。我仿照你的样子又作了一首，但怎么看都像首打油诗。伯伯说，你念来听听。于是厂长便念道：小船远看像只龟，开到近前红旗飞。红旗插在龟壳上，一切行动听指挥！怎么样，像不像是一首打油诗？伯伯笑着说好多了。自己又反复念了几遍，一个劲地说好，比他的那首还要好。厂长有些将信将疑，不过从他的眼色里看，还是相当得意的。

就这样，伯伯一面在自己的科室里憋闷受气，一面又在厂长跟前开怀放肆，连接二楼和三楼的扶梯仿佛成为了他心情的分水岭，有时候想想，这样的情形应该倒过来才是，可世上的事哪有这么称心如意的呢?

第三章

梦游症

春天到了。屋檐上的冰棱以及地上的薄冰化成了水，顺着碎石路面的罅隙淅淅沥沥地流向弄堂里大大小小的沟渠。没有铺石子的泥地里、墙角边，布满了青苔和许多不知名的野花。我们住的这片棚户区紧邻一座很大的公园，到了四月里，铺天盖地的花粉、柳絮和蒲公英的种子被风吹送到弄堂里，在空气中纷纷扬扬，四处寻找着各自的归宿。听伯伯说，花粉是用来和雌蕊交配，而柳絮和蒲公英种子若是遇到合适的土壤，就会在那里生根发芽，长出新的生命来。照这么看来，我们人会不会也是一颗种子变的呢？我们来到这个世界上之前，是不是也像蒲公英的种子那样，漫无目的、随风飘扬直到找到了自己的土地，甚至可以这样说，我们人其实就是一棵蒲公英，只是我们自己不知道而已。或许在蒲公英的眼里，也很可能认为自己是一个人而不是别的什么东西。

春光明媚的日子里，我常常会被自己一些古怪的想法和莫名的情绪弄得神思恍惚，而到了夜里，大脑却又出奇的清醒，以至于连树叶落到地上的声响都能听得清清楚楚。我躺在床上翻来覆去地睡不着，到了后半夜，好不容易迷迷糊糊地进入梦乡，又时常被野猫的叫声所惊醒。时间一长，我整个人就变得萎靡不振起来了。爸爸妈妈觉察到了我的这种情况，吓得晚上睡觉连身都不敢翻，有时爸爸夜里打呼噜，妈妈就会警觉地一脚将他踹醒，直到听到我均匀的呼吸声，才继续睡去。

有一天夜里，我破天荒地早早入睡了，这令连日来一直提心吊胆的妈妈终于感到了一丝欣喜。到了后半夜，我突然起身下床，妈妈起初以为我要撒尿，可没想到我并没有去找马桶，而是径直朝堂屋走去。小刚，你要上哪儿去？她喊了一声，见我没有反应，心下觉得不妙，连忙翻身下床，一身睡衣地就追了出来。这时，我已打开堂屋的门，走到了弄堂里……

一大清早，我从睡梦中醒来，一睁开眼睛就看见爸爸和妈妈正神色凝重地看着我。他们问我还记不记得昨天夜里自己都干了些什么？我茫然地摇了摇头，说不记得了，只记得自己做了个梦。什么梦？爸爸问。梦见自己变成了一棵蒲公英，我开心地说。

对于我的这次梦游经历，爸爸显得忧心忡忡，他带我去了医院，结果诊也听了、脑电波也做了，却什么也没有查出来。医生说这种症状许多孩子都曾有过，可能与先天的体质或是后天的生活环境有关，让我们不必过分担忧。医生又开了一点宁神、安眠的药给我，可爸爸却没有让我服用，说是小孩子吃这种药对大脑发育不好。所幸的是，我们一家三口都睡在一张床上，晚上要是再发生这种情况，他们也能及时防范。尽管如此，每到晚上，爸爸还是会将堂屋的门锁栓上保险以防万一。

就这样，黑夜原本对于一个孩子来说，是一个让人最为省心的时刻，而到了我这里就完全不是这么回事了，它仿佛充满了危险与不测，比白天更让父母伤透脑筋。套用一句诗来说似乎是，黑夜给了我黑色的眼睛，可我却注定用它来寻找光明！这种状况延续了好多年，以至于成年以后，当我独自一人或是和妻儿住在一起的时候，每到入睡之前，我一定会一遍又一遍不厌其烦地检查家里的门窗、煤气和家电是否关闭，并不忘给门锁栓上保险。不明就里的人一定会说我有强迫症，其实我心里知道，我是在替父母履行看护自己的责任。

我不知道，自那以后自己的梦游症还有没有再犯过，就算有，爸爸妈妈也会对我守口如瓶，以免我过分地担忧。然而，有一点能够确定的是，我再也不像此前那样辗转反侧，难以入睡了，每天晚上九点不到，我就会准时将我的后脑勺安放在枕头上，然后不出一分钟，世界便归于寂静。早睡的习惯被我保持到了婚后，一直到和李军重逢之前。

那次同学聚会之后，李军隔三差五的便会来邀我共进晚餐，有时他单独赴约，有时会叫上几个我不熟悉的朋友，每次结束后，他总会从他的那只黑色 PARADA 的皮包里熟练地掏出一张银行卡，叫服务员过来买单。我说行了李军，你他妈同学也见了，逼也装了，没必要每次都这么兴师动众吧！说吧，有什么事用的上小弟的？李军说什么话，你我都二十多年没见了，区区几顿饭就能弥补过去的光阴？他端起酒杯将剩下的红酒一饮而尽，大着舌头说，来吧，致我们终将逝去的青春！

有一次吃完饭，他拖着我说，兄弟，今晚你无论如何也得陪我二回目。我说不去了，我的习惯你又不是不知道。李军说知道知道，早睡早起，长命百岁，呃，放心，呃，你一时半会儿死不了。但、但是今晚你得破例，呃，今晚还有个人要来。我问是谁？他神秘兮兮地笑了笑，说，去了你就知道了。

赵丽萍从包厢门口进来的时候，李军正一手搂着小姐一手拿话筒，站在电视屏幕前扯着嗓子吼《向天再借五百年》。见我也在，她像是并不感到意外，径直朝我走来。你怎么也在？她脱掉短风衣在我身旁坐下，一身精巧搭配的白色带蕾丝紧身衬衣、黑色短裙、肉色丝袜以及黑色长筒麂皮靴使得包厢里穿着统一粉色长裙的小姐们相形见拙。我为什么不能在这儿？我故作镇定地答道，心里却免不了有一丝紧张和兴奋。尽管早已有了隐隐的预感，可赵丽萍的出现还是让我有些措手不及。赵丽萍嫣然一笑，并没有接我的话茬。这时，李军吼完了歌，搂着小姐走了过来，哟，赵大美人来了，也不打声招呼，他看了我一眼，说，你们这就聊上了，哼，典型的重色轻友！我说李军你那张臭嘴里能不能吐出两句像样的话来？那该怎么说，金风玉露一相逢，便胜却人间无数？我突然注意到一个现象，无论是上次同学聚会还是现在，只要赵丽萍在场，李军总要搬弄一些辞藻，像是卖弄，又像是讨好。赵丽萍笑着对我说，别理这个人，有些人天生骨头轻，你越是理他，他就越来劲！李军听了仿佛很受用，喜滋滋地拿起酒杯说，来，就为了我的轻骨头，咱们干一杯。

轻骨头

李军的轻骨头由来已久。四年级下半学期，一次课间休息的时候，赵丽萍突然问我，听说你想约我去工人文化宫？我被问得一时张大嘴巴说不出话来，瞥眼一看，李军正坐在一张课桌上狡黠地冲我眨着眼睛。我当时就恨透了这该死的李军，当即便说，没有啊。哦，赵丽萍若无其事地转回头，继续看她的书。我心里突然掠过一阵后悔，等到上课铃响起的时候，我鼓起勇气小声地问她，那么，你愿不愿意去呢？

赵丽萍没有答应和我一起去文化宫，不过她说可以考虑放学后去我家，帮我复习一下功课。意外的惊喜让我有些飘飘然，可过了一会儿，我又有一些不安起来。长这么大，还是第一次约女同学来自己家，而且又是赵丽萍……哦，赵丽萍，你知不知道，其实能成为你的同桌，无论上课下课，能和你说上一两句话我就心满意足了，哪里还敢奢望什么其他？那天余下的时间里，我脑子里一直都在胡思乱想，我尽力去构想放学后跟赵丽萍在一起的画面，然而所有的画面又都是失真的，伴随着我的张皇失措和口不择言，仿佛稍不留心，自己便会陷入尴尬的境地。我把我的顾虑告诉了李军，后者想了想，说，要不这样吧，放学后我和你们一起去。

那天是星期六，下午只上一节体锻课。放学后，我故意放慢了整理书包的速度，等到同学们都走得差不多了，才抬起头来看了赵丽萍一眼。她坐在我的边上，早已整理好了书包，似乎等得有些不耐烦了。午后的春阳格外灿烂，天空中不时有鸽群盘旋在低矮的楼房之间，树上的鸟儿长一声短一声地叫着，替人们宣泄着假日即将到来的愉快心情。有李军在边上，我心里轻松了许多，我们三个人一路上有说有笑，一切都自自然然的，赵丽萍有时走在我的身边，有时又落在我和李军的身后，然而不管她走在哪里都令我满心欢喜，又隐隐有一丝担忧，担忧她会突然改变主意，掉头而去。穿过了嘈杂的菜市场，拐进一条熟悉的弄堂后，我突然不由自主地恐慌了起来，后悔自己怎么把这么重要的细节给遗漏了。斜眼，那个该死的恶棍，要是他这时候出现在我们面前，我该如何应对？我看了看身边的赵丽萍，用力地咬了咬牙，心想无论如何，只要他来找我的茬，我今天就他妈的豁出去了！经过斜眼家门口的时候，我感到自己的心都快提到嗓子眼了，脚下一阵阵发软，可我还得硬着头皮走下去。

好在那天斜眼并没有出现。到了家，我用钥匙开了门，爷爷不在屋里——每个月的最后一个周六他都要去厂里领当月的退休工资。我和李军七手八脚地搬出了四个方凳、两个小矮凳和家里仅有的一把竹椅。方凳拼在一起，权且充当书桌，我和李军坐在小矮凳上，竹椅则理所当然地让给赵丽萍坐。有赵丽萍在边上，我和李军两个“捣蛋鬼”做起功课来便规规矩矩的，就像是魂灵归了窍。尤其是李军，他是知青子女，父母都在遥远的武汉插队，从小是奶奶一手带大的，长年来的缺乏管教，使得他顽劣的习性远远超出了一般的男孩。这次，他破天荒地坐在“书桌”前，像模像样地为作业里的某道题冥思苦想、抓耳挠腮的样子要是被他奶奶看到了，估计连做梦都会笑醒的吧。

赵丽萍的到来也在弄堂里掀起了一阵不小的波澜。那些从我们身边走过的邻居们时不时会朝我们，尤其是赵丽萍投来好奇的一瞥。小胖来来回回地出现了好多次，有时他站在远处呆呆地看着我们，忽然又哈哈大笑地跑开；有时他会拿着一件破破烂烂的玩具在我们身后闹出点夸张的动静，想要引起我们的注意；还有时，他又会装模作样地跑过来看赵丽萍做作业，鼻涕呼啦呼啦地流出来又吸进去，直到李军不厌其烦地吼了一声，滚蛋，他才心有不甘地离开了。哟，小刚今天学好了，这么早就开始做功课了，是周奶奶大儿子的声音，我抬起头朝他得意地笑了笑，不知道为什么，这个人一直让我很讨厌，他平时总爱在我们这些孩子面前出风头，可一碰到年轻的姑娘却又像只乌龟似的畏畏缩缩。果不其然，当他忽然注意到我们当中还坐着赵丽萍的时候，笑容立刻便僵硬了，眼神中带着点不屑，但却是装出来的。邻居们的反应激起了我极大的虚荣心，我忙不迭地将赵丽萍介绍给所有过来凑热闹的人，弄得她都不好意思起来了。她小声地告戒我说，好好做功课，不要三心两意的。我很听话，立刻便安静了下来，可心里却依旧如海浪般跌宕起伏，一个有些异想天开的念头忽然冒了出来，要是赵丽萍将来能够成为我的妻子那该多好啊！就在这时，一个熟悉的身影引起了我的注意，我微微抬头一看，是小琴，她正站在自家的门口落寞地朝我们这边望着。我对她说，小琴，过来一起做功课吧。她撇了撇嘴，转身回屋去了。可没过多久，她又从家里搬出了凳子，若无其事地，也在自家门口做起了功课。

做完了作业，赵丽萍又帮我和李军检查了一遍，指出了其中的错误，还给我们讲解了一下今天课堂上老师教过的内容。李军看上去听得非常认真，可天知道他的脑袋里究竟在想些什么！太阳依旧高高挂在天空中，没有半点要落下去的意思。一阵和煦的微风吹来，翻动了书页，也掠动了赵丽萍额前的几缕长发，她的头发很好看，在阳光的照耀下，乌黑中闪耀着绛红色的光泽。时间还早，李军忽然说，要不我们一起去公园玩玩吧？李军的提议立刻得到了我的赞同，赵丽萍稍稍犹豫了一下，也同意了。我们收拾好桌椅，锁上门，走到弄堂口的时候，小琴突然追了上来，嗫嚅着问我，能不能带她一起去？好啊，赵丽萍欣然替我答道。

没有想到，小琴、赵丽萍，这两个素未相识，年龄相差两岁的女孩子竟然一下子就成为了好朋友。小琴用手抚摸了一下赵丽萍垂在腰际的麻花辫，说姐姐，你的辫子真好看，是自己编的吗？赵丽萍说，才不是呢，这么长的辫子，自己哪能编得好，是妈妈替我编的。小琴羡慕地说，要是我妈妈在就好了，一定也能替我编出一个漂亮的辫子。你妈妈呢？赵丽萍这才注意到小琴那一头像男孩子一样的短发。她妈妈和她爸爸在青海插队落户，我抢着替她答道。我原先头发也很长，可奶奶嫌梳起来麻烦，就让我剪成了现在这个样子，说这样更清爽一点，小琴接着说道，可我一点也不喜欢短头发。说完，她的眼圈突然红了起来。赵丽萍便安慰她说，短头发也挺好的呀，据说现在时髦一点的女孩子都流行把头发剪短呢！

真的吗？小琴瞪大了眼睛。嗯，赵丽萍十分肯定地点了点头，说，还不是普通的短哦，而是要像你这么短的短发。奥黛莉·赫本你听说过吗？就是《罗马假日》里的女主角。小琴茫然地摇了摇头。赵丽萍说，她就是留着像你这样的短头发。小琴将信将疑地听着，片刻之后，她忽然笑着说，其实短头发也有短头发的好处。哦，什么好处？我们几乎异口同声地问道。小琴说，这样才不容易被男孩子欺负呀，你们不知道，我们班里的男孩子可讨厌了，上课没事总爱拽女生的辫子，有一次，班里一个最调皮的男生不知从哪儿搞来一把剪刀，趁着前排女生上课不注意，把人家小辫子的发梢给剪了。女生发现后，哭得眼圈都肿了。竟有这种事，李军听了十分气愤地说道，这种男生要是被我碰到，就“咔嚓”，他抬起手掌做了个抹脖子的动作，接着又对小琴说，小琴你别怕，以后你班里谁要是敢欺负你，告诉我，我去帮你教训他。赵丽萍白了李军一眼，说，你呀，不欺负别人就算不错了！说完便捂嘴笑了起来(她有两颗小虎牙,每当笑到露齿的时候,便有些不自信。我倒觉得那两颗虎牙挺好的，至少让我感觉自己离她稍稍近了一些）。小琴也跟着笑了。

在公园

公园里人不多，空气里飘浮着栀子花的香气。我们没有去看关在笼子里的动物，也没有去儿童游乐场坐旋转木马，而是选择沿着湖边漫无目的地闲逛。赵丽萍似乎很喜欢这里的风景，她时而在湖边的柳树下驻足观望一番，时而又捡起落在草地上的一朵小花，放在鼻子底下嗅嗅或是干脆将花插在了小琴的头发上。小琴比平时娴静了许多，眼睛里荡漾着幸福的光芒。与她们在一起，我和李军突然觉得自己长大了，仿佛从男孩一跃而成为了风度翩翩的男人，我们此时的性情就像这湖里的水，宁静而又舒缓，与以往的那种毛毛躁躁、顾前不顾后简直天差地别！走了不多一会儿，便有一座石桥，过了桥，穿过一大片绿绿的草坪，我们来到了一处假山之下。

爬山的时候，小琴紧紧地拽住了我的胳膊。石阶狭窄而崎岖，周围长满了高高低低的灌木丛和巨大的松柏，一些不知名的鸟不时地在树丛中扑棱着翅膀，间或咕咕呱呱地叫个一两声。这些情景在小琴的眼里，多少有些阴森恐怖。李军和赵丽萍一先一后地走在了我们的前面，赵丽萍不时地回过头来冲我笑笑，像是鼓励，又像是别的什么。我感到一丝甜蜜，心里突然开始后悔捎上李军他们了，要是此刻就赵丽萍和我，那又会是怎样一番情景呢？

假山顶上有一座凉亭，亭子里没有人，四周非常安静。我们在亭子里坐了一会儿，渐渐觉得有些无聊。赵丽萍这时就提议让每个人都表演一个节目，也算不枉我们辛辛苦苦地爬这一趟山。说完，就第一个开始了表演。她为大家朗诵了一首古诗：昔人已乘黄鹤去，此地空余黄鹤楼。黄鹤一去不复返，白云千载空悠悠。晴川历历汉阳树，芳草萋萋鹦鹉洲。日暮乡关何处是，烟波江上使人愁。她的声音并不大，然而吐字清晰，节奏顿挫，听得李军和小琴都入了迷。我却有些心不在焉，低着头只顾踢着脚边的石子。小刚哥哥，你在想什么呢？小琴拉了拉我的衣袖，对我说，轮到你了！什么？我抬起头，茫然地看着她。给大家表演节目呀！她眨巴着眼睛，满是期待地看着我。我说我不会表演节目，还是让李军先来吧。于是，小琴又去叫李军。没想到，李军这家伙还真的朗诵了起来：白日依山尽，黄河入海流。欲穷千里目，更上一层楼。这也太简单了吧！我不以为然地说。可赵丽萍听了却说好，诗虽然简单，但用在这里，倒也恰当。是吗？其实我也只会这么一首，李军憨憨地笑了。尽管嘴上这么说，可他脸上的表情分明透着几分得意。我也觉得李军哥哥朗诵得挺好的，这首诗老师教过的，可为什么我就没有想到呢？我……那只能说明你笨呗，还能说明什么？我突然不耐烦地打断了小琴的话。小琴并不介意我说她，反而用一种央求的目光看着我说，小刚哥哥，你也来一个嘛，李军哥哥都表演过了。我气恼地说，你老是叫别人表演，自己怎么不表演啊！

小琴像是早有准备，她不慌不忙地起身给大家跳了一段新疆舞，说是以前在青海的时候，一个新疆人教的。她的一双小手上下翻腾着，脖子扭动起来像一条蛇。跳完后，赵丽萍和李军不约而同地鼓起掌来。也不怎么样嘛，看着挺别扭的，我不客气地泼了盆凉水。小琴有些尴尬地站在一边。李军有些看不过去了，他说干嘛你总说人家，有本事，自己也来一个呀！我白了他一眼，没有搭腔。要不，你就给大家讲个故事吧，赵丽萍双手撑着下巴，饶有兴致地看着我说，随便什么都行。对呀，对呀！小刚哥哥最会讲故事了，他讲的鬼故事可吓人了，小琴附和道。

那我就讲一个，在他们的一再坚持下，我不得不信口胡诌道，从前有座山，山上有座庙，庙里住着一个老和尚和一个小和尚，有一天，老和尚对小和尚说：从前有座山……山上有座庙，庙里住着一个老和尚和一个小和尚，李军接口道，不行不行，这故事永远也讲不完，你这是在耍赖！那不管，只要是故事就行，我辩解道。可这，这也太无聊了！故事本来就无聊，我突然来了精神，你说《西游记》不无聊吗，孙悟空本来在花果山美猴王做得好好的，和玉皇大帝井水不犯河水，偏要弄出个大闹天宫来，这不是吃饱饭没事干嘛！还有，孙悟空明明一个跟头就能十万八千里，非要陪着唐僧一步一个脚印去西天取经，直接背着他去见如来佛祖不就行了？李军说那是因为唐僧是凡人，不能腾云驾雾的。我说笑话，《西游记》里的那些妖魔鬼怪动不动就一阵风地把唐僧撸走，孙悟空本事比他们都大，怎么就不能带他上天？

我们就这么你一言我一句地争论了起来，可赵丽萍似乎对我们的话题并不感兴趣，她从长椅上站起身来，领着小琴到凉亭外四处走走，就在这时，假山南面与我们来时相反的一侧路径旁，有一团像火一样的红光引起了她的注意，她拉着小琴走过去一看，原来是一簇花丛，花开得十分漂亮。轻薄如纸的花瓣层层展开，微飞掠过，就如同旋转着的舞女的红裙，花蕊呈紫红色，那些未开的裹着绿萼的花苞蜷缩着，上面布满了细细的绒毛。你们快来看，多美丽的花！小琴叫了一声。我和李军来到花丛旁，不自觉地也被花色的艳丽吸引住了。我们纷纷猜测着这是什么花，有说牡丹的，有说杜鹃的，可仔细想想，又觉得不像，（唉！我们这些城市里长大的孩子对花的认识只有那么可怜的一点，如果花能听得见我们的说话，一定也会在心里窃笑吧。）看着赵丽萍侧头看着花，一脸陶醉的样子，我突然有一种冲动，我说，我知道这花叫什么名字。哦，叫什么？大家好奇地看着我。我鼓起勇气，清了清嗓子，说，它叫……

虞（赵）美人，一个苍老的声音与我几乎同时响起，大家惊诧地看着我，我一瞬间也有些恍惚，自己明明说的是“赵”，怎么一出口就成了另外一个字了？忽然间我们仿佛意识到了什么，又都同时转过身，这时，一个又瘦又高的老头出现在了我们面前。它又叫丽春花，老头没有理会我们的惊讶，自顾自地走到花丛边，就地一坐，这里原本种的是黄菊，后来公园要办菊花展，菊花就被移植到北门外的广场花坛里去了。我仔细地端详起了眼前这个老头，只见他微微有些驼背，一身藏青色的中山装旧而干净，衣袖和裤腿上打了好几处布丁（但因为经过细心缝制，用的又是同色的布料，不仔细看还真看不出来），脚下穿的却是一双崭新的军绿色解放鞋，这使得他整体看起来有些不伦不类。老头看起来有些眼熟，可就是想不起来在哪儿见过了。您不就是那个住在井下的老爷爷嘛！小琴突然惊奇地叫了起来。老头这时才朝我们转过脸来，夕阳下，他额角上的那条伤疤格外的醒目。什么井下？李军好奇地问道。小琴说了我们上次游黑弄堂的经历，李军听了大惑不解道，奇怪，好好的房子不住，为什么要住在井下？

赵丽萍对虞美人这个花名十分感兴趣，它听起来古雅而有趣。她向老头询问起了花名的由来，老头便讲了一个故事。大致是说，从前有一个很厉害的将军叫项羽，他和刘邦争夺天下，后来吃了败仗，又不肯回江东，就在乌江边拔剑自刎。他的妃子虞姬不忍心看着他一个人去死，便也随他一同自尽了。虞姬死后，鲜血流进土里，不久之后，那里就长出了一朵朵红色的花，样子像虞姬在翩翩起舞，于是人们就给这些花取名为虞美人。又是一个无聊的故事！我听了不以为然地说了一句。老头朝我微微一笑，说孙小刚（奇怪，他怎么把我名字记得这么牢？），你再看看这花，是不是比刚才更红了？我低头看了看，似乎是红了一点，不由得吃了一惊，嘴上却硬道，没觉得，老样子嘛！小琴却在一边说，小刚哥哥，我倒是觉得红了一点呢，丽萍姐姐你觉得呢？赵丽萍笑了笑，没有回答。我不服气地说，可能是光线的关系吧。小琴又求证似地看着李军。李军说他看不出来。不知怎么的，此刻在我的眼里，这些花不仅越来越红，而且花瓣的边缘还逐渐笼罩上了一层光晕，这光晕慢慢扩散开来，刺得我眼睛有些发痛，那种熟悉的恐惧和晕眩又回来了。我急急忙忙起身说，时候不早了，我们还是回去吧！

离开的时候，老头突然叫住了我，他说，孙小刚，你爸爸叫孙志明吧？我转过身，惊诧地看着他，他笑着朝我挥了挥手，随后便消失在了夕阳之中。

声音

故事说到这里，我们不妨暂时先停下来，歇一口气。你们一定会对文中提到的这个老头的身世以及他与“我”家的渊源产生了一些好奇。比如说，老头为什么会住在井下？为什么当我第一次对他说出自己名字的时候，他有一丝惊疑？为什么他那么爱读书，而我的伯伯正好也是个书呆子？他那两大箱子书是从哪里来的？为什么他会知道我的爸爸叫孙志明？那些深谙故事套路的读者也一定会以为我是在故设悬疑，以便为故事后来的发展埋下伏笔。你们想错了。事实上，面对这些疑问，我也无法给出令人满意的答案。我对祖上的家世一无所知，也没有兴趣去一探究竟。从我记事起，爷爷就是爷爷，爸爸就是爸爸，一切都是既定的事实，不容我有丝毫的怀疑，就像那里的棚户区，仿佛自开天僻地以来，它就在了。那里房子连着房子，屋檐压着屋檐，一切都密不透风，历史从那里生长，也从那里消亡。而我们所要做的，只是慢慢地去接受，去逃离。是的，逃离。每个人都没有权力去改变历史，但我们可以选择逃离。逃离的方式有很多，遗忘是一种逃离，伤害是一种逃离，麻木或者享乐，同样也是一种逃离。

让我们来想象一下这样一个人物。20 世纪 20 年代，他出生在长江边上的一个小县城里。祖上在朝庭世代为官，家中有良田千亩，香火鼎盛。然而经过长期战乱，连年灾荒，家业到了他父亲这一代，早已是田地荒芜、妻离子散了。兄弟们离乡背井，自谋生路，只有他还留在家中照顾年迈的父亲（母亲早已亡故）。共和国成立后，全国开始实行土地改革，中央成立多个工作组深入各地乡村，当时的政策是要让广大遭受压迫剥削的贫苦农民通过斗争，夺取自己的土地，消灭一切“地、富、反、坏”。他家虽已没有多余的土地，然而工作组为了完成上面摊派的指标，顺理成章地将他的父亲扣上了“大地主”的帽子。

在一个春天的日子里，父亲被五花大绑地压赴刑场，地点就设在离家不远的向阳小山坡下，那是他童年和兄弟们经常流连嬉闹的地方。他记得曾在那里捉到过一只金丝雀，回来放在笼子里，可不久后就被父亲放生了。父亲给他讲了一个故事，说是从前有人抓回来一只鸟，养了许久都不曾听到它啼叫，后来有一天，那人拿了一面镜子放在鸟的跟前，以为鸟看到镜子里的自己会误认作同类而尽情欢鸣。没想到鸟确实叫了，可声音凄楚，一发而不可收拾，直至啼血而亡。原来，鸟将镜中自己的影子当作了失散多年的伴侣，一时悲愤，情不能已。父亲解放了金丝鸟，却解放不了他自己。行刑者用枪顶住他的后脑勺，斜向下开了一枪。子弹击飞了他的大半张脸，鲜血、脑髓洒了一地。从此以后，他再也听不到、看不到小山坡上的流莺飞泉和百花齐放了，枪声和鲜血取代了他童年的美好记忆，笼罩了他人生剩下的日子。

掩埋了父亲的尸体后，他只身一人流亡到了上海，并在一个贫民窟里安顿了下来。他没有娶妻、没有子嗣，长年生活在恐惧和不安之中，甚至连仇恨的勇气都不曾有过。他不敢仇恨，也不知道该仇恨谁。工作组吗？他们只是执行上级下达的指令。政府？他们代表的可是人民的意志。是人民宣布了他父亲的罪状，是人民执行了他父亲的死刑。人民有错吗？没有。错的只能是他世世代代的祖辈。谁让他们为昏庸腐朽的封建王朝效力，谁让他们占有大量本该属于农民的土地？他们确实该死，死一千遍一万遍都不为过！可是，他和他的父亲有什么错？从小到大，他从没有看到父亲欺压过乡亲。他们都是一样的农民，守着几亩荒地，吃着地里长出的粮食。他的父亲心软到连只鸡都不愿亲手杀死，怎么会去残害百姓？他活在矛盾和痛苦之中而无法自拔。

一次偶然的机会，他在他那两间破瓦房的屋子里发现了一个地道，地道口就设在他睡觉的床铺底下。他有严重的神经衰弱，夜里只要有一点动静就会整夜睡不踏实。那天夜里，他仿佛听到了一种奇怪的声音，那声音忽远又忽近，有时像闹钟的滴答声，有时又像有人在低声私语。他以为是灶头间的水龙头没有拧紧或是哪里的水管在漏水，就去查看了一番，结果一无所获，龙头和水管都安然无恙地沉睡在寂静的夜里，等待着第二天被主人唤醒。回到床上后他依然睡不着，声音还在继续，而且似乎越来越响，到了后来简直就像湍急的小溪流了。他不得不再次起床，光着身子站在屋子中央，像只夜猫一样竖起了耳朵，渐渐地，他找到了声音的来源。就在床铺底下，难道是父亲死不瞑目，在地底下默默哭泣？他被自己的想法吓了一跳，但又忍不住好奇，于是，他拿过一把手电钻了进去。搬开一些杂物后，他将耳朵贴在地板上凝神静听着，样子就像传说中的地听。声音确实就在地下，可这么厚实的地面，怎么会有声音传出？他用手电仔细地照看着，忽然发现，就在地板的某处有一道细细的接缝，上面布满了灰尘，不仔细看还真看不出来，他用手使劲敲了敲接缝周围，诧异地发现底下竟然是空的。好奇心越来越大了，他索性移开床铺，找来撬棍撬开缝隙处的盖板，一个黑漆漆的地洞朝他张开了嘴巴。

凭借着手电筒微弱的光线，他走下了地洞，里面确乎有水，然而并不大，水流沿着石壁顺着地角流向黑暗的深处。扑鼻而来的是植物腐烂发霉的气味。跌跌撞撞地也不知走了多久，周围凹凸不平、嶙峋崎岖的石壁渐渐开阔起来，最后，他来到了一个大约有一间屋子大小的宽敞之处，那里有依稀的光亮，抬头一看，是个井口，夜空高悬于上。

在这间不大的密室里，有一副桌椅和两只樟木箱，箱子里除了书之外还有些衣物、银元和书信。从书信的内容中可以推测出地道和这些东西的来历——大约是在抗战时期国民党的某位高级军官在日军攻占上海后，仓皇撤退时遗留下的。密室内还有另一条通道，那里更黑更长，不知通往何处，他走了没多久便放弃了。不管怎么说，地道的发现于他而言不啻一个意外之喜，仿佛给苦闷的生活打开了一扇窗户。无论白天黑夜，每逢心绪烦闷、郁郁寡欢之时，他便会走下地道，来到密室，与书卷为伴，与水流为伴，与月朗星辉为伴。对他来说，地上的世界诡诈多变，而地下才是相对安全的，黑暗像一双温柔的手，轻轻地抚慰着他心灵上的伤口。在黑暗的护佑之下，他躲过了多少次肃反、清算，又躲过了多少次抄家、批斗……

就是这么一个幻想中的人物，他和我的家史没有任何关系，就算有，也早已脱离了现实，只存在于爷爷或者父亲这一辈人的记忆当中。然而那口枯井到底是真实的存在，多年以后，当推土机隆隆地驶向那片棚户区，人们为了动迁的利益而兄弟姐妹反目成仇的时候，枯井却迎来了它的华丽转身，它被改造成了一个喷水池，上面立有花岗岩雕刻的古罗马雕塑。它从此不再孤独，陪伴它的是那在一片瓦砾之上建起的新式商品小区以及进进出出衣着各异的居民，他们有时开着车，有时牵着狗从它身边经过，留下了匆匆的一瞥，目光空洞而又迷离。

原型

斜眼也是我幻想中的人物，他的原型其实是一条大黑狗，主人待它很凶，有一次不知什么缘故，主人提着木棍将它打得缩在了墙角，嘴里发出凄厉的哀嚎，然而它却始终不肯逃跑。在这一点上，狗和猫是截然不同的，它们有着足够的忠诚，再凶狠的恶犬，面对它主人的时候，也会始终表现得畏畏缩缩，敢怒而不敢言。当时的它，蜷缩在一个角落里，棍棒在它身上发出沉闷而又恐怖的钝响，然而它的尾巴却始终在左右摇摆，似乎神经末梢上还残留着对主人往日的情义。这一幕被我的眼睛捕捉到了，当时我就站在离它大约有五步远的地方，在棍棒眼花缭乱地飞舞中，它那一只被打残的左眼同时也捕捉到了我，就在这一刹那，仇恨的种子便已埋下了，我看到它眼里冒着绝望的怒火，如果不是主人的虐打还在继续，它早就向我扑了过来。

从那以后，黑狗就化身成了斜眼，经常出没在我放学的路上，因为在那段时间里，主人尚未回家，它尽可以瞒天过海，为所欲为。赵丽萍来我家后的一天放学，斜眼拦住了我，他的鼻子里呼啦呼啦地抽搭着鼻涕，像是得了一场重感冒。我战战兢兢地问他要干什么？他咕噜一声咽下一口鼻涕，夸张地上下打量了我几眼，说，你小子长本事了，都交上女朋友了，真是看不出来呀！我说那不是我的女朋友，她只是同学。斜眼哈哈干笑了一声，阴阳怪气地说，别不好意思承认呀，交女朋友也不是什么大不了的事，比如说我，弄堂里的母狗，哪条没有上过，他做了一个骑跨的动作，屁股还难看地朝前一送一送的，接着又说，只要我站在这弄堂口招呼一声，所有的母狗都会乖乖地跑过来嗅我的屁股。他的话实在是粗鄙不堪，直听得我心惊肉跳起来。我绕开他欲走，他又一把拖住了我的书包背带，说别急着走啊，话才说到一半呢！我只得站定下来，却又不敢转身，脑子里嗡嗡地响着，那天那股破釜沉舟的勇气早已不见了踪影。他从我背后绕了上来，一只胳膊勾住我的脖子，另一只手却一把抓住了我的小鸡鸡。我本能地抗拒着，但无济于事。他用力地捏了一把，疼得我直呲牙。你小子鸡巴都硬不起来，还学别人泡马子，他在我耳边嘲笑道，满嘴的臭气呛得我忍不住要咳嗽。见我一味的低声下气，他更加来了精神，一只手松开我的鸡巴，转而在我脸上狠狠捏了一把，说，看不出来，你这张小脸还挺鲜嫩。你的那条小母狗肯定也好这一口吧，嗯？这时，我突然感到腰间被一样硬邦邦、热乎乎的东西给支着，低头瞥了一眼，他的裤裆不知何时竟然凸了起来，我来不及想象那是什么东西，一阵恶心和晕眩便袭遍了全身。叫声哥，他在我耳边低声命令道，鼻子里呼哧呼哧喘着粗气。哥……我用低得几乎听不见的声音叫了一声。叫声爸，他还不满足。我用惊恐的眼睛看了他一眼，用力地摇了摇头。他的目光陡然变得凌厉起来，就如同我第一次看到它挨主人打时候那样，勾住我的手也越来越紧了。我几乎要晕厥了过去。叫声爸就放你走，快叫！

我不清楚那天自己到底叫了没叫，确切地说，关于那天后来的记忆，大脑里是一片空白的，只记得自己稀里糊涂地回了家，没到家门口，就在弄堂里的阴沟边狂吐了起来，吐完后跌跌撞撞地跑进里屋，倒头便睡下了。这一觉睡得很死，连梦都没有一个。醒来后已是晚饭时间了。堂屋里亮着灯，爸爸脸色阴郁地在堂屋里坐着，爷爷靠在床上半闭着眼，两只手插在衣袖里。妈妈还没有回来。我一声不吭地在桌边坐下，自顾自地吃起了饭。这个女人哪里有一点当妈的样子，一天到晚在外面逛，孩子也不管！爸爸气呼呼地说道。爷爷不吭声，微微叹着气。爸爸在凳子上扭过来又扭过去，不时低头去看他那块上海牌手表。那还是去年我们住在过街楼的时候妈妈给他买的，几乎花掉了她两个月的工资，为此，爸爸还心疼了好几天，嘴里一个劲地埋怨她乱花钱，可心里还是挺受用的。志明，你还是先吃饭吧，坐着也是等，不如……气都气饱了，还吃什么饭，爸爸打断道，爸，你要饿你先吃，我今天倒要看看她野到什么时候才想到回来，这么大个人了，连个孩子都不如！说完他看了我一眼，我低头扒着碗里的饭，略微夸张地嚼出了声。如果是在平时，我的心里早就开始打鼓了，一场暴风雨转眼即至，谁还有心情吃饭？可是那晚却不同，虽然饭菜到了嘴里吃不出任何味道，可我就是觉得饿，可能真的是饿了。爷爷略略动了动筷子，随即又放下说，志明，等她回来，你们好好说，别当着孩子的面吵，小刚年纪也慢慢大了，有些事……就是因为孩子大了，有些事一定要跟她说说清楚，你说一个女人整天在外面野，家也不回，孩子看在眼里，像什么样子？爸爸越说越生气。爷爷说你小点声，别让周围邻居都听见。爸爸说听见就听见，反正也不是一天两天了。爷爷听了就叹气，说要不是你妈死得早，我干嘛操这份闲心！爸，你就别管了，爸爸正说着，门口响起了一阵杂沓的脚步声。哟，小刚妈回来啦？是周奶奶的声音。回来了，三妈，妈妈回答道，声音里透着一股兴奋劲，前两天刚买的衣服，今天穿上身就发现搭扣坏了，找他们磨了半天才给换，说什么店里的规矩，东西超过两天就不换的，这是哪来的规矩……

爸爸走到门口，呼啦一声开了门，妈妈在一双目光的质问下走了进来。小刚妈回来啦，坐下吃饭吧，爷爷开动了筷子。爸爸砰的一声关上了门，你还知道回来啊，你看看现在都几点了？爸，你们饿就先吃，不用等我的，妈妈去里屋放下了东西，再到灶间盛了一碗饭，在桌边坐下。别说得好听，什么叫不用等你，这个家就你一个人自由，想什么时候走就什么时候走，想什么时候回就什么时候回？爸爸依然不依不饶。爷爷说，志明你少说两句，让小刚妈坐下好好吃饭。爸爸哼了一声，气呼呼地吃起了饭。这一顿饭吃得相当沉闷，谁都不说话，碗筷、汤匙冷冰冰的磕碰声代替了寻常的闲话。爸爸妈妈吃完便走进了里屋，那里才是他们的战场。我就是去换件衣服，你发什么疯？还当着爸和小刚的面给我脸色看，你当我是什么？娘姨啊！嫁到你们孙家来就是为了看你们脸色的吗？你还知道是嫁到孙家来的啊，我看你不是嫁到了孙家，而是嫁到了商场，嫁给了衣服，嫁给了你的那些不三不四的朋友！什么叫不三不四，怎么不三不四？你把话说清楚点！什么叫不三不四你自己心里清楚，我问你，昨天星期天你上哪去了？和惠丽去逛商场了怎么了？还嘴硬，惠丽她男人今早跟我说了，说她星期天回娘家去了，根本没去什么商店！惠丽她男人有神经病你又不是不知道。嗯，神经病，别人都有神经病，说老实话的人都有神经病，那么你呢？我看你这叫做贼心虚，懂吗？你……我做什么贼了我，妈妈说不过爸爸，急得声音里带出了哭腔。我再问你，你们单位里那姓吴的小赤佬怎么回事，三天两头有事没事地就往你们房间跑，那里有什么东西那么吸引他？人家是来找雅娣的怎么了，雅娣是他表姐，找她有什么不对吗？哼，他找雅娣跟你聊那么起劲干什么，我看他这是醉翁之意不在酒懂么？你少来这套文绉绉的，那只能说明我人缘好，再说，人家要来找我聊，我有什么办法，拿着扫帚把人哄出去？苍蝇不叮没缝的蛋，谁知道你们聊什么，一把年纪了还老没正经！你……神经病！你说什么，再说一遍！神经病，神经病，你，你们全家都有神经病！乒，乓，咣当……砸东西的声音。

爷爷闭着眼，不住地在叹气。我还在吃饭，算上刚才的两碗，这已经是第三碗了，可我依然停不下来。突然，喉咙间被一口饭堵住了，咽不下去又吐不出来，眼前一阵发黑，我连忙跑到灶间的水斗边将它抠了出来。听着哗哗的流水声，我突然清醒了，砧板上搁着一把粘着葱花的菜刀，我拿着它走了出来。爷爷见我手里提着菜刀，大惊失色地问我要干什么？我没有说话，径直开门走了去。

夜凉如水。月亮这时刚刚从一片黑瓦房上探出头来，形状正如我手中的菜刀，锋利无比！黑夜像只乌鸦，凄厉地扇动着翅膀，与我擦身而过时，落下了片片黑色的羽毛。那是复仇之羽，在它的面前，世界顿时归于宁静。我想象着斜眼此刻正在干些什么。对他的主人摇尾乞怜？和他的父母共享一顿可口的晚餐？还是正骑着某条主动送上门来的母狗？去他妈的，这一切都不重要，重要的是，我和我的菜刀从堂屋里走了出来；重要的是，那些从窗户里透射出来的影影绰绰的光为我照亮了去路；重要的是我在路上，不管最终等待我的将是什么。

出了弄堂，穿过一条马路，在一片倒塌的废墟前，爸爸追上了我，他一把夺过我手中的菜刀，问我要干什么？我扑上去想要抢回刀，却被他侧身躲开了。他一手高举着刀，一手拽住我的后衣领，样子像要砍我。经过的路人纷纷在我们身边停下了脚步，他们在一边指指点点，脸上带着好奇但更多的是讪笑，仿佛在欣赏一场露天电影。其中不乏认识我们的人，他们有的说，哎哟，那不是孙志明和他儿子么，这么晚了不在家呆着，跑这干嘛来了？另一个说，你眼睛真尖，干嘛这不明摆着么，我说老孙啊，有什么事和孩子好好说，你这样会吓到孩子的。又有人说，我明明看到的是小刚先拿着刀从我身边走过的，当时我还一愣，心想这孩子大晚上的拿把刀出来干什么，后来他爸才追过来夺刀的，你没看见就别瞎说。前面一个就问，那你说小刚拿刀出来干什么？我哪里知道，可能是碰到什么不开心的事了吧。再不开心也不能拿刀啊，搞不好要出人命的，现在的孩子真是……你别说现成话，你知道是为了什么事，真有事搁你头上你受得了啊，前几年跟麻子他们打架，打得最起劲的就是你！我看小刚不错，有种！对，有种！日你妈，打架哪个怕哪个啊！一片赞同声。被抢白的人不甘心了，说，他妈的好话都让你们说光了，你们行，有本事，以后再要遇到什么事不要来找我，自己搞去！

他们就这么你一言我一语地说个没完，这一边我和爸爸的夺刀战还在继续。我在爸爸拽住我的手臂上咬了一口，疼得他一呲牙，松开了手掌，我趁机朝他怀里一扑，攀住他的另一只胳膊就要夺刀。此刻我心里就剩那把刀了，似乎刀就是我的最终目的，至于用它来干什么，那都不重要了。爸爸对我的纠缠已经忍无可忍，他一把将我拉开，反手“啪”地就是一记耳光，脆响声让人群为之一静，我一个趔趄摔到了地上，愣愣地看着爸爸。人群又开始了窃窃私语。爸爸这才注意到边上围着许多看热闹的人，而且数量还有增无减，他觉得失了面子，走过来要拖我走，我甩开他的手吼道，你别管我，滚，回去继续吵啊，我不是你们儿子，我是野种！最后两个字骂出来的时候，我的心里突然涌起一阵悲伤，这两个字深深地刺痛了我，眼泪禁不住奔涌而出。同时，我又感到了一丝释然，一种恶意的畅快，我不愿意放过这种感觉，索性两腿扒开，双手朝后撑着身体，旁若无人地放声痛哭了起来。爸爸被“野种”这两个字激怒了，他猛地冲上来挥拳就要打我，人群中立刻冲上来两个人将他抱住了，他们说够了老孙，你这样打会把小刚打坏的，孩子不懂事，你别跟他一般计较。劝架的人越来越多，爸爸左冲又突，还是无法靠近我，最后他放弃了挣扎，咣当一声把刀丢到了我的面前，悻悻地对我说，你去吧，去拿刀砍人吧，想砍谁砍谁，砍死了人别来找我，你不是我儿子，我也没有你这个儿子，滚！说完，转身拨开人群就走。有人就对我说，小刚你太不懂事了，儿子怎么能不认爸爸呢！快去，去给你爸爸陪个不是，快！我从地上站了起来，向前追出去几步，冲着他的背影歇斯底里地喊道，他让我叫他爸爸！爸爸停下了脚步，回过头来问道，谁？谁让你叫他爸爸？

我们走向了那条熟悉的弄堂。在人群的簇拥下，我感到自己前所未有的强大，但同时又有一丝不安和愧疚，因为我隐隐觉得，这一切全都是我一手“策划”的，我是一个出色的演员，骗得了别人却骗不了自己。爸爸的脸色相当凝重，自从我告诉了他关于斜眼欺负我的全部细节之后，他就始终一言不发。周围的人却不免义愤填膺，他们纷纷尾随过来，想要跟我们一同去看个究竟。妈了个巴子的，我倒要看看这个小赤佬长什么样子，家里还有没有老子管他，欺负人都欺负到我们这块儿来了！前面在人群中夸我有种的那个光头愤愤不平地说道。他是我们这一带有名的流氓，左手臂上刺着青，前些年在外头打架砍伤了人，吃了一年官司后才放了出来。对，他老子不管，我们替他好好管管这个小赤佬，顺便连他老子也一起收拾收拾！边上一个小个子，右脸颊有块青色胎记的人附和道。

我在一间低矮的，门口用毛竹片和破草席临时围搭起一个灶头间的屋子跟前停了下来，我用手指了指那扇四处开裂，油漆驳琢的小木门说，就是这里。这时，边上一间屋子的门开了，里面走出来一个老太婆，手里拎着马桶，见我们一大群人挤在这条狭窄的弄堂里顿时吓了一大跳，她立定下来诧异地打量着我们，就好像我们是从天上掉下来的天兵天将一样。周围屋子的门窗也纷纷打开了，有人跨出半个身子到门槛外张望着，有人从窗户里探出了脑袋。爸爸上前敲了敲屋门。没人应门。又使劲敲了敲。谁啊？里面传出了声音，伴随着窸窣的脚步声。

门吱呀一声开了，昏暗的光亮透了出来，一个驼着背，瘦骨嶙峋的老头站在了爸爸的面前。我朝屋里张望了一眼，屋里的空间非常狭小，大约只相当于我家的一个灶头间，墙壁四处开裂，有些地方的墙灰已经完全剥落了下来，露出灰褐色的水泥。靠墙支有一张小床，上面铺着破破烂烂的棉被，床头摆放了一只方桌和一把木椅，桌上有一些吃剩的饭菜，用一个竹笼罩着。除此之外，便什么都没有了。斜眼不在屋子里，这让我似乎松了口气，但又有些着急。你们……老头刚一张口，瞥见爸爸手里提着的菜刀，顿时愣住了。爸爸也有些意外，他转过头来看着我，人们也都看着我。我被众人的目光盯得十分狼狈，只好硬着头皮说，就是他家，他家那个斜眼的胖子天天从这扇门里走进走出，我就是闭上眼睛也能认得出来！有人群给我壮胆，我的口气变得十分的嚣张。哦，你说的是小勇啊？老头听到“斜眼”这两个字，混浊的眼珠里立刻闪过了一丝光亮，小勇他怎么了？你家小勇立功啦！不等爸爸开口，光头抢先说道。什么？老头似乎没听明白。我说你家小勇立功啦，领导要接见他呢！光头走过去扯着嗓子又重复了一遍，然后笑着对边上的人说，这老东西，跟我装糊涂呢！除了爸爸和我，所有人脸上都透着幸灾乐祸的笑意。哦，小勇立功了，小勇立功了，小勇，小勇，老头喃喃地说着。你孙子不是已经出去了嘛，手上拎着马桶的老太婆大声对老头说道，这话似乎也是说给我们听的。爸爸就问那个老太婆，小勇去哪儿了，什么时候回来？老太婆摇了摇头说不知道。他爸妈呢？爸爸问。老太婆说，不知道，他家从搬来到现在，一直就是他们爷孙两个人。你们找他孙子有什么事吗？爸爸一时不知该如何回答这个问题，这时，小个子从人群中钻了出来，冲着老头大声说，喂，老头，领导（他指了指爸爸）亲自来关心你孙子，你怎么也不请领导进去坐坐，懂不懂待客之道？他的话引起了一阵哄笑，纹身说，行啊，青皮，你他妈现在说话文绉绉的，很有水平！小个子听了十分得意，他朝爸爸挤了挤眼睛，示意他进去。老头一时不知所措，嘴里咿咿啊啊的，进也不是，出也不是。刚才看热闹的邻居陆陆续续地走出来几个，他们没到人群里来，就在自家屋檐下站着，表情里透着静默。

就在这时，斜眼回来了。远远看见自家门口站了这么多人，他一时慌乱了起来，手上拎着的马桶差点掉了下来，经过老太婆家门口的时候，老太婆还冲他一个劲地使眼色，可他显然没有回过神来。直到在人群中看见了我，他才恍然醒悟。我们的目光相互触碰了一下，就这短短的一下，他便败下阵来，惊惧、黯淡，这就是他眼神中所有的内容。他变得不再像往日那个飞扬跋扈的斜眼，而更多的，倒像是一个操持家务的老成少年，一个被生活重担压得透不过气来的可怜虫。他将他生活里全部的隐密和不堪统统展现在了众人的面前，这比抽他一百个耳光还要让他难以接受。他是彻底地垮了。他一声不吭，放下手中的马桶，扶着他的爷爷走进屋里，坐到桌边的那张椅子上，然后转过身，扑通一下朝我们跪了下来。爷爷目光呆滞地看着孙子，身子犹豫着想要离开椅子，可最终还是没有离开……

从此以后，斜眼又变回了大黑狗，白天蜷缩在角落里和自己的影子嬉戏，晚上则在弄堂里东游西荡，找些脏兮兮的泔脚胡乱地塞饱肚子。但你们不要以为从前的那个目光凶狠，满含怨恨的斜眼会就此销声匿迹，不会，永远不会，它只是换了一种形式而已，在今后的日子里，他还会在我们的生活里一再出现，直到我们逐渐意识到，我们自己也变成了那个该死的斜眼。

现实与幻想

妻子在读了这段故事后，满是不屑地说，怎么你的文字里到处都充满了暴力，难道生活就不该是另外一种样子吗？对于她的问题，我不知道该如何回答，也许她说的对，生活不该只是生活，我们还应该在生活的坚硬外壳之外去寻找一些使我们精神得以振奋的东西。人作为万物之灵、上帝的宠儿，早就应该脱离动物的轨道，千方百计地与自己的灵魂为伴，我们亲手创建了一个不朽的国度，在那里，死亡只是一个虚构的名词，在那里，意义才是我们永恒的归宿！

话题扯远了，让我们回到现实中来，在现实中，我的妻子就是赵丽萍，一点没错，你可以去查，连名字都分毫不差！事实上，就因为地铁上的那次邂逅，我最终和赵丽萍走到了一起。过程很简单，当我的屁股离开那张座位后，一切就变得简单了。我走上前去，很有礼貌地对她说，赵丽萍，还记得我吗？我是孙小刚。接下来的事情不用费什么口舌，男未婚，女未嫁，两厢情愿，走到一起是自然而然的事情。赵丽萍的身世是我后来才知道的，她随父亲去了美国后，不到一年就回来了，原因是后者另觅了新欢，一个在洛杉矶唐人街里开餐馆的华裔女老板看中了他，但又嫌弃他身边多了个“拖油瓶”，于是就让他在爱情和亲情两者之间作出选择。毫无疑问，她的父亲选择了前者，因为对他而言，前者不光是爱情，那里面还包含了许多其他的东西。

回到国内后，赵丽萍不得不另找了一所小学复读了一年。她不回原来的虹光小学是有理由的。那一年，她放弃学业远渡重洋的消息成了学校里尽人皆知，口耳相传的事，再回到原来的地方，你让她如何面对曾经那些满含羡慕嫉妒恨的眼睛？她也没有和任何一个老师、同学取得联系，道理是同样的。那时她的母亲对外宣称是女儿太小，适应不了国外的生活，决定回来住几年再出去。没想到不到一年母亲就病倒了，长期的忧郁和焦虑使她的身体彻底垮掉了，赵丽萍不得不一边上学一边照料躺在病床上的母亲，原本充满希望的人生蒙上了一层阴影。她没有怨恨父亲，或者说，她根本没有时间去恨，对她来说，如何应对纷至沓来的生活艰辛才是眼下的当务之急，母亲拮据的收入、繁琐的家务以及本身的学业……

幸福的家庭家家相似，不幸的家庭各有各的不幸。苦水是倒不干净的，也许，豁达的人本来就应该受到祝福。赵丽萍是个豁达的人，这就决定了她看待人生的方式注定与我是不同的，人无完人，金无足赤，明白了这个道理，又何必耿耿于怀别人的过失呢？许多事过了就是过了，翻篇了，未来的人生说长也长说短也短，只要以自己的方式走完它就是成功，或许，连成功也根本就不算什么。

女人原本就比男人成熟，赵丽萍年纪和我相仿，因此，在与我的相处中，她的豁达里便又多了一份善解人意和体贴入微。她可以包容我所有的自私、任性和虚伪，而又从不轻易使我察觉。能够娶到这样一位姑娘作妻子是我的幸运。唯一美中不足的是，她对性事似乎并不热衷。每次做爱的时候她总要关上灯，连窗帘都不能有一丝缝隙。在黑暗里她闭上眼睛，以一种最最保守的姿态迎接我蓬勃的欲望。她尽量配合着我的动作，整个过程都一声不吭，表情中也找不到任何对于我旺盛雄性荷尔蒙的有力证明。完事后，她却又满怀歉意地依偎在我的身旁，手指在我的胸堂上轻轻地抚摸着，生怕我随时会离她而去。这一刻，她是脆弱的，当然，也更加真实。父亲在她心底留下的伤害，不会那么轻易地抹去，这是我多年以后才领悟到的。

那么，在另一个世界里的赵丽萍又会是什么样的呢？

赵丽萍给自己点上了一支烟，香烟中掺杂着的薄荷气味顿时弥漫了整个包厢。李军说，还是老孙你的面子大，赵大美人无论我平时怎么叫她，她都懒得出来一次，今天一听说你要来，她二话没说就来了，你说你的面子大不大？我说，这么说来，今天能见到赵美人是你借了我的光喽，那总该有些表示吧？李军很自觉地端起酒杯来一饮而尽，说，怎么样，够意思吧！赵丽萍在边上说，你们别一口一个赵美人的，难听死了，都一大把年纪了，还美呢！李军说美，怎么不美，孙小刚你说赵丽萍美不美？我说美。

他又问坐在我们边上的两个小姐，你们说她美不美？小姐也说美。李军对小姐说，美你们怎么不敬敬这位姐姐一杯？小姐端起酒杯来敬赵丽萍，赵丽萍拿过一瓶绿茶，随意地喝了一口。这时，一直陪李军的小姐便不乐意了，她放下酒杯对李军撒娇道，你呀，就知道让我喝酒，你看看人家。李军说她不喝，我陪你喝，说完又要伸手去拿酒杯，却被小姐一把按住了，小姐说，去去去，谁要你喝！

赵丽萍从包里取出一张名片递给了我，我匆匆看了一眼，房间里光线太暗，没太看清。抬头似乎是“世界”“名人”什么的，边上有她的名字。我说可以啊，赵丽萍，你现在都已经走向世界，成名人了。赵丽萍笑笑说，你信吗？我说我信，又忍不住好奇地问，具体都是干什么的呀？赵丽萍说，这个一时半会儿也说不清，你要想加入，我也能把你拉进来。我连忙摇手说我就算了，高攀不上。赵丽萍笑了笑，没有说话，接着便和李军聊起了一些人和事，我在边上一时也听不出个所以然来，只隐约了解到，李军想要自己弄家公司，又担心手头的关系不够，因此想让赵丽萍帮忙引见一些政商两道上的“关键人物”。听得出来，赵丽萍和李军对这些人相当的熟悉，聊起他们来如数家珍。而我却一句话也插不进去，这时，边上的小姐来找我喝酒，于是我就正好借坡下驴，自顾自地玩乐起来。说实话，这样的场所，我生平还是第一次来，刚开始有些不习惯，尤其是当陌生的、衣着暴露的小姐坐在边上，手还不时地在你大腿上摩挲的时候，心里不能不产生出一些不好的感觉。然而这些感觉很快就过去了，取而代之的，是一种纸醉金迷、自甘堕落的畅快。我，作为一个正常的成年男人，凭什么就不能享受商品社会所能提供给我的身体上的快乐呢？与其端起架子来正襟危坐，倒不如随遇而安来得更加轻松自然一些。我和小姐玩了一会儿骰子，输了几杯酒，又唱了一会儿歌，这时，李军他们也聊得差不多了，见我一个人在边上玩，他们显得有些过意不去，于是便也加入了进来。我们玩了个通宵，直至凌晨方散。

我们走出KTV，来到街边打车，凌晨时分的马路上人影稀疏，但灯火却依然很亮，路边的烧烤摊上不时飘过来阵阵呛人的浓烟。赵丽萍站在我和李军中间，双手裹紧风衣前襟，眼巴巴地望着远处驶来的车辆。在路灯的照耀下，她眼角的一丝鱼尾纹跳入了我的眼帘，我心里微微动了一下，便借着酒劲提出要送送她。好啊，正好你们也顺路，李军说着便替我们拦下了一辆出租，殷勤地为赵丽萍拉开后车厢的门，等我上去的时候，他还朝我暧昧不明地挤了挤眼睛。

我们没有直接去赵丽萍的家，而是来到了一家火锅店——车开到半路的时候，赵丽萍突然说她肚子有点饿了。赵丽萍点了一桌子的菜，有牛肉、生蚝、鸭血、鱼丸、粉条和一些绿叶菜，我瞪大眼睛问，你吃得下吗？她反问我说，难道你不饿吗？我说不饿，我从来就没有吃夜宵的习惯，事实上，在这个点，我不光嘴巴闭着，连眼睛都是闭着的。她笑着说，看来你老婆看你看得很严。我说还好吧，严就不会今天让我出来了。她夹了一块肉放在沸腾的汤里，说，你们男人就缺女人管一管。我说看样子你对男人很了解，话一出口，我就后悔了。她离过婚，父亲从小就抛弃了她和母亲，她不了解男人，还有谁更了解男人？火锅里冒出的蒸汽遮蔽了她的脸，使我一时看不清楚她的表情。受到食物香气的引诱，很快我的肚子也有些饿了，于是我便开动筷子和她一起吃了起来。李军说的是真的吗？我突然冒出了这么一句，连自己也没想到。什么真的？她问。他平时叫你你不肯出来，今天听说我要来才出来的？她停下了筷子，很认真地看着我说，你希望是真的还是假的？

她住的地方是位于市中心的高档商品小区，房子外墙都用大理石贴面，繁茂的树木笼罩在漆黑的夜色里，安静地等待着夜归的主人。赵丽萍的高跟靴高一声低一声地远去了，留下了一车淡淡的香水味，我在这香气里让司机继续开，直到将我送到了家门。

客厅里的灯亮着，走进卧室，妻子似已睡熟，不时发出均匀的鼻息声，我走到她那侧关掉了床头灯，在黑暗中，轻手轻脚地钻进了被窝。怎么回来得那么晚？妻子翻了个身，醒了。我说你没睡着？睡着了，你把灯一关，我就醒了。她的话有些自相矛盾，可听上去倒也自然。我说都怪李军，非要我陪他去唱歌。就你们两个人？还有另外两个朋友。哦，她转过身又继续睡去，过了一会儿又问，那两个朋友男的女的？男的，你干嘛问那么清楚？我有些烦了。随便问问，她说。

她才不是随便问问。早在李军刚开始拖我出去吃饭的时候，妻子就对我作息规律的改变深感“好奇”，她有时会趁我不备，翻看一下我的手机，有时又会装模作样地嚷嚷着要我带她一同赴宴，可真当我爽快答应时，她又反悔了，还是不去了，你们男人在那里胡吃海喝的，我们女人去凑什么热闹！女人有时真让人猜不透，整天两点一线，准时上床吧，她怕我朋友太少，在外面吃不开，现在“吃开了”，她又对我处处提防起来。“你们男人就缺女人来管一管”，赵丽萍的话又在我耳边响了起来，我忽然想到，那么你呢，你赵丽萍当初作为某个男人的妻子时，是否也是如此呢？我努力地想象着，却发现，无论是以前认识的那个梳着麻花辫、吟诵着“昔人已乘黄鹤去”的赵丽萍，还是现在混迹于声色犬马、游走于达官显贵之间的赵丽萍，都让我很难将她与身边的妻子划上等号。生活究竟是什么？人在生活面前，到底还剩下多少是属于自己的东西呢？

赵丽萍继续扮演着她现在的角色，她一次次地出现在我和李军精心营造的觥筹交错之中，又一次次地留给我们一个可望而不可即的背影。在我和李军酒酣耳热之际，她始终巧妙地保持着恰如其分的清醒。终于有一天，李军不干了，他借着酒劲说，赵丽萍你今天无论如何也要陪小刚喝一杯！我说李军你喝多了，赵丽萍她平时不喝酒的。李军大着舌头说，我不管，今天你们一定得喝，必须喝！赵丽萍端起酒杯和我碰了一下，刚要喝，李军又说，不行不行，得喝交杯！边上的小姐也跟着起哄，还在我们各自的酒杯里加满了酒，啤酒泡沫从杯口溢了出来，直流到我的手上。

我十分尴尬地看着赵丽萍，后者不动声色，目光游离着。李军还在边上一个劲地说，赵丽萍啊赵丽萍，自古英雄难过美人关，孙小刚对你，那可是，啊，是吧，你怎么着也得意思意思吧！我对赵丽萍说，李军喝多了，你别理他。要不，你先走吧，我送你上车。

送走赵丽萍，我又回到包厢，见李军还抱着酒瓶不肯放手，嘴里一个劲地念叨着，问世间情为何物，情为何物啊……我听了又好气又好笑，就在他身边坐下，说，情都走了，你问个屁！李军说，走了，谁让她走的？干嘛让她走？你快去追她回来！我说，你喜欢，自己干嘛不去追？李军又喝了口酒，搂过小姐吧唧亲了一口，说，去，给我点首歌，《问世间情为何物》，快去！小姐走到点歌机前找了半天没找到，就问他是谁唱的？李军说，我怎么知道是哪个傻逼唱的，反正有，你给我找出来，不找出来今天没小费！小姐急了，说真没有，不信你自己过来找。李军上去找了一会儿也没找到，气得将话筒一扔，说，妈的，什么狗屁卡拉OK，连这么经典的歌都没有！我把话筒递到他手里说，要不你就清唱两句。李军把话筒一推，说不唱了，有什么好唱的。小刚我跟你说，赵丽萍她，她就是个婊子！你知道她陪多少人上过床吗？我沉默着。一卡车都不止，他继续说着，她和那么多男人上床，却在你我面前装，你都喜欢她那么多年了。知道为什么吗？因为你没钱、没地位，给不了她想要的，就这么简单。这世上没有永远的朋友，只有永远的利益，没有永远的爱情，只有永远的欲，欲望！他就这么自说自话着。过了一会儿，他的那个小姐突然说，我找到你要唱的歌了，是《梅花三弄》，姜育恒的。李军没有回答，他睡着了。

李军的借酒撒疯不是没有理由的，那段时间赵丽萍替他组了好多场饭局，局长、处长、经理的叫出来一大堆，钱也花出去不少，可最终都打了水漂，那些人酒桌上说得好听，事后不是借故推诿，就是翻脸不认账。有一次，李军因为营业执照的事打电话给某个在酒桌上跟他称兄道弟的局长，结果人连电话都没接，就直接转到了秘书台。还有个处长倒是愿意帮忙，只可惜手上的权力不够，办起事情来雷声大雨点小，根本没有什么实质性的进展。这样时间一长，李军就有些吃不消，虽然这几年撑了一些家底，可毕竟不是那些财大气粗的老板，再这么折腾下去，连这点老底都快保不住了。更让他伤脑筋的是，自己公司的老总已经注意到了他的动向，对他的信任度大打折扣，不仅在原本唾手可得的副总提拔上让他功败垂成，还将他调到了一个无关紧要的部门里去当经理，使他从此离开了高层职位的角逐。真是偷鸡不成反蚀把米！那时候的李军，心情可想而知，于是，他把这一切都归咎于赵丽萍的头上，谁叫你帮我介绍了这些只吃饭不办事，锦上添花有余，雪中送炭不足的主，我看你赵丽萍根本就是来蹭吃蹭喝，拿我当冤大头耍的骗子！

自那以后，李军再也没叫赵丽萍出来吃过饭，不光没叫赵丽萍，连我都躲着，电话打过去，不是没人接听，就是长时间的占线。人都是要面子的，他这么故意躲着我，背后的潜台词是什么不言自明，就像他自己说的，世上没有永远的朋友，只有永远的利益。好在我也老大不小了，世态炎凉，人情冷暖的道理早就看得一清二楚，不见就不见，就当什么都没发生过，江湖路远，彼此相忘，其实倒也挺好的。至于赵丽萍，虽然她最终扑灭了我对她存有的一丝幻想，然而却奇迹般地释放了潜藏在心底的欲望。在那些灯红酒绿的场所和小姐们厮混了一段时日，我竟然对此上了瘾，现在，一到天色擦黑，我就期盼着某个电话召唤我去赴这样那样的局，我怀念酒桌上的烟雾缭绕，怀念 KTV 包厢里混杂着霉味和空气清新剂的味道，怀念小姐身上的廉价香水味，更怀念快捷酒店里的一次性香皂和避孕套的气味。我是一个对气味十分敏感的人，也许欢场上的事如同过眼云烟，可那些气味却始终萦绕在我的心头，日久弥新。

妻子仍然对我处处设防，有一次她从我包里翻出来一个避孕套，怒气冲冲地质问我是从哪里来的，我说是单位发的，她不信，我们为此大吵了一架，她一气之下就住回了娘家。爸爸得知此事后，不失时机地劝他的儿媳妇早点给我生个孩子，这样才能栓住男人的心。这样真的管用吗？妻子将信将疑地问。爸爸拍着胸脯保证道，放心，我的儿子，我不了解谁了解？他的这句话应验了，一年以后，当我的儿子从他母亲肚子里被拽出来之后，我不无沮丧地发现，通往自由大门的钥匙，从此又多了一个人掌管。

在此期间，赵丽萍打电话约过我一次，一听是饭局，我立刻便来了精神。那是一栋隐藏在茂林修竹里的小洋楼，酒菜规格很高，有龙虾、鲍鱼、海参之类的，喝的是一千多一瓶的五粮液，然而比酒菜规格更高的是酒桌上的来宾，这从赵丽萍为我一一介绍时他们瞳孔对我的聚焦程度里就可以感觉得出来，他们目光的焦点似乎是在我身后的某个地方，而我只是其中的一个布景。不过我看来并不介意，自尊心在这个时候十分知趣地躲开了，我像个跳梁小丑一样挨个去敬这些眼神的酒，酒杯刚发出一声悦耳的叮当声，杯子里的酒就已经流到了我的肚子里。

我喝得酩酊大醉，赵丽萍似乎也喝了不少，她在这群人里像条鱼一样地游来游去，一身神秘而又性感的黑色低胸长裙让所有布满血丝的眼睛都冒出火来。她伏在我耳边悄声地说，这些人里有几个对我未来很有用，但对方要价很高。我问是多少？她向我伸出了三根纤纤玉指。她的一番美意让我心生感激，但在钱上面，我一向是个过于保守的人，我不置可否地笑了笑，趁机在她的胳膊上轻轻地捏了一把。

李军的公司终于办成了。开业典礼上，我又见到了赵丽萍，她和李军两个人一起人前人后地忙碌着，那份默契简直就像在举办他们两个人的婚礼。事后我才得知，原来赵丽萍也参了一股，成为公司名正言顺的二老板。然而一年之后，两人又分道扬镳了，相互因为在股权分割问题上争执不下而最终对簿公堂。不过到了那个时候，成天为了儿子的吃喝拉撒而忙得焦头烂额的我，已经懒得再去管这些闲事了，希望他们自求多福吧。

有人说，你把现实和幻想弄混了吧，后面的赵丽萍怎么看都更接近现实一点。我向说这话的人要了一支烟，他是我最好的哥们儿，我把烟点上，深深地吸了一口，然后朝他脸上喷出烟雾，霎时间他的脸也变得“现实”了起来。他说你什么意思？我说没什么意思，为了这篇该死的小说，不知道耗费了我多少零花钱去买烟。他说那你就少抽点，吸烟不是什么好习惯。我说写作却是一种好习惯，为了培养好习惯而搭上一种坏习惯，这实在是无奈之举。现实和幻想的关系也未尝不是如此。他听后一阵沉默，似乎陷入了沉思。

烟

有时我真搞不懂，为什么孩子就不可以吸烟，既然有些人长大了之后注定要加入吸烟者的庞大队伍，又何必在乎那短短的几年时间呢？烟草对于人来说，就像种子之于土壤，你看到的是土壤表面的花草树木，却不知，它们的种子是早早就已经埋下的，自然就是一场宿命，跟时间无关。

张琪偷偷吸烟的事是我后来才知道的，他已经有一段时间没找我和李军玩了，那段时间里，每到放学，张琪总是神秘兮兮的，连书包都不带就走了。他的作业都是第二天一早匆匆抄好的，有时干脆就不交，反正冒号也不多来管他，最多只是象征性地骂几句，和他的作业一样，敷衍了事。时间久了，他和冒号之间居然形成了一种默契，只要不给课堂添乱，两下里就相安无事。

是张琪首先打破了这种默契。有一天，数学老师向“冒号”反映，说别的班上有学生看到她班里有一个戴眼镜的学生在放学的路上吸烟，还和一群校外的大孩子一起欺负低年级的同学。他想了想，她班上戴眼镜的除了张琪以外好像没有别人了。冒号把张琪叫到办公室，让他自己先交待最近都干了什么。坦白从宽，抗拒从严。张琪却选择了后者，因为他不知从哪儿听到了这句标语的修正版——坦白从宽，牢底坐穿！他表情漠然地看着冒号说，没干什么。再说一遍没干什么！冒号眼里泛出了青光。张琪还是坚持说没干什么。冒号撇下他，径直走到教室里将他的课桌和书包翻了个遍，结果却一无所获。当时正值英语课，汤老师不得不停下上到一半的课，不明所以地看着她的一举一动，学生们的目光也都聚拢了过来。冒号在众目睽睽之下显得很丢面子，离开的时候她向汤老师打了声招呼，又恶狠狠地瞪了学生们一眼。回到办公室，二话不说，她就开始搜张琪的身，可是张琪的身上也没有让她满意的结果。别以为你不说我就不知道了，冒号盯着张琪的眼睛说，有人看见你在校外抽烟你承不承认？张琪没有说话，眼睛躲避着冒号的目光看向一侧。冒号以为他承认了，第二天就叫来了他的爸爸。谁知道，当着自己父亲的面，张琪竟然拼命抵赖了起来。不得已，冒号便又叫来揭发他的那个学生跟他当面对质。张琪仍然面无惧色，甚至委屈得痛苦流涕了起来，他说他根本就没有抽烟、打架，是别人诬陷了自己，还咬牙切齿地要和告他的同学拼命，被他爸一把拉开了。告他的学生从来没有见过这种阵势，一时胆怯得说不出话来，冒号再问他的时候，他干脆说自己记不清了，好像是也好像不是。最后，还是张琪爸爸过来打圆场，说老师对他儿子严加管教是应该的，自己回去也一定加强教育。可他临走的时候留下的一句话让冒号非常生气，他说，张琪学习成绩不好是我的责任，平时工作忙，对他的功课抓得少了，然而要说他抽烟、和小流氓混在一起我看他还没有这个胆子，这孩子，从小就生性懦弱，不被别人欺负就算不错了。言下之意，倒还是他儿子受“欺负”了？

冒号做梦也没想到自己会在张琪这个“阴沟”里栽跟头，她很不甘心。其后一天的语文课上，她用一种看似波澜不惊的口吻呼吁她的学生们要“关心”身边的同学，“如果身边的同学犯了错误，或是做了不该做的事，就应该及时向老师报告，请大家注意，报告的目的不是排挤同学，而是为了帮助他及时纠正错误，是为他好。”然后，她又给大家讲了一个包公大义灭亲的故事，说包公听到有人举报他的侄子杀了人后，他所做的并不是利用自己地位去袒护自己的侄子，而是查明了真相，将他绳之以法，还老百姓一个公道。“你们想想，包公为了正义，连骨肉亲情都可以不顾，我们又有什么理由替做错了事的同学隐瞒呢？”说着，她的目光狠狠地扫了张琪一眼。张琪正安静地坐在角落里无动于衷地看着她，反光的眼镜片恰到好处的替他遮挡了脸部的表情。

并没有同学像冒号希望的那样站出来当一回包青天。也许是由于这个年龄段有限的洞察力，也许是大家对张琪的事毫不知情，总之，同学们只是将冒号的话当作她司空见惯的训诫，当作冒号后面无数双引号中普普通通的一个，听过就忘了。事情就这么过去了，一段日子的风平浪静之后，张琪欣喜地发现，他和冒号之间的“默契”仍在继续。

张琪曾经非常羡慕我和李军每周都能和赵丽萍在一起做功课，他表示只要我们能带上他，就带我们去工人俱乐部的咖啡厅喝咖啡。这个价码很诱人，咖啡在那个年代对我们来说是个新鲜玩意。我只喝过一次，是姑姑带来的，方方正正的一小块，包装纸上印着“上海牌咖啡”字样，用开水冲化了就成了深褐色的饮品，味道苦苦甜甜的，比麦乳精还好喝。可张琪说那都不能算咖啡，正宗的咖啡应该是用咖啡、牛奶和方糖调配出来的，有一种特别的香气，喝上一口，人就感觉特别精神。想象着坐在一间被音乐和咖啡香气包围的小屋子里，喝着张琪所说的“正宗”咖啡，那是一种什么样的感受？工人俱乐部里的咖啡厅我有印象，那是坐落在假山石和池塘边的一栋小楼，西洋式的建筑风格，进进出出的都是一些衣着时髦的青年男女，远非我们这些屁大一点的孩子能去的地方。有好几次经过那里的时候，我只是在门外张望张望，至于进去喝上一杯，那是连想都不敢想的。张琪说他经常去，光这一点就足以让我对他刮目相看了。

尽管如此，我还是拒绝了。因为，撇开赵丽萍对张琪的厌恶不谈，能和赵丽萍一起做作业对我来说意义非凡，那相当于一个隐私，一笔财富，是我得以在这个令人倍感沮丧的小学生涯中找到自信的唯一方式，我是不会轻易允许别人来插上一脚的。要不是李军从一开始就加入进来，估计连他都会被我拒之门外，更别提张琪了。有时我想，如果当时答应了张琪的请求，那么他后来的人生会不会是另外一番格局了呢？也许吧，我不敢确定，但有一点是可以肯定的，那就是，人生没有如果。

有一天放学，李军神秘兮兮地叫住了我，说是张琪要给我们看一样好东西。什么好东西？我不以为然地问道。到时候你就知道了，李军卖了个关子。我们来到了学校附近的一条弄堂里，那是一条夹弄，弄堂到底有一条水泥围墙，围墙外是一座废弃的玻璃厂，一条脏兮兮的小水渠在墙脚下横穿而过。这里很僻静，但又比“鬼弄堂”亮堂一些。张琪登上斜靠在墙脚的两块已露出锈钢筋的残破水泥板，踮起脚尖，伸手在墙沿上摸索着。他左手撑着墙壁，身体微微向左边倾斜着，以便右臂能够尽量伸长。不多一会儿，他便从那上面取下来一包金色的纸盒，形状像一副扑克牌，上面还有一对狮子的图案。什么东西？我问。张琪竖起食指放在唇边，示意我安静。然后吹了吹手和纸盒上的灰，打开来，从里面抽出一根香烟叼在了嘴里，又十分大方地把烟盒递到我和李军面前，让我们各取一支。说实话，香烟对我来说并不陌生，大人们就经常在孩子面前抽烟，样子就跟我们吃棒棒糖一样随便。我不明白，为什么张琪和李军要把这事搞得鬼鬼祟祟的，像在做贼一样？他们很快就为自己点上了烟，火柴递到我面前的时候，我摇了摇头。李军不会抽，可他非要装腔作势，结果被烟呛得不停地咳嗽了起来，最后他不得不放弃了，气恼地将烟头一扔，再狠狠地补上一脚。我则将烟卷轻轻捏在手心，虽觉得它有些多余，但又不舍得扔，烟卷软绵绵的，像在恳求我多挽留它一会儿。张琪徐徐地对我和李军吐出一口烟雾，眯起眼睛，略带嘲讽地看着我俩。他安慰李军说，第一次都这样，习惯就好了。看着他将鼻腔里的余雾喷出来，接着又老练地吸上一口，李军的神色里满是羡慕。

我们一时无话可说，此刻在张琪的面前，我和李军就像是两个没有见过世面的傻逼。弄堂口闪出一个人影，扑拉一声泼出一盆脏水，又反身折回去了。淡蓝色的烟雾在狭窄的空间里弥漫开来，丝丝缕缕的，不停地变化出各种形态，有一部分缓缓地升上了墙沿，在夕阳的照射下，消弭于无形。张琪很快抽完了一支烟，又从烟盒里取出来一支，这次他没有再给我和李军，而是自顾自地抽了起来。

抽了一会儿后，他突然问我们，你们有没有摸过女人的屁股？真正的女人。我和李军一听便来了精神。什么叫真正的女人？我好奇地问，心想女人就是女人，还有什么真的假的。就是有大奶子的女人，李军抢着替张琪回答，并且用手在胸前比划了一下，样子像捧着两只西瓜。我想了想，摇头说没有，我连妈妈的屁股都没有摸过。妈妈的屁股有什么好摸的，李军不屑地看了我一眼，随后把目光转向张琪，认真地问，你摸过？张琪神秘莫测地笑了笑，算是作了回答。这么看来你摸过喽？什么感觉？李军追着问。舒服，太舒服了，比摸自己的屁股都舒服，张琪一脸陶醉地说，仿佛此刻他的手已经放在了女人的屁股上。李军两眼冒出了光，急切地问，他妈的，你说具体点，怎么个舒服法？软、弹……反正就是舒服，张琪并没有说出个所以然来，可他那副神色跟语气似乎已经很说明问题了。李军捶了他一拳，说，妈的，真有你的！吹牛的吧！我装出一脸不屑地说，心却扑通扑通跳了起来。张琪扔掉手中的烟头，说他没吹牛，有一次二毛带了一个女人过来，也看不出来多大年纪，反正就是大屁股大胸的那种，和这个女人在一起的时候，二毛的手就没有离开过她的屁股，偶尔还会伸手勾住她脖子，趁机捏一把她的大奶子，说到这里，张琪故意停下来看了我和李军一眼。不知道为什么，张琪一提起二毛，我的头皮就一阵发麻，心跳也跟着加速起来，我眼前又浮现出那个瘦瘦高高、身穿花格子衬衫的男人，嘴上叼支烟，凶狠的目光中透着一丝嘲讽。我真是搞不懂，为什么女人会喜欢和这样的男人混在一起？说下去呀，后来呢！李军眼里似乎冒出火来，而我也若有所思着，眼睛都不眨一下。张琪对我们的表情很满意，他咽了下口水继续说，后来二毛见我眼睛一直盯着女人的奶子，就踹了我一脚说，看什么看，你小子下面的毛都没长几根，就学会看女人了！一句话惹得黑皮、黄毛他们哈哈大笑起来。黑皮、黄毛是谁？我插嘴道。你别打岔，让他说下去，李军不耐烦地打断我道。张琪说黑皮、黄毛你都不认识，他们在这一带打架可是出了名的，有一次……行了行了，李军又打断张琪说，你还是说重点，奶子，不，屁股。

张琪接着说道，后来二毛突然问我，敢不敢摸女人的屁股？我说敢，二毛说好小子，有种！然后他就让我去摸那个女人的屁股。你摸了？李军一脸不可思议的表情。摸了，张琪平静地说，他们一开始以为我不敢，跟在一边起哄，我知道他们都想看我的笑话，那女人也一边咯咯地笑着，一边还故意撅起了她的肥屁股朝我扭了扭，样子像是在说，小弟弟，你来摸呀！看你敢不敢。然后呢？李军问。然后我就摸了呀，张琪不紧不慢地说，她穿着一条薄薄的紧身裤，摸上去又热又软，像一个刚出笼的大馒头！他们没揍你？沉默了一会儿后，李军突然问道。没，张琪回答。那他们什么反应？李军问。张琪笑着说，他们的反应就跟你们现在看着我的表情一模一样。

后来我问张琪，他是怎么认识二毛一伙的？“说出来你不会相信！”张琪当时的表情显得非常得意，他告诉我，他是在厕所里认识二毛的。“厕所？”我和李军几乎异口同声地叫了起来。“对，厕所。”张琪泰然自若地说了起来，“有一次我去小便池撒尿，进去的时候见一个人在里面大便，当时也没太在意，尿撒到一半的时候，那人突然转过头来对我说，小兄弟，能不能帮哥哥一个忙？我就问他什么事。他说他来的时候忘带厕纸了，问我能不能替他去买一打来，说着他从裤兜里掏出一毛钱递了过来。我想也没想就答应了。我买好厕纸回到那里的时候，他就一个劲地夸我说，好兄弟，够义气，我还以为你不会回来了呢！然后他就开始擦起了屁股，擦着擦着，他又问我叫什么名字？我说我叫张琪。他就说张琪，哥哥我叫二毛，以后有什么事尽管来找我，哥哥罩着你！”

回去的路上，我意外地发现，张琪给我的那根香烟竟然还牢牢地捏在手心里，我把这根褐色的皱巴巴的烟卷放在鼻子底下闻了闻，又用舌尖舔了舔，妈的，竟然是甜的。忽然间，一股莫名的冲动就从这甜味中钻了出来，倏忽又消失了，就像我的小鸡鸡那样，总是跃跃欲试而又莫名所以。

第二天在走廊里碰到冒号的时候，我忽然明白这股冲动是因为什么了。我跟着冒号来到她的办公室，把昨天放学后的事向她叙说了一遍，我没有提到张琪摸女人屁股的事，不是故意要替他隐瞒，而是觉得那样的事实在难以启齿。冒号听得很认真，时不时地会问我一些问题，比如，我们大约是什么时候到那条弄堂的，弄堂的具体位置，香烟藏在哪里，除了我和李军之外还有谁知道这些？我一五一十地都说了。“再狡猾的狐狸也斗不过好猎手！”冒号末了自言自语地说了一句。我不解其义地看着她。她没有理会我的疑惑，转而满意地对我说，孙小刚，你反映的情况很好，记住，这件事先不要对任何人说，尤其是张琪，知道吗？我也会替你保守秘密的。我认真地点了点头，能够得到冒号的表扬和信任，我感到精神振奋。正当我转身准备离去的时候，冒号又叫住了我，她说，孙小刚，你最近表现很好，无论是学习还是思想品德，都比以前进步了不少，要继续保持下去知道吗？你跟张琪还有李军他们不一样，以后要和他们保持一定距离。老师对你很有信心。

再次面对张琪的时候，我感到了一丝愧疚，但同时又有一种幸灾乐祸的兴奋，我几乎要忍不住对他脱口而出这样的话来，张琪你完蛋了，看你还能这样悠然自得到几时，冒号就要来抓你了，而那个让她来抓你的人不是别人，就是我，孙小刚！因此，当他再次提出今天放学后“老地方”见的时候，我便借故退却了。

张琪怎么也没想到，当他和往常一样从围墙上摸下香烟，准备吞云吐雾的时候，会被突然从弄堂里冲出来的冒号逮个正着。“人赃俱获”，张琪不由自主地哆嗦了起来。

朋友

张琪的零花钱被取消了，对他而言，最可怕的惩罚莫过于此。那天，他爸爸将他从冒号办公室领回去之后，翻箱倒柜地一检查，发现存放在抽屉里的钞票竟然少了不少，尽管张琪抵死不肯承认，然而一顿棍棒是免不了的，为了防止他逃跑，他爸爸索性用一根麻绳将他五花大绑了起来，然后从腰间抽下皮带叠成双层握着，照着他的屁股狠狠的就是一下，皮带应声断为两截，以至于张琪的惨叫声就好像是替皮带发出来的。张琪的爸爸不禁一时诧异，究竟是刚才用力过猛，还是皮带的质量出了问题？其实让他生气的倒不光是张琪偷家里的钱买烟抽，而是他的儿子让他在老师面前很丢面子——自己刚刚借儿子被人错告抽烟一事让一直瞧不上他家的班主任吃了只“苍蝇”，马上人家就用事实来说话了，这比当场抽他一个巴掌还叫人窝火！格只小赤佬，做坏事情也不知道藏藏好，真没出息！打完之后，他当晚就作出了一个决定，从此以后对儿子实行全面“经济封锁”——不仅取消了他所有的零花钱，就连午餐费都不经他的手，宁可费些事，每月亲自到学校跑一趟，把钱直接交到冒号手里。

身无分文的张琪从此又恢复了形单影只的处境，以前靠些零花钱，小恩小惠的，还能在身边聚集起一些玩伴，现在没了钱，谁还愿意与他为伍？至于我和李军，本来就在揭发他抽烟一事上疑点重重，就算我们愿意接纳他，他自己还有些投鼠忌器呢！

张琪在升五年级的时候留了一级，在一群刚刚从三年级升上来的孩子中间，他显然要吃得开一些，孩子总是会对比自己年长的人心存敬畏的。尽管是一名留级生，但他也并没有因此而觉得无地自容，对于这时的他而言，余下的学校生涯只是走走过场，所不同的，只是时间的快慢而已。

有一天，二毛找到了他，带他去了菜场附近弄堂里的一户人家。那户人家里正做着电视游戏机的生意——将游戏机接口与电视机相连，再插上电子游戏卡，就可以足不出户地在家里享受到电子游戏厅里的乐趣，而且也更为舒适、便宜和“安全”（我是这么认为的，因为在人家里，一方面玩客不那么芜杂，基本上都是些中小学生，另一方面各自的言行也多少有些收敛）。在当时，不要说电脑、网吧，就连“小霸王”“任天堂”之类的游戏机对大多数的学生来说，都是一种可望而不可及的玩意。于是一些人家里就悄悄购置了此类的游戏机，然后再吸引玩客来玩，按照游戏的局数或时间收费，经年累月下来，利润便相当可观了。张琪随二毛来到了一间弥漫着臭脚丫子和咸鱼气味的屋子里，有两三个中学生模样的人正坐在电视机前噼啪地操控着游戏机手柄，嘴里不时发出惊呼和叹骂声。张琪到底是张琪，在玩乐方面似乎有着与生俱来的天赋，在游戏机前浸淫了不多一会儿便已操控自如，乐在其中了。临走时，二毛靠在椅背上，一边抽着烟，一边抖动着搁在膝盖上的脚告诉他，以后可以常来，这里的游戏对他免费，只要记得来时多带些朋友就是了。

第二次去的时候，张琪身边便多了两个班里的小男生。去之前，张琪拍着胸脯说要带他们到朋友家来开开眼界，没想到，玩了没多久，二毛就向他们伸出手来要钱。“没钱？他妈的没钱玩什么游戏！”面对着嘴里叼着烟头，一脸凶相的二毛，两个可怜虫吓得差点尿了裤子，他们哆哆嗦嗦地四下张望着，可是张琪此刻早已不见了踪影。正在惊慌间，二毛“噗”地对他们喷出一口烟雾，说，今天暂时先放过你们两个小瘪三，下次要是能再多带几个同学来，这次的账就算一笔勾销了。要是你们想赖账，二毛朝地下重重地吐了一口唾沫，然后将指节捏得啪啪作响，说，你们应该知道后果是什么。

就是用这样的办法，张琪帮二毛招徕了不少生意，每到学校放学或节假日时，那间破破烂烂的小屋子里便挤满了许多大大小小的孩子，他们或拿、或借、或偷，将好不容易弄到手的一些花花绿绿的票子，全部都落到了二毛他们的口袋里。

对于我和李军，张琪的心情是复杂的（他最终还是没有弄清究竟是我还是李军，又或是我们两个一起出卖了他），被朋友出卖一方面让他深受伤害，另一方面，这种伤害又鼓动不起一种恨意，反而蜕变为对我们的畏惧和羞愧，仿佛被背叛的人不是他而是我们。按理说，他完全可以让二毛一伙对我们实施报复，那是轻而易举的事，可是他没有这么做。强硬与软弱令人难以置信地在一个少年的心中纠缠在了一起。又或许，他和我们一开始那并不对等的关系就已经注定了他今后的境遇吧。有好几次，我在楼道或是操场上与他不期而遇，他连看都不敢正面看我一眼，与我交汇的目光飞快地闪烁了一下后，就移向了别的地方。这样的次数多了，渐渐地养成了我对他极大的优越感，一想到他曾经一度在我和李军面前眉飞色舞地吹嘘他的那些鸡零狗碎，一想到他看我们时那故作世故的眼神，我就格外的兴奋，我就是要让他搞清楚，谁，才是真正主宰他命运的人，他自己又是一个什么东西！找到自信的另一扇大门又奇迹般地向我敞开了，多么艰难而又轻而易举啊！

有一次，我们五楼厕所间的下水道不知何故堵住了，肮脏刺鼻的尿液溢得满地都是，工人们正在紧急抢修，我们只好去四楼的厕所撒尿。四楼的厕所里一时间挤满了人，我好不容易挤到了尿池边，刚想解放裤裆里的玩意儿，突然“惊喜”地发现张琪竟然站在我的身边。张琪，我故意大声地叫出他的名字。他转头一见是我，突然紧张了起来，原本顺畅、成抛物线的尿流瞬间士气低落了下来，滴滴答答地险些溅到我的裤脚上。只见他涨红了脸，努力想尿却又尿不出来。这一发现让我欣喜无比，我大声喊道，快来看呀，张琪尿不出来了，他的小鸡鸡堵住了！喊声真的引来了围观，其中有不少还是我们班的同学，大家幸灾乐祸地看着，有些人还把脑袋凑了过去，样子像是在检修一台突发故障的机器零部件。在众目睽睽之下，张琪更加尿不出来，最后他不得不放弃了，第一次，他用一种幽怨的眼神看着我，说，孙小刚，你将来注定没有朋友！然后便在一片哄笑声中离开了。我解开裤裆，掏出小鸡鸡，让尿液尽情地流淌着，像在唱一首欢快的胜利之歌！

我一直搞不懂，为什么张琪在他当时的年纪上能够说出如此具有见地的话来？仿佛一语成谶，时隔多年后，我惊异地发现，张琪关于我没有朋友的预言竟然应验了。无论是中学、大学，还是在工作单位，我的朋友一直少得可怜，在同学聚会上与李军相遇之前，我的生活轨迹基本上是两点一线，明晰得近乎乏味。虽说君子之交淡如水，人生得一知己足矣，然而在那些“激情燃烧的岁月里”，没有几个狐朋狗友陪我一起胡闹终究还是有所欠缺的。这究竟是性格使然，还是张琪怨念之毒呢？我不得而知。

然而张琪的报应来得比我更快。没过多久，他的那些勾当就败露了，越来越多的家长察觉到了自己孩子近来的不轨行为，他们纷纷来到学校找老师反映情况，老师将这些孩子召集到一起，结果互相一指认，发现此事的“原凶”竟然是张琪！怎么又是张琪？老师们为这么一个平时不声不响，但却如此心怀叵测的早熟孩子而大感诧异。这一次连班主任都保不住他了，经学校研究决定，张琪因蛊惑、诱骗其他同学参与不健康的校外活动而被处以留校察看的处分。领到处分的当天，张琪战战兢兢地回到家里，尚未踏进家门，浑身的皮肉已经开始阵阵发颤，像是做好了接受暴风雨洗礼前的准备。可没想到，他爸爸非但没有揍他，反而预备了一桌好菜，当中有他最爱吃的咕咾肉，还破天荒地给他倒了一杯啤酒。那晚他爸爸喝了不少酒，他先是将儿子结结实实地痛骂了一顿，最后却大着舌头说了一句，侬只小赤佬，还别说，真他妈的有点侬爷当年的腔调！饭后，他与张琪约法三章：只要你能够挨到初中毕业，以后想干什么都可以，侬爷我不来管你！张琪后来果然践行了和他爸爸的约定。初中一毕业他就去了他爸的公司，父子俩后来又去山西承包了一座煤矿，生意越做越大，成为了名符其实的煤老板。打虎亲兄弟，上阵父子兵，看来这话一点都不假！

喜事

对爸爸来说，这一年的夏天真是喜事一桩接着一桩。首先，我在这次暑假前的期末考试中超水平发挥，成绩排名从原来的倒数位置一跃而成为全班第四名，提高幅度之大是爸爸做梦都没有想到的。家长会上，冒号特地点了我的名字，号召所有成绩靠后的学生家长要从孙小刚这一个案例中得到启发，奋起直追，努力激发孩子的学习动力，争取在来年的升学考试中取得理想的成绩。在一片掌声里，爸爸显得有些受宠若惊，开了那么多次家长会，他还是第一次听到班主任把自己的儿子树为正面典型，那感觉简直比自己得了先进奖章还要精神振奋，恍惚中，他感到自己的儿子似乎已经脱胎换骨，重获新生了，不，应该这么说，是他们孙家的优秀基因在儿子身上觉醒了，儿子变得更“像”是孙家的人了，真是祖宗显灵啊！

第二件事，单位通知他新分配的房子下来了，这一次不是什么不伦不类的过街楼，而是一间自带独立厨卫的新公房，建筑面积大约在四十五平米左右，虽不算大，但比起棚户区的老房子来，面积却要足足大了一倍。这是一套钢筋混凝土建造的现代化住宅，它不同于阴暗逼仄的“草棚棚”，也不同于幽深曲折、年深日久的石库门房子。它从诞生之日起便静静地矗立在一片开阔的地带，从此与阳光结下了不解之缘，它有一种平民化的气质，千篇一律的室内结构在一定程度上消解了人们由于贫富、社会地位的悬殊而产生的心理龃龉，让身处其间的人感到自由和放松。尽管和现在高楼林立的商品房小区比起来，它已显得寒伧而又落伍，然而在当时，它几乎是所有我们父母这一代人的居住理想，是他们迈向新生活的标志！

爸爸妈妈按捺不住兴奋喜悦的心情，在楼房还在施工阶段就已频频前去造访、勘察。他们会站在搭满脚手架、尘土飞扬的工地上观察在建房屋的朝向、楼与楼的间距以及工程的进展，比较一下不同楼层、单元房子的优劣得失，有时他们还会偷偷摸摸地爬到楼上去，凭着超强的辨识能力来到水泥尚未干透的自家楼层，和里面进进出出的工人们随意地聊上几句，那样子简直就像是两个亲临现场的工程师或包工头。等到工人们弄清他们的真实身份，不再与他们插科打诨的时候，他们才志得意满、神色款款地走下楼去。还有的时候，他们甚至什么也不干，什么也不说，就站在风雨阳光里，两眼直直地看着楼房发呆。也许在别人眼里，这里只是一排排的钢筋水泥丛林，可在爸爸妈妈的眼里，它们仿佛已经是一片鸟语花香、绿树成荫的未来家园了，他们已经在心里将它建好一千遍、一万遍了！

等待是幸福同时又是煎熬的，看着楼外的脚手架一点一点地拆除，露出业已干透的簇新的外墙涂料和马赛克贴面，看着装卸货车、建筑工人日渐稀疏，最终全部从他们曾经战斗过的地方撤退之后，爸爸妈妈就开始急切地盼望着“权力交接”的那一天了。爸爸渴望着从严组长手上接过那串沉甸甸的，充满了金属质感的房门钥匙，为了这串钥匙，他几乎拼尽了全力。

为了分到房子，一惯不擅长跟人打交道的爸爸厚着脸皮拍起了严组长的马屁。他在单位里一有机会就去后者的办公室门前转悠，见缝插针地进去攀谈上几句，逢年过节的，还会拎着大包小包的东西往人家里跑。得知严组长的儿子要考大学，他还特地拎着两只老母鸡上门，说是要给未来的高考状元补补身体，可没曾想，状元的母亲是一向见不得活鸡活鸭的，见了就心慌头晕，据说是小的时候被一只跃起的母鸡啄伤了鼻子，至今心里的阴影都未退去。他只好回去把鸡杀了，料理干净后再重新送过去。这一切，妈妈都看在眼里，暗地里还偷偷掉过几回眼泪，自己的男人天生脸皮薄，性子倔，然而为了这个家，他却甘愿低声下气、死乞白赖地去求人。都是一样的男人，一样的丈夫，一样的孩子他爸，凭什么我的男人要在你们面前低三下四？可当着爸爸的面，她却从不表露出来，偶尔还会打趣道，孙志明，你要是早点有这个劲头，车间主任的位置都是你的了。

分房名单刚下来的时候，上面却并没有爸爸的名字。对此，严组长也觉得意外，他答应帮爸爸再去厂里问一问，可一天后给爸爸的答复依然是那些让人耳朵里生茧子的外交辞令，什么房源紧张啦、需要解决的困难职工多啦等等。严组长安慰他说，老孙，要不你再等等，等下一批，我保证头一个帮你解决，啊？爸爸本来还好，可一听到他这句安慰话，心里无端地升起一股无名怒火，他说，什么叫我再等等，别人有困难，我就没有？我家的情况你们又不是没有调查过，儿子快读初中了，到现在还和我们夫妻俩睡一张床，三年之前你们就让我等，怎么，你们还打算让我再等个三年，等到儿子念高中？严组长说，不是说了，厂里的困难职工多么，再说，去年不是给你分配过一套了么。爸爸说，笑话，那种过街楼也叫房子？严组长说，怎么不叫房子，现在想要过街楼的职工多着呢！你自己想想那里的周边环境，普通的公房能比吗？爸爸说，职工想要，是因为没的选，好房子都让你们领导干部抢去了，一套不够两套，两套不够三套，剩下一些鸡棚鸟窝的让我们工人住，你们呢？恐怕连儿子孙子的房子都解决了吧！

他一口一个你们，说得严组长一时下不来台，脸上便有些挂不住了，严组长索性摆出一副公事公办的态度，冷冷地说，道理都告诉你了，该争取的也替你争取了，不行我也没有办法，要是有什么意见，你可以去向厂里反映。爸爸也不甘示弱，说，我是要去反映，好好地反映！他特地在“好好地反映”这五个字上加重了语气，言下之意不言而喻。严组长一时间有些哭笑不得，说实话，他的那间六楼的小办公室里三天两头地上演着这些闹剧，一些职工因为分房不满，撒泼打滚，什么手段都使得出来，更有甚者，当着他的面，欲喝农药、跳楼自杀的都有（为防万一，他的这间办公室的窗户外还加装了铁栅栏），像爸爸这样的，在他眼里已经算是小儿科了，放在一般人身上，他完全可以置之不理，然而对于爸爸，他却隐隐感到事情有些棘手。倒不是因为拿了别人的东西，那年头，哪个领导干部不收点礼、捞点外快，这事就算捅到厂长那里也根本放不上台面，况且，自己若是不承认，对方也拿不出什么证据。让他感到棘手的是爸爸这个人，孙志明是个老实人，平时并不善于钻营，可这个人脾气犟、认死理，他要是认准了什么事，阎王老子恐怕也劝不回来。这次为了分房的事，前前后后地跟在自己屁股后面转，可见这人是已经钻进去了，铁了心了，多年的“工作经验”告诉他，要是真把一个铁了心的老实人逼急了，他可是什么事都干得出来的！这头该死的犟驴，脑子就是不会转弯，又不是不替他办，晚个一年半载的，会死人啊！

严组长想到这里，脸上马上堆起了笑意，他说，别急，老孙，你要去反映我不拦你，但你我交道打到现在，有什么事情不能搬到台面上来好好谈呢？说着，他让爸爸坐到椅子上，还亲自替他倒了一杯水，然后继续说道，你的心情我能理解，一家五口人挤在二十多平米的棚户房确实有点困难，老房子我也住过，时间还不比你短，那时算上我爸我妈，还有一个姐姐、三个弟弟，全家七口人挤在大杨浦的一间小平房里，日子不是照样挨过来了？后来进了单位，结了婚，就和你嫂子搬到了单位的职工宿舍去住，一住就是三年，三年啊！孩子都两岁了，严组长说到这里声音不免有些颤抖，他端起茶杯来喝了一口水，稍稍平复了一下情绪，接着说道，后来厂里看我们实在困难，就分给我打浦桥 85 弄——对，是 85 弄，我记得清清楚楚，打浦桥 85 弄的一间小亭子间，大概只有十来个平方，连个灶头间都没有，每天烧个饭还要楼上楼下的跑……唉，不说了，不说了，陈年旧账还提它干嘛！他停下来看了一眼爸爸，又说道，所以说，我们这一代人，谁都不容易，谁活得都不比谁更憋屈，可这又有什么办法呢？饭是一口一口吃的，路是一步一步走的，现在单位已经比前些年好了，你看，每年都有房子分，老孙，听我一句劝，明年，等明年我一定帮你解决，啊！爸爸听后，默默地站起身来，走到办公室门口的时候，他突然转回身，用一种古怪的语气问道，严组长，你家现在的房子多大？严组长一愣，有些结巴地说，两，两室一，一厅，老孙你问这个干什么？爸爸说，没什么，儿子大了，家里住不下，到时候我让他搬到你家来和你们一块儿住！说完，头也不回地就走了。

孤独

暑假有些无聊。李军因为张琪的事一直对我心存芥蒂，已经很久没有和我在一起玩了。有几次我厚着脸皮去找他，他勉强出来和我在他家门口游荡了一会儿就回去了，要是碰上家里另有玩伴，他索性就对我避而不见，只留我一个人在夏日的光影里怅惘许久。其他的同学倒也能去找找，找得到，欢天喜地地打发个半晌光阴，找不到就只能怨自己运气不佳了。孤独始终是存在的，它有点像穷人家的孩子成天面对饥饿，总是生活在吃了上顿没有下顿的恐慌里。有几次，我那双心怀侥幸的脚步竟然带我来到了赵丽萍家的屋子跟前，可是倾刻间我便落荒而逃了。那间位于弄堂拐角处的屋子，和我家一样的“草棚棚”，让我既兴奋又紧张，既害怕又满含期待。

是赵丽萍的同学吧？终于有一次，当我那做贼似的身影被一个轻脆响亮的女声逮个正着的时候，除了老老实实地停下来，转回头去，我还能干什么呢？问话的女人就站在屋角的阳光下，一袭碎花薄裙，丰腴白皙的胳膊上闪着晶莹的白光。她是赵丽萍的妈妈，好几次我在学校里见到过她。她笑吟吟地说，见我在这儿转悠半天了，一猜就知道我是她女儿的同学。说着，她便让我进到屋里。丽丽正好在家，她说。

这一切简直像在做梦，我和赵丽萍共度了一个美好的下午！我们玩了跳棋，还一起看了电视。赵丽萍家的电视机是一台二十一吋的彩色电视机，比起它来，我家的那台十四吋黑白电视简直就像一个破旧不堪的出土文物。出乎意料的是，赵丽萍对于我的“唐突造访”，不仅没有丝毫讶异和责怪，反而显得非常开心，似乎我早就该成为她家的座上宾一样。她坐在床沿（天哪，我竟然来到了一个同龄女孩的房间，还和她坐在同一张床上！），两臂朝后支撑着身体，悬空的双脚前后交替晃荡着。时而又正起身，伸手拉拉我的衣袖，或是拍拍我的肩膀，让我注意电视里的某个好玩的情节，然后不等我的回应，自顾自地捂嘴笑出声来。她身上飘散着一股淡淡的香皂味，像是刚刚洗过澡。在这股香味里，她突然转过头很认真地问我，孙小刚，你以后还会来找我玩吗？

我点点头说会的。看着她满意的微笑，我的心里美滋滋的，又有一丝羞怯，真没想到，这梦寐以求的一幕竟然毫不费劲地就让我拥有了！太不可思议了！

但梦很快就醒了。正当我起身告辞，在赵丽萍的陪同下走出她家家门的时候，迎面进来一个身材瘦高、皮肤黝黑的男人。让我奇怪的是，这个男人竟然在如此炎热的大夏天里，还穿着一身笔挺的西装，胸口红白相间斜条纹的领带将衣领扎得严严实实的，似乎纵然是九级台风也难以将它吹动分毫。男人是赵丽萍的父亲。

爸爸，赵丽萍略嫌胆怯地叫了一声。男人点点头，然后皱着眉头朝我看了一眼，便一声不吭地走进屋里去了。我和赵丽萍匆匆告了别，没走出多远，便听到她屋里响起了一阵吵闹声，虽然没太听清，但男人嘴里蹦出的诸如“小赤佬、小瘪三”等字眼，还是显得相当的刺耳。此后，我再也没有踏上她家半步，倒不是害怕，而是在和赵丽萍有关的任何事情上，我的自尊心总是那么的敏感而又脆弱。

新学期开学后的某一天，他来到了学校，先是在冒号的办公室里盘桓了很久，然后在课间的时候走进教室，带走了一脸失魂落魄的赵丽萍。为了跟上她父亲匆匆的脚步，赵丽萍连头都没有来的及回一下，只留下了一个忧伤的背影。这个背影徘徊在我的思绪里，长久都挥之不去。

小琴依然是我的玩伴，可不知道从什么时候起，她的身边却多了一些女孩子，她们或许是她班上的同学，也有可能是附近弄堂里的女孩，小琴和她们在一起的时候，彼此之间仿佛结成了同盟，而我，反倒成了一个冒冒失失的闯入者。有一天黄昏，由于刚下过一场雨，天气难得的凉爽，她们就在门口跳橡皮筋，“小皮球、香蕉梨，马兰开花二十一”，轻快的节奏一时引起了我的兴趣，我走过去表示也想加入。好啊，小刚哥哥来得正好，三个人跳，累得气都喘不过来呢！小琴说着就从绷在另外两个女孩腿上的橡皮筋之间撤了出来，让我跳。

我学着她们的样子，开始笨拙地迈动起双腿，可却怎么也踩不准节奏，刚才还朗朗上口的童谣，到了我的脚下就念不下去了，“小皮球，不对不对，小刚哥哥你的脚没迈过去，再来”，“小，哈哈，没关系，再来”，“小皮球，香蕉……小刚哥哥，你怎么了？”我说你们的皮筋绷得也实在太高了，叫我怎么跳？她们这才意识到了问题所在，于是就把皮筋从腰际降到了脚踝处，让我接着跳。这下好了，可能是由于长期踢球的缘故，我对动作的掌握能力要比一般人快，虽然还不是很熟练，可勉勉强强地，竟然也能跳了起来。我们就这样，输的人下去，绷皮筋或是念童谣，换上来的人继续跳，再输，再换。我跳得格外的投入，满头大汗，可一点也不觉得累，我们一起拍手，一起笑，那一刻我只觉得自己是一个女孩子，当个女孩子有时也没有什么不好。可到了第二天，可能是天气太热的关系，昨天的游戏不能再继续了，我眼巴巴地坐在门口，那一群女孩子却躲在小琴的屋里不出来了，我想上去敲门，可男孩子的自尊不允许我这么做。午后的风有一丝清凉，我坐在屋檐下的庇荫处，听着树上知了的叫声，不知不觉地竟然睡着了。也不知睡了多久，小琴家的门突然开了，小琴和昨日那两个女孩子从屋里走了出来，她们来到我面前好奇地注视着我，我也睡眼惺忪地看着她们，其中一个女孩伸出手来，在我肩上轻轻地拍了一下，另一个则伏在小琴耳边悄悄地说了些什么，小琴的目光没有从我身上挪开，脸上渐渐浮现出了笑意，小酒窝深深的，像蚁穴，又像嘴角的两粒黑痣。我似乎听见了她们的耳语，但倏忽又记不清了……当我醒过来时，才知道刚才只是一个梦，小琴家的门依旧紧闭着，里面隐约传出笑声，在午后的阳光里，金灿灿地闪着光。一片梧桐树叶从肩膀上滑落了下来，奇怪，它是什么时候掉上去的？

女人

与我的无聊寂寞相比，伯伯的夏天倒显得更像是一个夏天——一干自告奋勇的媒人在他身边鼓噪着，简直比树上的知了还要热闹。相亲是个很正式的词，或许用上海话称作“轧朋友”才显得更为亲切一些，然而“轧朋友”用在伯伯这个年纪的人身上似乎又稍嫌轻浮了，究竟是“相亲”还是“轧朋友”呢？恐怕连伯伯自己也不好说。媒人是五花八门的，妈妈、姑姑、弄堂里的阿姨婶婶、单位里的同事，这些人仿佛在一夜之间都对伯伯的终身大事产生了兴趣。究其原因，不外乎两点：第一，伯伯的工作有了进展，由一名车间工人升格为科室干部，而且传言说他很受厂长的器重，有希望接任科长的位置，这一点给他的相亲增加了成功的筹码；第二，爸爸单位新近分了房子，这样一来，家里的地方就大了，媳妇娶进门也不愁没有地方住。伯伯是一个男人，一个四肢健全，自身条件又相当不错的男人离异后长年独身，这在大多数人的眼里都有些不可思议，男人身边怎么能少个女人呢？没有女人的男人就算不是洪水猛兽，至少也是一个异类。

这就是所谓的皇帝不急急太监。于是，伯伯这个“皇帝”在一群“太监”的环伺下，不得不每天下班后，回家换上干净的衬衣，皮鞋点上“红鸟”鞋油擦了又擦，直到从上到下、从里到外都打磨得油光透亮为止，然后，他便推着新买的“永久”牌自行车匆匆地出门而去，临走时还不忘在衬衣的口袋里塞上一块干净的手帕，或许，在伯伯的心里，也住着一个“太监”。

伯伯的相亲活动进展得并不顺利，原因倒不是别人看不上他，而恰恰是相反。在他这个年纪上，与他年纪相配的女人不是离异后拖着“油瓶”的，就是长相不佳或是性格古怪的老姑娘。况且，有了小敏阿姨在心里作参照，伯伯看女人的标准自然是要高一些，他又自恃有些才华，与人交往还要看是不是有共同语言。有一次，媒人好不容易替他物色到了一个各方面条件都还不错的女人——虽然离过婚，但却没有孩子，据说还是区中心医院的一名护士。

见面后，双方都觉得满意，由于地点定在公园门口（当时男女相亲还不时兴去咖啡馆或是餐厅），伯伯就提议到公园里走一走，女方自然是欣然答应。当时已是初秋的天气，傍晚公园里的景色十分宜人，伯伯和女人在湖边走了一会儿，又穿过弯弯曲曲的石桥，来到了一个湖心亭里，湖面碧波荡漾，静下来仔细观看，隐约还可以见到水里游动的金鱼。两岸的树林里不时传来清脆的鸟鸣，使得除他们之外空无一人的亭子更加的幽寂。

伯伯看着亭外的风景，不自觉地来了一句，空山新雨后，天气晚来秋。女人抿嘴一笑，说这里既没有山也没有雨的，哪来什么空山新雨后啊。女人原本只是一句玩笑话，没想到伯伯却较了真，他说，诗讲究的是一种意境，不一定要字字写实，鸟宿池边树，僧敲月下门，未必就是真见到了在池边树下休憩的水鸟和月下敲门的和尚。女人见他说得一板一眼，一脸认真的样子，便收住了笑，随口说了句，没想到你还会这个，接下来就把话题引到了别的方面。就这样，湖是原来的湖，风是原来的风，女人还是先前的女人，然而伯伯却渐渐感到索然无味起来。这场相亲后来又不了了之了，媒人对此颇为不满，背地里对人说，真是书呆子，当真以为自己还是廿七八岁小伙子啊，一把年纪了，又是二婚头，有女人肯要已经蛮好了，还挑三拣四的！伯伯的挑剔把自告奋勇前来做媒的人都得罪光了，最后，便不再有人替他做媒，生活又恢复到了原来的样子。

对此，爷爷是看在眼里急在心里，一天全家吃晚饭的时候，爷爷劝他说，志新，你也老大不小了，找个女人是过日子的，差不多就行了，想当初我跟你妈，过门之前连面都没的见过哩。伯伯不说话，低头只顾吃饭，爷爷见状便一个劲地唉声叹气起来。爸爸说，阿爸，你别劝他，他心里还放不下那个女人，说再多也是白说。爷爷问，哪个女人？爸爸嚼着嘴里的饭，含混不清地反问道，还有哪个女人？

伯伯再次见到小敏阿姨是在这年的冬天。冬天里，厂里举行了一次颇为隆重的建厂二十周年庆祝活动。在厂庆暨表彰大会过后，厂长特意叫伯伯留下来一起出席晚宴，并告诉他，有人指名要见见他。伯伯问是谁？厂长说是罗总，就是虎门电子元件公司的总经理。

晚宴的规格很高，出席的人有市区及重工局的一些领导、长期合作的企业负责人以及本厂的所有中高级管理人员。伯伯在这些人中间感到前所未有的拘束，他坐在郭科长的边上，听着业务科室的一些头头脑脑们在桌上高谈阔论、嬉笑怒骂，心里只想早点结束这场丢人现眼的饭局。说丢人现眼，不仅仅是指他，他算什么呢？一个无足轻重的小业务员，混在人堆里恐怕没人会注意到他——同桌的科长他们只是碍于厂长的面子才假惺惺地和他碰碰杯、说说笑。真正丢人现眼的，应该是他们这个厂和所有自以为是的头头脑脑们，甚至，也包括厂长本人。在业务部门呆久了，他渐渐了解到厂里的一些真实现状：生产技术落后、产品在日益开放的市场里逐渐失去竞争力、管理上人浮于事……他不懂经济，自从高中毕业后就被分配到了这个厂，然而多少年了，产品设计图纸还是原来的那几张，车床、模具、装配线还是原来的那几套，就连职工也都还是那几张老面孔，每次去食堂吃饭，谁的饭量大、谁喜欢在饭里添上一勺酱汁，打菜师傅都记得一清二楚。如果说八十年代以前，人们还热衷于搞这样那样的运动，主要精力并不在生产上，那么现在呢？提出改革开放都快十年了，厂里的变化在哪里呢？变化或许有，但那只在一些横幅标语上，在领导们的嘴皮子上，在上传下达的红头文件上，在以工作为名的公款吃喝和捞回扣上！除此之外，一切照旧！利润连年亏损，却被说成是业绩屡创新高；滞销产品堆积如山，却被说成是勇于开拓销售市场；那些偷奸耍滑、揽功委过之辈如今却手拿鲜花和奖状接受表彰……所有这一切，还不够丢人现眼吗？

几杯酒下肚，伯伯知道自己是想多了，这样的情况又不是他们厂一家，况且，厂长也有厂长的难处。他清楚地记得，有一次在厂长的办公室里，厂长在与他下完一局棋之后，双臂交叉抱在脑后，看着他，用一种不无惋惜的口吻对他说，小孙啊，你要是把写诗的功夫用在工作上就好喽！伯伯说，写诗是写诗，工作是工作，两者不能混为一谈的。厂长哈哈一笑说，也是，有的人适合写诗，有的人适合工作，就像这棋子，车走车的路，马跳马的道，确实不能混为一谈。伯伯说，人和棋子怎么能比。厂长说，怎么不能比，有时候你我就是这棋盘上的棋子，下棋的却另有人在。伯伯说，厂长你错了，下棋的人并不存在。厂长诧异道，怎么会不存在？就拿这盘棋来说，你我难道不是下棋的人？伯伯说不是，看起来是我们在下棋，其实走的每一步都要看运势，看火候，棋盘自有棋盘的规律，不是我们能够随心所欲的。厂长想了想说，那总也有一定的主观能动性吧？比方说，有的人第一步喜欢走当头炮，有的人却喜欢飞象，这就是选择的自由。伯伯说，那只是习惯，而习惯的养成也不是自己能够决定的，要看他的生活经历和先天气质。厂长说，照你这么看来，所有的事物都是被动的了。伯伯说是，也不是。事物和事物之间有一种一而二、二而一的张力，这种张力就是主动性……

其实当时说这些话的时候，自己只是一时兴起，而且卯足了劲，想要把对方驳倒，现在想来，厂长说他们就像棋盘上的棋子，话里面似乎另有深意。

正在胡思乱想间，酒席已经到达了高潮，厂长领着他们那张主席桌上的人挨个过来敬酒了，到了他们那桌，所有人都齐刷刷地站了起来，科长、主任们的脸上全都挂着谦恭的微笑。厂长逐一替双方做着介绍，正当他介绍到一身西装笔挺的矮个子时，一个身材高挑的女人从矮子身后站了出来，伯伯眼睛忽然一亮，脱口而出地叫道，“小敏！”“志新！”小敏阿姨也愣了愣。在场的人顿时静了下来，目不转睛地看看他，又看看她。

你们……认识？矮个子诧异地问道。认识，怎么不认识，罗总，你忘了，几年前薛厂长和郭科长他们来我们公司视察工作的时候，我们见过面的，小敏阿姨立刻便回过神来，抢先解释道，眼神中却掩饰不住一丝恐慌和羞愧。哦，对对对，我想起来了，当时你也在，瞧我这记性！该罚，该罚！说着，他将杯子里的酒一饮而尽，在一片欢腾叫好声中又替自己满满地倒上一杯，端着它继续说道，这位是（他指了指身边的小敏阿姨）我的秘书兼公司的销售部经理阿敏，今后还要请各位多多关照啦……

时间仿佛静止了，伯伯一时间不知道该说些什么，惊异、失望、愤怒，所有的情绪在这一刻交织为一道咄咄逼人的目光。在这道目光的逼视下，发髻高高挽起，一身素色圆领绣花修身毛衣搭配珍珠镶钻项链的小敏阿姨，顿时变成了聚光灯下的一缕丝绸，轻薄而又透明。

孙大诗人啊，好久不见，常听薛厂长提到你唉，罗总不知何时出现在了他的身边，并且握着他的手使劲摇晃着，你作的诗我到现在都还记得啦！虎门硝烟，南关炮口……他夸张地朗诵了起来，念到最后一句的时候，却突然怎么也想不起来了。郭科长替他接了一句“够不着，站起来”，然后一脸讪笑地看着他和身边的小敏阿姨。罗总和厂长同时放声大笑起来，罗总用手搔着头皮，略嫌尴尬地念叨着，对对对，够不着，站起来，够不着，站起来么，哈哈哈哈！瞥眼见伯伯盯着小敏阿姨出神，就抬了抬手上的酒杯，示意后者敬伯伯酒。小敏阿姨迟疑地举起了酒杯。你说错了罗总，伯伯突然开口了，他目光炯炯地看着他们，声音沉稳而有力地说道，最后一句应该是，千年狼，百年狗！说完，他拿起桌上的酒杯，迅速地碰了一下小敏阿姨手中的杯子，自顾自地将酒喝完了……

吵吵闹闹的酒宴与他无关了，此刻他的耳膜仿佛被一种就像是扩音器里传出的，单调而又尖锐的噪音刺痛着，他看到在这片噪音里，人们嘴巴一张一合，站起来又坐下，就像是一幕幕荒诞不经的哑剧。有一刻他觉得羞愧难当，为什么自己读了那么多书，却看不懂这出哑剧背后的意义？为了证明自己还在人群之中，他便不停地喝酒，一杯接着一杯，一个人喝，喝完了再换上一瓶，幸好酒是源源不断的。酒可真是个好东西啊，入口辛辣、刺激，到了胃里却什么感觉也没有了，只剩下一股升腾而起的力量，这力量冲出他的躯壳，将周遭的世界撞得个支离破碎，然后，眼前就只是一些混乱不堪的光和影了，它们跳动着、游移着，因相互之间的反差而存在，却又分不清彼此的轮廓……

忽然间，他觉得自己想说话了，就像酒瓶中装满了酒，总是要倒出来一样，他拾起酒瓶和一肚子的话，摇摇晃晃地来到厂长的那一桌，一张口，却发现自己说出来的不是话，而是酒，咕咚咕咚喝下去的，倒成了话了。后来呢，记不清了，天旋地转之间，只记得有无数双手向他伸了过来，他顽强地抗拒着，却最终没有逃脱手的纠缠。手和肩膀齐心协力将他架到了酒店门口。北风呼呼地刮着脸庞。一些肩膀因为承受不了他的重量而左右摇摆着、前后踉跄着。一辆出租车停靠了过来，手们又将他塞进了打开的车门里，他从这些手里抓过来一只手，女人的手、曾经握过无数次的手，可这只手最终还是挣脱了，伴随着沉重的关门声，那只熟悉的手消失在了扑面而来的夜色里……

第二天中午的时候，伯伯接到了小敏阿姨的电话。当他从郭科长手中接过听筒的时候，心里似乎隐隐有了预感。小敏阿姨约他下班后见个面，地点就选在他们厂附近的一家小餐馆里。伯伯如约而至。小敏阿姨早就等在那儿了。他在她的对面，一张靠窗的座位上坐了下来，面对后者那怯生生的微笑，一时之间竟然不知道该说些什么，来之前准备好的一肚子的话一下子全都忘了。小敏阿姨今天换了一身装扮，长长的头发简单地扎了个马尾，一身黑色半高领毛衣外披着淡黄色羽绒外套，昨天的那串珍珠项链不见了踪影。还是往日那个他熟悉的小敏。这里真冷，小敏阿姨说着伸手裹了裹披在身上的羽绒外套，随后将菜单朝伯伯面前推了推，你看看，想吃点什么？伯伯匆匆扫了一眼，又将菜单推了回来，说，你点吧。我不常在外面吃饭。

窗外起风了，他的厂虽不在郊外，但地段仍然较为偏僻，路上行人不多，稀稀落落瑟缩在风里头，逆风而行的人走得更是艰难，有一个头戴拼皮鸭舌帽的老头从远处走来，不时从棉衣兜里伸出手压一压帽沿，似乎担心它会随时被风卷走。饭菜很快就上来了，腾腾地冒着热气，然而谁也没有先动一下筷子，视线刻意地回避着对方。对了，这个给你，小敏阿姨从她身旁的包里拿出一沓崭新的钞票，递给伯伯。伯伯看了一眼，没有伸手去接，她只好将钱放在他面前的桌上。对不起，早该还你的，她说，又用手拉了拉外套前襟。你来就是为了还我钱的？伯伯终于开口了，虽然有些明知故问。我知道你恨我，沉默片刻后小敏阿姨说道，我……你是什么时候跟那个矮老头子好上的？伯伯打断道，目光锐利地看着她。小敏阿姨不说话，垂下眼睛看着面前菜，菜的热气已经消散了，静静地躺在盘子里等待着它们的归宿——蠕动的肠胃或是冰冷的泔脚桶。伯伯轻轻叹了口气，说，吃饭吧。说着就拣了一筷子尖椒牛柳放进嘴里，咯吱咯吱地嚼着，又喝了一匙汤。小敏阿姨用筷尖木然地拨动着菜，看着吃得“津津有味”的伯伯突然搁下筷子，伸手抹了抹有些泛红的眼圈。你是不是怕我会缠上你？伯伯一边吃一边问道，眼睛并不看她。她用手捂住口鼻，抽噎着，使劲摇了摇头，滚烫的眼泪夺眶而出，于是，她索性扭头看向窗外。你放心，吃过这顿饭，我们就两清了，伯伯说着，从衬衣口袋里掏出手绢递给小敏阿姨，她接过去擦了擦又递了回来，说，手绢还是我送你的。伯伯将手绢放回口袋，说，快吃吧，菜都凉了。

伯父还好吧？吃了一会儿后，小敏阿姨问道。伯伯说不太好，前不久刚刚生了一场大病。什么病？她关切地问道。还是老毛病，冠心病，路上走着走着，突然就晕倒了，幸亏抢救得及时。现在呢？出院了吗？出了，现在挺好的，就是不能太累，也不能动气。那你们就别让他一个人在外面走了，让他在家里多呆呆，享享清福不是挺好么，还有，你们不在的时候麻烦左右邻居帮忙照看照看，万一要是再发作起来，家里又没人怎么办？伯伯点了点头，问，你呢？今后就留在广州，不回松江去了？小敏阿姨说暂时不考虑回去了，如果将来发展得好，再把父母接过去……正说着话，突然有一男一女两个声音从伯伯背后传来。他们坐的位置每两桌之间有个高高的隔板，隔离出一个个相对私密的空间，因此，这声音应该是从隔板后面发出的，虽然不大，但依然很清晰。女声说，听说孙志新昨晚在宴会上喝多了，还当着一帮领导的面发酒疯呢！男声说，这个土老帽，拿他摆摆样子，他还真当自己是颗蒜呢！咯咯，你别说，人家的诗写得还真不错，什么“我欲醉明月，长啸倚危亭。山川掩精魄，未歌泪先倾。”嗤，酸得人牙齿都快掉下来了，大学文凭都没有一个还写诗呢！我看最多也就是中学生水平。咯咯，嫉妒了不是，你有大学文凭，怎么不写一首诗送给我？我才没空干那些虚头巴脑的事呢，我整个人都是你的，还送什么诗啊！哈哈，就你会说，谁要你的人？白送给我我也不稀罕。那你想要谁？孙志新？要不我替你俩搓合搓合，人家现在还是单身，郎才女貌，多好，哈哈哈哈！神经病！你还别说，他的前妻还真是个神经病。他结过婚？难怪到现在都没人要！

伯伯起身要走，却被小敏阿姨一把拉住了。只听那女声继续说道，你说咱们科长也真是，什么人都往自己科里面拉，弄得那些车间里的大老粗成天往我们这儿跑，脏都脏死了，什么时候跟科长说说去，让他到别的科去算了。说了也没用，男声压低嗓音说，科长他现在也已经是泥菩萨过江，自身都难保了。哦？听说了没有，厂里马上就要有动作了，老郭很可能会被调到三产去。不会吧，我看厂长挺器重他的呀！哼哼，那只是表面文章，厂长这个人城府深着哪！这叫卸磨杀驴懂吗？嘘，你轻点，小心被别人听见。

怕什么，这个地方谁会来？你知道谁会来咱们科吗？谁？袁阿跷。啊，就是那个班公室主任？对。你别小看他，这个人的来头可不小，据说是上头某个局长的小舅子。这个老色鬼都能当领导？你没见他平时看女人的时候眼睛总是盯着人家胸部？他盯你了？盯，怎么不盯？盯得眼珠子都快掉出来了，讨厌死了！哈哈哈哈，这叫腿跷鸡不跷，身残心不残，哈哈哈哈！呸呸呸，难听死了，哪儿听来的……

小敏阿姨这时叫来了服务员，结完账后背起挎包，双手挽着伯伯的胳膊和他来到身后的那一桌。哟，是志新的同事吧？她优雅地笑着说，真是幸会，我们就坐在你们后面那桌，刚才听两位谈得热闹，不好意思过来打扰，你们慢慢聊，我和志新先走一步了，Bye！说完便撇下目瞪口呆的小瞿和吴莉莉两个人，带着伯伯款款地走出门去。

店外的天色已经擦黑，北风呼呼地刮着，小敏阿姨挽着伯伯的手比刚才更紧了。

我不知道

五年级新学期开学后，爸爸头一件事便是去学校找小郛老师谈一谈我退队的事。事实上，在我三年级下半学期的时候，爸爸就已经找他谈过了，得到的答复是不行。小邬老师当时很不客气地说，像我这样的特招生，按照规定，没有特殊情况，是必须踢到五年级的。如果我们坚持要退队，就不得不转到户籍所在的学校，哪儿来回哪儿去。爸爸问什么是特殊情况？小邬老师冷冷地说，身体不行，或是训练受伤无法再继续，不过，在我这里没有特殊情况！

爸爸再次来到位于学校南北操场之间的二楼体育教研室，这里对他来说已经是轻车熟路。门是关着的，远远就能听见里面的喧闹声和扑克牌甩在桌面的噼啪声。爸爸敲了敲门，没人应答，喧闹声还在继续，转了转门把手，门从里面锁上了，无奈，只得继续敲门。啥人？最终有人应门了，伴随着一阵窸窸窣窣的杂音。小邬老师在吗？爸爸问。门开了一道空隙，一股呛人的烟味扑鼻而来，大邬老师探出光溜溜的脑袋，上下打量了爸爸一眼，问，找啥人？爸爸说，我找小邬老师。他不在，大邬老师刚准备关门，里面传出另一个男人的声音，小安徽可能在操场吧？啥人晓得，来的时候还看到他呢！又有人接口道。门重新关上了，中断的吵闹声很快又响起来了。

午后的秋阳分外灼人，知了在树上此起彼伏地叫着，声音勾画出了寥廓的校园。南操场上有一个低年级的班正在上体育课，爸爸定睛看了看，没有发现小邬老师的身影。他又来到北操场，远远就看到一个人，身着蓝色的线衫裤，手持一根长柄的铁勺，正在光秃秃的泥地上奔跑着，铁勺里均匀洒落的白色粉末在他横

平竖直地来回跑动中替球场画出了一道道规整的场界线。（铁勺是一种画线器，这在当时的校园里普遍使用）

在即将经过爸爸身边的时候，爸爸看清了此人的面貌，迎上去叫了一声，小邬老师。小邬老师慢慢停了下来，打量着爸爸，眼神由一时的茫然转为沉静，又隐约地透出一丝不耐烦。爸爸满脸堆笑着说，小邬老师，我是孙小刚的爸爸，打扰打扰，这么热的天……有什么事吗？小邬老师冷冷地打断他道。哦，也没什么，就是想来找你商量一下小刚退队的事，爸爸用手抹了抹额头上的汗，客客气气地说道。退队要去教导处谈，他们批了我这儿就没问题，小邬老师淡淡地说。可他们让我先来找你，你是体育教研组长，又是小刚的足球教练嘛，爸爸嘿然地说道。那就等这学期结束吧，按规定是要到五年级下半学期才能退的，小邬老师说着又端起那柄铁勺跑动了起来。爸爸有些着急，竟然也跟着跑了起来，一边跑一边说，你看能不能通融通融，就差半个学期，小刚明年就要小考了，我想让他多一点时间复习。见他没有反应，爸爸又继续说，再说小刚也不是踢球的料，就算踢到毕业，也进不了区队、市队的，对吧……小邬老师没有搭话，步子却加大了，速度越来越快，而爸爸则不得不加快脚步跟上他，远远看去，两个人就像在比赛着脚力。最后，爸爸毫无悬念地“败下阵来”，他放弃了追赶，气喘吁吁地冲着小邬老师的背影大声喊道，我说你这个老师怎么这么不通情理，小刚也是你的学生，你就忍心看他考不上好学校吗？小邬老师头也不回地扔下一句，这些话你当初送他进来的时候怎么不说？爸爸一时语塞，等他还想再说些什么的时候，小邬老师早已跑远了，脚下留下了一道笔直的场界线，在阳光的照耀下，白得有些刺眼。

爸爸没有灰心，离开了软硬不吃的小邬老师，他径直去了教导处，随后又去了校长室，在他一再坚持下，校长终于同意了他的请求。其实，在校长的眼里，学生的升学率还是要远远重于足球教学的。后来，学校又陆续地批准了一些学生的退队伸请，原因也正基于此。小邬老师的不满没有写在脸上，然而在随后举行的校足球教学推广观摩活动期间，作为主讲老师的他竟然撂起了挑子，他借口自己身体不适，长时间地呆在办公室里，一直到教务主任亲自出面去办公室请他，才勉强出来讲课。

爸爸与小邬老师的较量最后又是以前者的胜出而告终，这两个人就像是前世的一对冤家，在他们见面伊始就埋下了敌对的种子。有时我真搞不懂两个大人为什么要较这个真，对爸爸而言，儿子的学习固然重要，然而自从四年级开始，我就已经不再是足球队的重点培养对象了，除了一周三次的常规训练外，大多数时候都是由我自由安排的，这对我的学习构不成多大的影响；而在小邬老师这边，既然已经不把我当作主力看待了，早一点让我离队又有何妨呢？

离开了球队，让我获得了暂时的轻松（说实话，我对踢球并无多少兴趣，爸爸当初让我加入球队，目的也只是为了能够进一所重点小学，这一点我心知肚明），然而在接下来日复一日的枯燥无味的复习迎考中，我却又开始怀念起了以往踢球的日子。我有时会在放学后悄悄来到操场，默默地看着他们训练，对奔跑在球场上的昔日队友满怀羡慕之情。有一次放学后，我竟然鬼使神差地换上球衣，随班里的足球队员一同来到球场。小邬老师立刻发现了我，用一种充满嘲讽的语气对我说，你来干什么，还不赶快回家去，球场上可没有地方让你复习功课！我在一片哄笑中羞愤地离去。当时的我，心里对小邬老师，对爸爸，甚至对这个该死的学校简直恨透了。我就像是他们手中的一枚棋子，每一步都是他们在走，然而却把失利的责任全部推卸在我的身上！

有一天下课，“冒号”将我带到了教室外走廊里的一个偏僻角落，那里有一扇窗户，正对着楼下的学校南门。我跟着她忐忑不安地来到窗前，突然惊奇地发现，大邬老师也站在那儿，似笑非笑地看着我，秃头在光线下泛着白花花的光。他身边还站着另一个陌生的男人，身材比他略矮一些，穿一件黑色呢绒大衣。说陌生其实也不尽然，以前似乎在学校的走廊亦或是楼道里碰见过几次，印象不深了。“冒号”小声地对我说，孙小刚你别紧张，你没有犯什么错误，找你只是想了解一些情况，你要照实回答，知道就是知道，不知道就是不知道，知道吗？我点点头，回答说知道了，可不知道为什么，心里更紧张了。冒号说完，看了一眼那个陌生男人，得到后者的点头示意后便问我道，不知道你还有没有印象，小邬老师，就是体育老师——小邬老师以前是不是经常在放学后，留你或是其他同学下来？小邬老师这几个字从冒号嘴里出现，而且是当着一个陌生人的面，让我感到非常惊讶，我茫然地摇了摇头，脑子里突然变得很乱。冒号问，是没有，还是想不起来了？我支吾地说，不知道。男人扭头看了看大郤老师，大郤老师脸上掠过一丝失望，他勉强笑着对我说，没关系，孙小刚，你再好好想一想，你忘了，去年的时候，有好几次你们足球队训练结束后，小郤老师把你叫到他办公室的……这时，窗外的天色渐渐阴沉了下来，像是要下雨的样子，初春的天气就是这样，一会儿晴一会儿阴的，让人捉摸不透。不知道为什么，大郤老师脸上的表情让我受到了某种“启发”，我故作深思地想了想，然后抬起头，用一种明确的口气告诉他，我忘了。怎么会忘了呢！你再想想，当时你来办公室的时候，我还看到你的呢！大郤老师有些急了，眼珠子瞪得圆圆的，秃头似乎也比先前更光亮了。这倒让我心里更加有了底，我不慌不忙地说，我真的忘了，想不起来了，说完，就把头扭向了窗外。窗外已经下起了雨，校门外的小街上，一个人双手将外衣朝上拉起裹住脑袋，弯着腰，抱头鼠窜的样子十分的滑稽。大郤老师还待说些什么，男人拦住了他，转而对我说，想不起来就算了，我们换个话题，听说这个学期刚开始你就退出了足球队，能告诉我是为什么吗？我说是爸爸让我退的，他想让我好好复习功课。不是因为小郤老师训练得太严厉了？他问。我想了想，说，不是。行了，我知道了，你回去上课吧，他说。刚走没几步，冒号便追了上来，她对我说，今天的事同学之间别去说，知道了吗？她的眼睛亮了亮。我使劲点了点头，然后转身，头也不回地走了。

过了两天，李军在一节课下课后走到我跟前，鬼鬼祟祟地说，听说了吗，小邬老师出事了。我的心头一紧，问，出什么事了？他们没来问过你吗？李军问。没有，我想起了“冒号”的嘱咐。李军别有意味地看了我一眼，然后说，上个星期四，四年级有两个学生放学后人就不见了踪影，他们家长找了一个晚上，急得都报了警，最后你猜是在哪儿找到他们的吗？在哪儿？我问。就在体育教学楼的底楼仓库里，李军迫不及待地说。就是那间体育用品仓库？我的眼前浮现出了那间狭小、阴暗，混杂着橡胶、铁锈和灰尘味的屋子——那里我也进去过，有几次小邬老师让我帮他一起整理和清点里面的体育用品。对，就是那儿，李军说。他们去那儿干嘛？我问。嘿嘿，不知道了吧，李军得意地笑了笑，说，谁会无缘无故跑到那里去，是小邬老师把他们关进去的！据说是他们在体育课上违反了课堂纪律，还顶撞小邬老师。还有人敢顶撞小邬老师？我问。是啊！李军吐了吐舌头说，那简直就是自己在作死。我突然有种好奇，就问他，你是怎么知道这些的？这学校还有我不知道的事？李军大言不惭地说，见我仍然一脸的疑惑，又说，是二班的吴胖子告诉我的，他爸爸是学校里管后勤的。知道吗，这两天他们一直在找学生问小邬老师的情况，我就不信他们没找过你！他们找过你吗？我问。我和李军一口一个“他们”，好像我们之间对“他们”是谁早已达成共识了一样。找……没有，李军结结巴巴地说。

李军的话和事实有多大的出入我不得而知，关于那两个学生被关在仓库的全部经过至今是个迷。据小邬老师本人说，当时只是想让这两名学生帮着一起清点一下体育用品，因为自己临时有事就先走了，走之前还特意对依然呆在办公室里的大邬老师交待过。然而大邬老师却矢口否认了这一点，说那天走得比他还早。究竟是谁锁的仓库成了一本糊涂账，可人毕竟是小邬老师留下的，而且据这两名家长声称，他们的孩子因为受到了惊吓，精神状况已经出现了问题，不仅白天精神恍惚，到了夜里还会时常惊醒、哭闹。愤怒的家长找到校长，要求学校给个说法，不然就要去教育局上告。为了息事宁人，学校只好免去了小邬老师体育教研组长的职务，给了他一个严重警告处分，并由教导主任亲自上门慰问被关的学生。

受了处分的小邬老师比平时更加郁郁寡欢，除了每天上课，他呆在办公室里的时候几乎不发一言，与大邬老师他们的喧闹形成了强烈的对比。有一天中午的时候，大邬老师因为牌搭子胡老师出错了一张牌，愤而骂了一句，侬是乡下人啊？牌哪能这样打啊！话音刚落，忽听“砰”的一声脆响，吓了他们一大跳，转头看去，只见小邬老师将他手中的那只印有梅花图案的杯子砸了个稀巴烂，茶水溅得满桌子都是。在众人的惊诧当中，小邬老师忿然离去。其余人都面面相觑地问，哪能回事体？小安徽今朝怎么啦？只有大邬老师处变不惊地说，啥人晓得伊，大概神经病又发了。

事情过去没多久，学校突然宣布决定，将二楼的体育教研室与校长办公室边上的广播室对换，一干自由散漫惯了的体育老师们从此便不得不在校长的眼皮子底下夹起尾巴做人了。而我们的小邬老师呢？后来竟然和英语老师汤老师谈起了恋爱，也算是“因祸得福”了。世事真是变换无常啊！

当然，这些只是题外话，对于当时的我来说，没完没了的复习和测试才是人生的正题。值得庆幸的是，当初在冒号他们问我关于小邬老师的事的时候，自己鬼使神差地说了一句不知道，而这句“不知道”竟然给了我一种面对这个神秘莫测世界的底气。不知道，我就是不知道，看你们能拿我怎么办？

尾声

命运

爷爷冬天的时候生了一场大病，他的冠心病又发作了，当时的情形有些吓人，医院甚至都已经开出了病危通知，不过后来竟然奇迹般地康复了。爷爷出院后，全家人还特地去城隍庙下了一趟馆子，一来是庆祝爷爷身体康复，二来也是犒劳一下自己，连日来的陪护加上焦虑使得爸爸、伯伯和姑姑他们整个人都瘦了一圈，脸色也都憔悴了不少。我什么也没干，却挤在大人们中间，开心得就像过年一般。

尽管如此，大人们对爷爷的看护却没有丝毫放松，他们不再让爷爷随意外出，每月的退休金由伯伯代为去领，菜也都是妈妈一清早去菜场买好放在灶间里的。子女们的孝心，爷爷心里自然明白，然而时间一长，却也免不了抱怨，他说，你们这也不让我去，那也不让我去，一天到晚憋在家里，没病也要憋出病来！爸爸说，不是不让你出去，你这把年纪了，心脏又不好，一个人走在外面，万一……爷爷眼珠一瞪，打断说，万一什么，我的身体自己晓得，还没有老到迈不开腿的份上！第二天一早，妈妈起床后惊讶地发现，新买的菜已经齐刷刷地搁在灶间的水斗里了，原来爷爷天没亮就去了菜场，起得比她还早！年纪大的人脾气倔起来就像个孩子。爸爸他们没有办法，只好同意他去买菜，不过，只能在妈妈上早班的那几天里，其他的日子则照旧由妈妈去买。

有一天放学回家，我见爷爷在灶间里手拿一根去了皮的老树叉凑在火上烘烤，就去问他在干什么？等做完你就晓得了，爷爷笑着卖起了关子。烤完了火，爷爷拿着树叉来到堂屋，在竹椅上坐下，脚边早已放好了一只木制工具箱。他从工具箱里取出一张砂纸，仔细地擦拭了起来。等到他将木叉打磨得溜光水滑的时候，我大概已经猜到了答案，爷爷你是不是要做一把弹弓？我兴奋地叫道。是的，小刚真聪明！爷爷并不看我，继续着手上的活儿，嘴角却微微上扬着。是给我的吗？我问，心里简直要乐疯了。爷爷的木器活不赖，家里大大小小的家具坏了，都是他修好的，就连灶间里的那只旧碗橱，听爸爸说，当初还是爷爷亲手制作的呢！你说呢？爷爷反问道，这时他又从工具箱里取出一把锉刀，将木叉顶端锉平，再在两根分叉的端部上凿出两圈平整的凹槽，然后又用砂纸去磨光。接下来便是串系皮筋的工序了。爷爷瞥了我一眼，见我看得入了神，就停下了手中的活，一个劲地催我先去做功课。等做好了，自然会给你玩，他说道。

我一脸不情愿地到门口做起了作业，却又不时地抬头看一眼爷爷和他手上的活计。爷爷的嘴巴微张着，舌尖轻轻抵在下嘴唇上，架在鼻梁上的老花镜将他专注的眼神放得大大的……

弹弓做好了，虽然不如我想象当中那般漂亮，但比起那些用铁丝或是衣叉头做出来的玩意要好玩得多，握在手上实实在在的，双股的皮筋也显得威力十足。我拿起弹弓，拉开皮筋对准趴在一边的功课空弹了一下，“啪”的一声弓响，吓得它立时站了起来，缩紧脖子，瞳仁恐惧地盯着我手里的东西。

妈妈私下里对爸爸说，爸也真是的，好好的做什么弹弓给小刚玩，伤着人怎么办？爸爸说，小孩子都是三天新鲜，过几天他就没兴趣了。妈妈撇着嘴，一脸不以为然的样子。爸爸像是想起了什么，就问妈妈，最近夜里你有没有听到野猫在叫？妈妈说没有啊，你问这个干嘛？爸爸告诉妈妈，其实爷爷做弹弓，很大一部分原因是用来半夜里起来打野猫的，他怕猫叫声太响，会吵到我睡觉。奇怪，我怎么也没听到猫叫，难道是我们都睡得太死了？爸爸咕哝道。

随着考试一天天临近，我生平第一次开始思索起了“命运”这两个字。按照大人们的说法，我只有考进重点初中，今后才有希望考进重点高中，而进了重点高中，也就等于“一只脚跨进了大学”（冒号语）。为什么要进大学呢？这个问题也是不言而喻的，有了大学文凭将来才能找到好工作，有了好工作才能赚很多的钱，有了钱才能吃香的喝辣的过上好日子……于是，我的命运就像是一道递等式被注定了，无论它将来如何的纷繁复杂，经过等号右边一步步的精确运算，最终的答案总是确定无疑的，那就是进一所重点初中。重点初中长什么样？我不得而知，但光是“重点”两个字，就让它有足够的吸引力，就像是在阁楼天窗下看到的北斗七星一样，在群校中闪耀着独特的光芒。然而，根据填报志愿的规则，每个学生只能填报一个志愿，考不进重点的后果就是，由区教育局统一分配进一所普通得不能再普通的中学，用爸爸的话来说，那简直就是一所“垃圾中学”（爸爸形容差一点的学校总爱用“垃圾”两个字，比如，当初按户口分配的“垃圾”小学。可笑的是，时隔五年后，“垃圾”一词又不得不重新回到了他的嘴边，而这一次，那个神通光大的孙悟空却只能是他的儿子自己了）。因此，摆在我眼前的算式又变成了一道是非题，要么是，要么非，要么“重点”，要么“垃圾”。不管怎样，如果说我此前的童年是一篇涵义丰富的作文的话，那么从现在开始，我的人生就成了一道道非此即彼的数学题，它们不允许我有丝毫的差池！这个发现让我压力陡增，心中倍感沮丧和恐惧，失眠的老毛病也开始了蠢蠢欲动。

为了缓解我的压力，爸爸提出每天吃过晚饭后要带我出去散散步，“呼吸一下新鲜空气”。我自然是欣然答应。从小到大，能和爸爸像两个男人一样肩并肩走着，随意聊聊身边的事，这样的机会并不多。说是和他肩并肩，其实我的脑袋才刚刚挨到他的肩膀。在那些月色融融的夜里，路上便多了一长一短两个人影，它们像鱼一样游过了弄堂里坑坑洼洼的碎石路面，游上了高低错落的门墙屋瓦，然后沿着一条小街又游过了废弃的砖瓦厂、地段医院、小便池……在人多的地方，我们踩着路人的影子，路人也踩着我们的影子。我故意问爸爸，为什么影子不怕脏也不怕疼？爸爸笑着说，傻瓜，影子是死的，怎么会怕脏怕疼呢？我问，既然影子是死的，为什么它总跟着我们？爸爸不屑地说，那只是光线的关系。身体挡住了光线，地上自然就有了影子，你们老师没教过你吗？我答非所问地说，听说鬼魂是没有影子的，是不是因为光线照不到它们？爸爸皱着眉头说，这世上根本就没有鬼，你小小年纪，别一天到晚死呀鬼呀的！多不吉利！我听了心里暗暗觉得好笑，爸爸这个人有时就是脑子转不过弯来，明明是一句玩笑话，他就当真了。要是伯伯在就好了，伯伯最近居然“突发奇想”地写起了鬼故事，他说鬼故事其实也是人的故事，希望自己有朝一日也能写出一本像《聊斋志异》那样伟大的鬼故事集来。

有一天晚上，爸爸和我走着走着，突然心血来潮，说要带我去新房子看看，新房子已经造好，可我却一次也没有去看过。新房子不远，坐一站公交就到了。我们走进一片黑漆漆的楼群中间，爸爸熟门熟路地带我爬上其中一栋的四楼，来到属于我们的那间房。房间没有门，爸爸进去后顺手拉亮了悬在房顶的灯泡。昏暗的灯光下，灰黑的墙面森然地壁立着，又隐隐透出一股潮湿的水泥气味，像一个彻夜未眠的人打出的一个个哈欠。这里没有阁楼，没有屋梁，更没有任由想象力自由驰骋的斑驳的墙面。我问爸爸，这样的房子能住人吗？爸爸说，当然能，等装修好了，住起来自然就舒服了。所有的空间都是一字排开的：门口是厨房，往里靠右侧有一间卫生间，再往里是卧室、阳台，卧室当中有一墙之隔，分为大小两间，爸爸不无得意地指着小的那间对我说，今后这里就是你的小天地了！

在这间不大的房子里，唯一让我心动的竟是卫生间里的抽水马桶。我在那里撒了一泡尿，听着哗啦啦的冲水声，心想，以后再也不用去挤臭烘烘的公共厕所或是在众目睽睽之下蹲马桶了，抽水马桶才是人类最伟大的发明！

下了楼，爸爸又带我到别的楼房前转了转。我问爸爸，我们什么时候才能搬到这里来？爸爸说快了，估计就在这个夏天吧。说完，他忽然弯腰拾起地上的一块石头，挥手就朝底楼的一扇窗户掷了过去，晃郎当的玻璃碎裂声吓了我一大跳。干嘛要砸窗户？我诧异地问道。爸爸又拾起了一块石头交到我手上，一边说了句令我百思不得其解的话来，他说，这样我们才能尽快住进去！

静止的时间

考试当天，爸爸请了半天假送我去考场。一大早，爷爷就买回了早点，有豆浆、油条还有平时不常吃的生煎包，可以说，是早点的香味把我从床上唤起的。说来也奇怪，临近考试的那几天里我的心情反而平静了许多，不再像往日那样胡思乱想了，夜里我睡得非常踏实，连梦都没有做。爷爷晚上似乎也不怎么咳嗽了，仿佛随着考试的来临，他的慢性支气管炎也跟着好了，要真是这样，倒是一个意外的收获。我来到堂屋，见爷爷仍躺在床上，就喊他起来与我们一同吃饭。爷爷翻了个身，轻声地说他不饿，让我们先吃。爸爸说爷爷累了，让他再睡一会儿。

考点就设在我们自己的学校，校门外拉起了横幅，教学楼前的宣传栏里张贴着考场安排告示，到处都是熙熙攘攘的学生和家长。所有这一切，都令我对这所呆了五年的学校产生了一种异样的感觉。我竟然对自己的学校感到陌生起来了！此刻我是多么希望它能像往常一样啊！校门口站着值勤的学生和老师，哪怕被他们检查出自己没戴红领巾也不是什么天大的事，大不了再回去拿呗！我幻想着时光能够倒退到以往，就算是那些被老师责罚的日子，我也会欣喜若狂地去领受。我看了爸爸一眼，他正在宣传栏前替我仔细地核对着准考证号码。此时要是趁机逃跑，倒是一个不错的时机，我不无荒诞地想到。

中午，妈妈焦急地等候在校门外，我一出门，她就迎上来问我考得怎么样？我回答说挺好的。她欣慰地笑了笑，随后便说要带我去外婆家吃午饭。干嘛不回去吃？我问。外婆家近，省得你来回跑，她含糊其词地答道。

也许是中午在外婆家鱼汤喝得太多，下午考数学的时候，我被一泡尿憋得实在难受，凑巧的是，两名监考老师中的一个居然是小邬老师，他煞有介事地站在那里，臂膀上的红袖章代替了他惯用的口哨。害怕再次受到他的讥讽，还没有等到毕考铃响，我就提前交了考卷，匆匆地走了出去。撒完了尿，心情并没有随着身体的轻松而放松下来，我一时还沉浸在刚才的考题里。考场外明晃晃的太阳竟然让我有一刹那恍惚，我不知道自己应该立刻跑回家里，还是该在这既熟悉又陌生的校园里多逗留片刻。时间在这一刻仿佛静止了。

我在静止的时间中回到了家。房门是锁着的。我用钥匙开了门，里面空荡荡的没有一个人。爷爷的床上有一些凌乱，以往被子、床褥都应该是叠得好好的。那把弹弓倒是好端端地挂在墙上。爷爷在他床头的墙上钉了一颗钉子，弹弓就挂在那上面。奇怪，人都去了哪里？我倒头在爷爷的床上躺了一会儿。桌上闹钟的走针异常的响亮，滴答、滴答、滴答，吵得人有些心烦。我起身爬上了伯伯的阁楼。

伯伯在窗台边新添置了一张小书桌，算上椅子，窗台到床头的距离刚刚够。记得那天他将书桌搬上来的时候，和爸爸两个人还费了好大的劲呢！一抹夕阳洒在了桌面上，将它一阴一阳地切成了两半。阴影里，几本厚厚的书整齐地堆放在桌角，底下压着一叠印有“上海仪表厂”字样的稿纸。伯伯每天晚上就是在这里写他的“鬼故事”的吧？窗外是漆黑的夜色，窗内是一盏桌灯，灯下，那些鬼气森然的故事正在他的笔端上演，这样的情景，想想倒也不错。为什么一样是在灯下用功，我却从来都体会不到文字带来的乐趣？我从书下抽出了那叠稿纸，随意地翻阅了起来。伯伯的字刚劲有力，但却有些潦草。我费力地读了一会儿就觉得头晕目眩起来。那上面写的压根就不是什么鬼故事，而是一些散乱的句子，粗看一眼，每个字都认识，可连在一起就不知道是什么意思了，比如：

“……它们或湿或干地飘荡在风里，脱离了人的沉重躯壳，虚无得有些放肆。人呢？离开了花花绿绿的衣服，胆怯得连话都不会说了……”

完全就是没头没脑嘛！接下这段就更加费解了：

如何让等待继续
双脚在策划着一场逃离
绝望不再被束缚
走　　　　　奔
用最原始的姿态
在时间的另一头
停顿　　　　　叹息
撕碎距离的外衣
与季节无关
与天空和云朵无关
与大海和夕阳无关
在身体的某一处
骨骼突破了肌肉的局限

血液渗透进角膜

愤怒呈现静态的喷涌

眼泪或其他

我不知道伯伯是如何想出这些句子的，它们就像是字与词的随意组合，又像是高烧病人的梦呓。正当我无聊得想要放下稿纸时，突然，有一段文字跳入了我的眼帘：

功课是一只黄白花纹相间的小猫，它没有名字，你问它叫什么，它只会瞪着一双灰绿色的眼珠子望着你，收缩的瞳孔像两个阿拉伯数字“11”。它不会算数，任何一道数学题在它的眼里，答案永远是11。

底下便没有了。居然是写功课的！（多年以后的今天，我将这段文字用作了这篇小说的开头，也算是冥冥之中的天意吧！）

楼下传来了一阵声响，我以为是大人们回来了，连忙起身下了楼。却并没有人，兴许是功课在床底下发出的动静。“床底是功课的世界，唯一我们人的双脚踏不到的地方”，我仿照着伯伯的句式，自言自语了一句。外面的天色已经渐渐昏黄下来了，大人们怎么还不回来？他们就是这样迎接他们的孙小刚凯旋归来的吗？我不由得有些生气，一屁股在爷爷的床头坐下，学着他的样子，“啪”地一下拉亮了灯，又“啪”地一下拉熄了它……

大人们就在这忽明忽暗的光线里走了进来，我仔细地看了看，除爷爷外，一个都没有少。